PÓKER DE ASESINATOS

Ager Aguirre

Título: *Póker de asesinatos*
© 2018, Ager Aguirre

Facebook: <u>Ager Aguirre</u>
Twitter: <u>@AgerGolden</u>

De la maquetación: 2018, Ager Aguirre
Del diseño de la cubierta: 2018, Sol Taylor
Código de registro de la portada en Safecreative: 1805067005062
Código de registro del libro en Safecreative: 1805067005079
ISBN: 978-19-83327-40-7

1

Casi me resulta cómico verle resistirse a su destino. Es tan patético, y ridícula su actitud, que no puedo evitar sonreírme ante sus intentos de zafarse de las cuerdas que le atan a la silla. Va a morir y todavía se comporta como el egoísta engreído que ha sido siempre.

—¿En serio pensabas que te ibas a librar? —pregunto intentando darle una posibilidad de bajar sus humos.

—¡Tú no tienes ni idea de a quién te enfrentas! —exclama, soltando escupitajos de su sucia boca, mientras intenta soltar los nudos que le retienen. Solo consigue incrementar mis ganas de matarle.

—Usted comete el mismo pecado.

No me ha costado mucho esfuerzo inmovilizarle. Gordo, viejo y falto de forma, su única ventaja era la fuerza bruta. La paciencia, la resistencia y la habilidad jugaban en mi equipo. Que no se esperara mi ataque me ha asegurado la victoria.

Con las manos atadas a la espalda, y pese a su corpulencia y mal carácter, sus gritos y su ego son la única defensa que el banquero ladrón, falto de escrúpulos, se puede permitir contra mí.

Hace una hora, cuando he acudido a su casa, me ha abierto la puerta sin tener ni idea de a qué se debía mi visita. Me ha invitado a pasar como quien concede un mendrugo de pan duro a un pobre sin techo, como si me estuviera haciendo el favor de mi vida. Tan seguro de sí mismo que me ha revuelto las tripas escucharle.

En la entrada de su casa cabe todo mi apartamento. Con el valor de uno de los cuadros, que adornan las paredes del pasillo, podría comer durante dos o tres años con una dieta mejor que la que tengo ahora mismo. Ver el lujo con el que vive, pese a ser un vulgar ladrón, me ha servido para confirmar que la elección de Francisco Bejarano como la primera de mis víctimas es la adecuada. La determinación de asesinarle ya la tenía tomada, pero tenía dudas sobre el orden en el que debía proceder. Nada más cruzar el umbral de su casa esas dudas se han disipado y mis ansias por matarle han aumentado.

Al principio se ha mostrado arrogante, altanero, mirándome por encima del hombro pese a que es más bajo que yo. Vanagloriándose de ser intocable por los brazos de una justicia tan corrupta como él. Alardeando de sus escaramuzas y de tener el dinero a salvo de ser expropiado por aquellos que son sus legítimos dueños, aprovechándose de los resquicios que le proporcionan la ley y los paraísos fiscales. Hablando con desprecio de aquellos a los que ha robado su dinero, tachándolos de ignorantes y estúpidos por haberse dejado engañar.

—Todo lo que yo hago, todo en mi negocio, es legal. Qué culpa tengo yo de que esos estúpidos no lean la letra pequeña —increpaba cuando aún desconocía las verdaderas intenciones de mi visita.

Tras un corto forcejeo y con sus grasas aplastadas contra la silla, su arrogancia se ha convertido en insultos y amenazas mientras su oronda cara se ha teñido de un tono rojo sangre. Pronto, cuando vea que no tengo intención de dejarme influir por sus peroratas y que no voy a retroceder un ápice en mis intenciones, cambiará sus insultos por súplicas, mentiras y ruegos guardándose su ego e intentando buscar mi clemencia con palabras vacías.

—Señor Bejarano, tranquilícese. Será rápido y ni siquiera va a dolerle. A lo sumo, tendrá una sensación de hormigueo y un pequeño malestar que le hará perder la consciencia. Seguro que en alguna de sus muchas juergas sexuales ha sentido placer experimentando con la sensación de asfixia. Esto será lo mismo, pero un poco más extremo. Y sin masturbaciones de por medio.

—¡Suéltame! ¡Esto lo vas a pagar muy caro! ¡Cuando salga de aquí voy a terminar contigo! —brama de nuevo, mientras yo paseo con tranquilidad por el salón tomándome mi tiempo.

—Veo que todavía no me ha entendido. Mi plan incluye que usted no salga de aquí. Al menos respirando —respondo con una tranquilidad mayor de la que esperaba tener cuando planeaba asesinarle.

Unos días antes, mientras memorizaba los pasos a seguir y ensayaba los movimientos con un enorme saco de arena, los nervios me hacían temblar las manos y el corazón se me aceleraba. Estaba planeando cometer mi primer asesinato. ¿Estaría haciendo lo correcto? ¿Era consciente de dónde me estaba metiendo? ¿Realmente necesitaba hacerlo? Las dudas me asaltaban, pero llevaba mucho tiempo pensándolo. Necesitaba hacerlo para conseguir lo que me merecía. Aquello por lo que llevaba tanto tiempo luchando. El fin justifica los medios y este fin es mucho más importante que un banquero corrupto.

Él se lo merece. Es una mala persona, un ladrón sin escrúpulos que roba a gente sin excesivos recursos que cometen el error de confiar en un ser despreciable. No hay motivos para tener nervios, le voy a hacer un favor a la sociedad. Muchos me lo agradecerán.

Mi cabeza, sin conocer aún las sensaciones que iba a experimentar ante esa situación, reaccionaba a estímulos imaginarios en lugar de a hechos reales. Ahora en cambio, ante esta situación real, son la serenidad y la calma las que controlan mis movimientos.

Saco del bolsillo del pantalón una bolsa de plástico y la abro sin el temblor en los dedos que tenía cuando hacía las prácticas. Cuanto más tiempo veo su rolliza cara enrojecida y escucho sus pueriles insultos, más ganas tengo de hacer que deje de respirar.

—¡No! Por favor, no lo hagas. Pídeme lo que sea. Te daré

todo el dinero que quieras. No tendrás que trabajar nunca más en la puta vida.

—Vale —digo, deteniendo mi avance—. Un millón de euros, ahora mismo, y me voy.

—¿En serio? Puedo conseguirlo. Déjame hacer una llamada y tendrás ese millón antes de que puedas pensar en qué vas a gastarlo.

—¿Se lo ha creído? —pregunto, estallando en una sonora carcajada—. ¿Cómo alguien tan estúpido ha sido capaz de hacer tanto daño a tanta gente? Típico de las personas como usted: pensar que el dinero es lo más importante y que todo lo arregla. Lo lamento, señor Bejarano, lo que más deseo no me lo puede dar su dinero, pero le aseguro que su muerte me ayudará a conseguirlo.

Su último y desesperado grito queda ahogado cuando pongo la bolsa de plástico sobre su cabeza. Desde ese momento solo se oyen pequeños sonidos guturales mientras intenta luchar para librarse de mi presión. Los rasgos de su cara quedan deformados contra la bolsa de plástico. En apenas treinta segundos los forcejeos disminuyen. Cuando el oxígeno deja de llegar a sus pulmones, se termina la resistencia.

Ningún sentimiento de compasión o de arrepentimiento cuando deja de sacudirse como un cerdo en el matadero. Su muerte no me provoca nada. Ni siquiera alegría. Es solo el primer paso en mi plan.

La parte de trasladar el cuerpo era la que más me preocupaba mientras practicaba. Por fortuna, la casa del banquero tiene garaje particular con acceso a la casa, lo que me permite trasladar el cuerpo sin tener que enfrentarme a la inoportuna mirada de algún vecino.

Cuando me deshago de todas las evidencias que puedan incriminarme, dejo en el bolsillo interior de su chaqueta la prueba que relacionará su muerte con las próximas. Esta es solo la primera víctima, aún me queda trabajo por hacer. Pero para ello tengo que esperar al momento adecuado, seguir el plan paso a paso y no precipitarme. En cuanto deje el coche en el lugar señalado, me dedicaré a preparar mi próximo, y más difícil, asesinato.

Matar al banquero ha sido más sencillo de lo esperado. Me lo ha facilitado con su comportamiento. Me ha hecho desearlo. Tengo la certeza de que mi siguiente víctima no será tan complaciente en este aspecto. Pero el objetivo final lo compensará.

2

La luz de la cámara se enciende indicándole que los anuncios han terminado y que tiene que empezar a leer la siguiente noticia que sale en su monitor.

—Seguimos sin noticias del paradero de Francisco Bejarano, banquero desaparecido hace unos días. —Vanessa dibuja una leve sonrisa al ver la hora en la pantalla. Es la última noticia que tiene que dar antes de irse de fin de semana. Disimulando su alegría, recupera el gesto serio que precisa la información que tiene que leer—. Como ustedes ya saben, el director de la sucursal del banco Santander del centro de Madrid fue dado por desaparecido el pasado domingo. La policía se disponía a detenerlo por apropiación indebida de los ahorros de varios de sus clientes. Cuando se presentaron en su casa, el señor Francisco Bejarano, no se encontraba en la vivienda y no hay noticias de él desde entonces.

»Familiares y amigos dicen que no se ha puesto en contacto con ellos, y la policía confirma que no ha habido movimientos en las cuentas bancarias conocidas del desaparecido. Se sospecha que puede estar usando los fondos desviados a alguna cuenta en el extranjero desconocida por las autoridades, aunque les parece raro que no se llevara ninguna de sus posesiones en la huida. Su coche, su dinero y sus joyas han sido encontrados en la casa.

»El señor Bejarano se enfrenta a varios cargos por su gestión al frente de la sucursal y acababa de salir de un divorcio complicado, lo que hace que la hipótesis de la huida sea la manejada por la policía, sin descartar otras opciones.

Vanessa se dispone a recoger los papeles que hay encima de su mesa y a decir su frase de despedida cuando, en el teleprónter, aparece una nueva noticia que no estaba en la escaleta del informativo.

—Noticia de última hora. —Guarda unos segundos de silencio mientras suena la sintonía que anuncia las noticias destacadas y la cámara principal hace *zoom* para enfocarla de cerca. Mantiene la sonrisa fingida que tan ensayada tiene para los primeros planos—. El político Pablo García, miembro destacado del PSOE y del Congreso de los Diputados, ha aparecido muerto hace menos de media hora dentro de su vehículo. Nos comunican que ha sufrido un accidente de tráfico provocado, al parecer, al sufrir un ataque cardíaco cuando volvía a casa tras una reunión del partido. —Tamborilea con los dedos sobre la mesa, fuera de plano, al ver que no dejan de salir letras en la pantalla—. Cuando los servicios de emergencia han llegado al lugar del siniestro, no han podido hacer nada por salvar la vida del diputado de la formación socialista.

La cámara vuelve a alejarse pasando a un plano general y tiene que detener el movimiento de su mano, aunque no el de su pierna por debajo de la mesa.

—Y esto es todo por hoy. Seguiremos informando en próximos boletines informativos con los compañeros de fin de semana. Nuestro pésame a familiares y amigos. —Contiene un suspiro de alivio al ver en el monitor su frase de cierre del informativo—. Se despide de ustedes Vanessa Rubio, deseando que pasen un buen fin de semana y esperando una pronta recuperación de mi compañero Alejandro Soto, que hoy no ha podido presentar las noticias conmigo por encontrarse indispuesto. Muchas gracias por acompañarnos. Buenas noches y hasta el próximo lunes.

Vanessa recoge los papeles de la mesa mientras las luces del plató se apagan y espera en su sitio unos segundos hasta que la luz roja de la cámara desaparece. Se despide de forma apresurada de sus compañeros y pasa por su camerino a recoger el bolso y las llaves. Ni siquiera se cambia, como suele hacer el resto de los días. Los viernes presenta las noticias con su propia ropa, y no usa la que le dejan en el camerino, para irse en cuanto termina el informativo.

Ha sido una semana dura. Mientras daba las noticias sentía que la necesidad de escapar de la ciudad y de darse un baño era cada vez mayor.

—Señorita Rubio, ¿le apetece un café? —Una de las becarias la interrumpe cuando sale por la puerta del camerino.

—¡Ah, sí! Muchas gracias Janire. Lo tomaré de camino hacia el coche.

—Jessica.

—¿Cómo? ¡Ostras, perdona! Sí, eso, Jessica. Gracias por el café.

Toma el vaso de la mano de la joven sin dejar de caminar hacia el garaje y sin fijarse en el gesto malhumorado de su rostro cuando esta se gira tras ella.

Cuando sus zapatos de tacón todavía retumban en el suelo del aparcamiento subterráneo, lleno de coches pero vacío de gente, ya piensa en quitarse la ropa y desmaquillarse. Lo malo es que desde el *parking* de los estudios hasta su casa hay más de una hora en coche y, en el mes de enero, todo el camino lo tiene que hacer en noche cerrada.

Da un sorbo al café antes de arrojar el resto del contenido y el vaso en una de las papeleras cercanas a su plaza de aparcamiento.

«Es casi tan malo como mi memoria para recordar nombres».

El café le deja un gusto raro en la boca, lo que acentúa sus ganas de llegar a casa cuanto antes y aumenta su incomodidad de tener que conducir a esas horas.

No le gusta viajar de noche, pero su horario de trabajo no le deja otra opción. Durante los meses de verano, los últimos rayos de sol la acompañan casi todo el trayecto, pero en los meses de invierno, anochece incluso antes de empezar el informativo.

Las luces de los otros vehículos la deslumbran y la carretera está llena de curvas que no ve bien. Conduce con prudencia, pero a la velocidad suficiente para llegar lo antes posible a su casa. No tarda en dejar atrás las luminosas calles de la ciudad, y solo las luces de su vehículo y las de los coches que vienen de frente, iluminan la carretera. Unos kilómetros más adelante, deja de cruzarse con coches.

El tráfico se asemeja a sus pensamientos. Al salir del trabajo le dolía la cabeza de manera intensa, como si todas sus preocupaciones estuvieran entrando y saliendo de grandes rotondas que no conducían a ninguna parte, haciendo sonar al unísono sus cláxones. Pero, según va alejándose de la ciudad, el pensamiento principal es la tranquilidad del fin de semana y la cabeza deja de dolerle, y sus pensamientos fluyen como su coche por la solitaria carretera. A oscuras, pero sin complicaciones.

Durante el sábado y el domingo tiene tiempo de sobra para ordenar sus ideas. Las últimas semanas están siendo muy estresantes. La editorial no para de llamar tras su reciente alcanzada fama. No dejan de recordarle que el éxito de su primera novela, apoyada en una buena campaña publicitaria y en su imagen pública, debe ser aprovechado para lanzar a la venta, cuanto antes, una segunda parte de la misma y así obtener unos beneficios que respalden la inversión que han hecho en ella.

Cuando se decidió a publicarla no se puso a pensar en las consecuencias negativas que iba a traerle.

Ella solo había pensado en la popularidad que iba a alcanzar. Cuando firmó el contrato con la editorial, se veía a sí misma firmando cientos de autógrafos en la Feria del libro de Madrid, dando el salto a la gran pantalla con la adaptación de su novela y apareciendo en alguna alfombra roja para recoger algún premio como guionista de la misma o tras protagonizar algún papel secundario en su obra.

El paisaje se vuelve más sombrío y monótono, y empieza a

sentir como el cansancio de la semana se acumula en sus párpados. Decide poner la radio para que la música la distraiga el tiempo suficiente hasta llegar a casa, pero cada vez se le hace más complicado mantener los ojos abiertos.

«Tenía que haber tomado más café, aunque estuviera malo». Piensa mientras se frota los ojos con los dedos y sube el volumen de la música.

Uno de los pestañeos se le alarga más de lo habitual. Es solo una fracción de segundo, pero se sobresalta al oír el sonido de las ruedas pisando la pintura del arcén de la carretera. Se recoloca bien en el asiento, agarra el volante con firmeza y tararea la canción que suena en la radio. Respira fuerte y agita la cabeza sin poder evitar un largo bostezo.

—Sabía que estaba cansada, pero no pensaba que tanto —dice en voz alta mientras mira a ambos lados de la carretera para no mantener la mirada en el haz de luz de los focos que ejercen sobre ella un efecto somnífero.

Durante la semana ha tenido dificultad para conciliar el sueño. El trabajo en la televisión y las entrevistas, que debe conceder por contrato con la editorial, no le dejan tiempo para nada. Ambas cosas la obligan a irse a dormir tarde todas las noches y levantarse temprano cada mañana. Tras dar mil vueltas en la cama, no encuentra el descanso ni la solución a su problema. Este es el primer fin de semana libre sin tener que atender ningún compromiso publicitario desde que publicó su novela.

Los párpados le siguen pesando y cada pestañeo es una lucha por volverlos a abrir.

«Mantenlos cerrados solo un segundo». Le dice su cuerpo cada vez que pestañea, como un niño que pide cinco minutos más en la cama cuando su madre intenta que se levante.

«Venga, solo un segundo». Insiste, pero su cerebro se niega aferrándose a su instinto y vuelve a abrirlos, aunque cada vez con mayor esfuerzo.

Al final su cuerpo doblega a su agotado cerebro.

Con un volantazo mantiene, de milagro, el coche sobre el

asfalto cuando vuelve a abrir los ojos a punto de salirse en una curva cerrada.

—¿Qué me pasa? —Sacude la cabeza y baja la ventanilla del coche.

El aire de la calle es frío. En los meses de invierno la temperatura en las noches de Madrid baja por debajo de los cero grados. Entra en el coche y la despeja unos segundos.

«Tardaré más en morir congelada que en matarme si me quedo dormida». Piensa mientras conduce con la cabeza ladeada hacia la ventanilla. Por fortuna, está a cinco minutos de llegar a casa.

Recuerda que la última noticia que ha dado en el informativo es la muerte del congresista del PSOE en accidente de tráfico. No quiere que otro accidente de tráfico, con la muerte de la presentadora de los informativos, abra las noticias del fin de semana.

Respira aliviada al llegar al pueblo y ver las luces de la entrada a su casa. Bosteza mientras mete el coche en el garaje y saca las bolsas de comida del maletero. Ha hecho la compra antes de entrar al informativo porque no tiene intención de moverse de casa en todo el fin de semana. Quiere disfrutar de la tranquilidad que le proporciona estar alejada de la gente y del ruido de la ciudad. Ha desconectado, incluso, su teléfono móvil nada más salir del trabajo. No quiere que nada ni nadie la moleste.

Solo así podrá concentrarse en su nuevo libro y escribir al menos una decena de nuevas páginas antes de que su editora le rompa el contrato en las narices y la demande. Nadie parece dispuesto a ayudarla a salir del lío en el que se ha metido.

Se quita los zapatos de tacón en el mismo umbral de la entrada y va descalza hacia la cocina para guardar la comida en la despensa. El calor de la casa —ha puesto en marcha la caldera desde el móvil y no tiene que esperar a que se caliente— la hace acogedora desde el primer momento y, pese a que el suelo es de gres, no siente frío en los pies al pisarlo. El lugar huele a cerrado y vacío, el olor que impregna las casas cuando pasas semanas sin poder abrir las ventanas. Pone el difusor de fragancias del salón en marcha y enciende un par de velas aromáticas.

Va al aseo, vierte sales de baño antiestrés con bergamota, geranio y vetiver, y abre el agua caliente para que se disuelvan. Desde antes de iniciar el informativo lleva soñando con sumergirse en sus aguas cálidas y dejar ir por el desagüe preocupaciones y cansancio.

No sería la primera vez, ni seguramente será la última, que se quede dormida dentro hasta que el agua se enfría. Mientras la bañera se llena, aprovecha para desmaquillarse. En ese momento da por terminada su jornada laboral. Quitarse el maquillaje es como quitarse la ropa del trabajo. Lo hace con esmero, paso a paso. Primero los ojos, con un algodón impregnado en tónico, y después la cara, con una crema limpiadora, dejando para el final el carmín de los labios. Siente como si con cada parte desmaquillada limpiara también una parte del estrés acumulado.

Con su imagen natural y con una sonrisa auténtica en la cara, y tras encender un par de ramas de incienso en el baño, va a la habitación a desnudarse. La bañera ya está casi lista y desea zambullirse. Recoge su larga melena negra en un moño improvisado antes de quitarse su vestido, que cae al suelo, y se dispone a desabrochar el sujetador, cuando suena el timbre de la puerta.

«¡Quién demonios vendrá a molestarme a estas horas!».

Maldice mientras coge la bata que tiene sobre la cama para cubrirse y pasa por el baño a cerrar el grifo antes de observar por la mirilla de la puerta. Cuando ve a la persona que está al otro lado, de mala gana, decide abrir. No quiere que siga insistiendo en hacer sonar el timbre y sabe que no se va a marchar sin más.

—¿Qué coño quieres ahora? Pensé que había quedado claro que te dije que tú y yo no tenemos ya nada de qué hablar —exclama asomando la cabeza por la abertura de la puerta sin llegar a abrir del todo.

—Hola Vanessa. Ya sé lo que me dijiste, pero es importante. ¿Puedo pasar? Te juro que será solo un minuto.

Resignada, sabiendo que la incómoda visita no va a darse por vencida con una simple negativa, abre la puerta y se aparta a un lado. Después se gira hacia el salón sin dejar de pensar en que el agua de la bañera ya se estará enfriando.

—He tenido una semana agotadora y estaba a punto de darme un baño. No creo que tengas nada que decirme que me importe en absoluto. Espero que te largues cuanto antes —dice, dándose la vuelta hacia el interior de la casa.

—Lo haré —responde la visita a su espalda, mientras desliza una barra metálica por su manga, antes de asestarle un fuerte golpe en la cabeza.

3

No he podido. Quería hacerle ver los motivos por los que iba a terminar con su vida, pero no he sido capaz. Ha sido verla abrirme la puerta y sentir cómo todas las emociones, recuerdos y temores se acumulaban en mi cabeza. Todos los nervios que no experimenté el día que asesiné al banquero me han venido de golpe y me han impedido pensar con claridad.

La idea era otra, pero creo que he sabido arreglarlo. En cuanto su cuerpo inerte ha dejado de hablar y sus palabras han cesado de repiquetear en mi cerebro como agujas en la piel, he sido capaz de controlar mis emociones y arreglar lo que en un primer momento se había salido de mi elaborado plan.

Al contrario que con Francisco Bejarano, cuyas palabras me animaban a matarlo, si hubiera permitido que Vanessa hablara más tiempo, si hubiera empezado a suplicarme por su vida, es probable que me hubiera convencido. Aún hay algo dentro de mí que sufre con su indiferencia.

Pero ya no tengo motivos para preocuparme, Vanessa ya no respira. El plan es el plan y, su muerte, indispensable para que todo salga bien y merezca la pena. Su asesinato dará a mi «obra» la visibilidad que necesita y se merece. Abrirá la portada de todos los noticieros del país.

No pensaba que, después del tiempo transcurrido, la crudeza de sus palabras pudiera afectarme tanto. Ese desprecio por su parte, esas pocas ganas de verme, ese gesto de asco en su rostro al abrirme la puerta, como si la culpa de lo que iba a pasar fuese mía. Estúpida engreída. La culpa es tuya y solo tuya. Tú te has ganado a pulso ser la siguiente en la lista. Tú me arrebataste lo que más quería y gracias a tu muerte voy a conseguir lo que ahora más anhelo. Ya solo queda colocar la prueba que relacione el caso con el del banquero y dejar la alfombra manchada de sangre en el maletero del coche que me espera aparcado en la acera. Por suerte, Vanessa pasa los fines de semana en una casa solitaria y alejada de mirones.

Ha pasado una semana desde que asesiné a Francisco Bejarano y su cadáver todavía no ha aparecido. Está claro que no se puede dejar nada al azar. No volveré a cometer el mismo error. Espero que lo encuentren pronto, si no puede que el plan se termine complicando. Y tiene que salir bien. Necesito que salga bien. Con Vanessa no voy a dejar nada al azar.

El trabajo sucio ya está hecho. Ya no tengo que asesinar a nadie más. Solo me queda esperar a que los acontecimientos se sucedan. Mi sueño está ahora más cerca de ser alcanzado. No ha sido fácil, pero pronto lo habré conseguido.

4

Gabriel intenta alcanzar el móvil, que no deja de sonar. Sin despegar su cabeza de la almohada, en la que dormía bocabajo, busca a tientas sobre la mesilla tropezando con llaves, monedas y hojas de papel.

—¿Sí? —dice al descolgar con apenas un hilo de voz que a él, en cambio, le retumba en la cabeza.

—Sargento primero Abengoza. Soy el cabo Martín. —El tono elevado de voz al otro lado del teléfono le hace cerrar los ojos, retirar el teléfono de la oreja y apretar la frente contra la almohada—. Le necesitamos, con urgencia, en la calle Alcalde José Miguel Lorente. Hemos encontrado un cadáver en una de las casas.

—¿Un cadáver? —La palabra le hace agitarse en la cama y volver a escuchar con atención—. ¿Muerte natural o asesinato?

—Diría que un accidente, pero la persona fallecida es de la capital y es muy popular. Se llama Vanessa Rubio. La presentadora de las noticias.

—Voy de inmediato. No toquen nada.

Intenta levantarse de la cama de un salto, como corresponde a la noticia que le acaban de dar, pero su cuerpo no responde con la misma energía que sus pensamientos. No sin esfuerzo, consigue sentarse en el borde de la cama y frotarse con fuerza los ojos. Mira el despertador que tiene sobre la mesilla y suspira al ver que son solo las siete de la mañana. No han pasado ni cinco horas desde que llegó a casa y alguna menos desde que consiguió quedarse dormido.

Pese a estar en invierno y en plena sierra, necesita darse una ducha de agua fría para terminar de despertarse. Una ducha rápida con el único propósito de poder abrir los ojos. Solo lo consigue a medias.

Se viste con su uniforme y se monta en el coche sin ni siquiera desayunar. El estómago tarda en admitirle alimentos tras una noche de borrachera.

«No podrían descubrir los cadáveres pasado el mediodía».

Hace tiempo que Miraflores de la Sierra se le quedó pequeño, y desplazarse en coche hasta Madrid ya era costumbre en sus salidas nocturnas. Desde su llegada a la sierra, a ese hábito se le habían quedado cortos los permisos de dos días. El dolor de cabeza que tiene desde la llamada del cabo le hace recordar que se había prometido a sí mismo no volver a hacerlo.

Pero cuando la resaca se pasa y el dolor de cabeza se mitiga, siempre regresa el motivo por el que siente la necesidad de salir a tomar algo y, entonces, se olvida de sus promesas.

Aparca el coche en la misma calle que le ha dicho el cabo Martín. La mañana ha salido lluviosa y el cielo muestra el mismo aspecto gris que sus nublados pensamientos.

«Al menos debería haberme tomado un café antes de salir. Aunque fuera con sal. Peor no me iba a sentir».

Con paso inseguro se dirige a la casa en la que le esperan dos compañeros en la puerta.

—A sus órdenes —exclaman los dos al unísono cuando cruza la entrada. Les devuelve el saludo, según las normas, y entra en la casa. El cabo Martín le espera.

—Buenos días, cabo. ¿Qué tenemos?

—Esta madrugada recibimos una llamada en el cuartel pidiéndonos, por favor, que hiciéramos una comprobación en este domicilio. La llamada la hacía la directora de informativos de la cadena en la que trabajaba la víctima. Por lo visto tenían una reunión importante y la señorita Rubio no cogía el teléfono desde que el pasado viernes salió de los estudios. Cuando la llamó el sábado le saltó el buzón de voz y dio por hecho que lo tendría apagado, así que esperó su llamada. Durante todo el día del domingo la señorita Rubio tampoco se comunicó con ella, por lo que se extrañó. Impaciente, la directora, que dice haber dejado casi una docena de mensajes en el buzón de voz de la víctima, no podía dormir y, esta mañana, sabiendo que Vanessa pasaba en esta casa muchos de sus fines de semana, ha decidido ponerse en contacto con nosotros. Acudió una patrulla y llamó a la puerta. Nadie atendió la llamada. Dieron una vuelta alrededor de la casa. Desde una de las ventanas vieron que salía luz del cuarto de baño y decidieron volver a llamar. Al no recibir respuesta entraron. Se encontraron a la señorita Rubio tirada en el suelo del cuarto de baño, con un fuerte golpe en la cabeza. Al parecer se cayó cuando iba a darse un baño, ya que la bañera está llena de agua. El golpe resultó fatal.

—Vamos a ver el cuerpo. —Gabriel camina hacia el aseo sin poder disimular un gesto de malestar. En persona la voz del cabo es incluso más alta que por teléfono.

El cabo Martín le guía por la casa. Desde la entrada, cruzan un salón amplio y, por un pequeño pasillo lateral, llegan al baño. Un fuerte olor a incienso se mezcla con los olores del cadáver. Gabriel no puede evitar taparse la nariz con la solapa de su chaqueta.

Una joven morena yace en el suelo. Está vestida solo con una bata entreabierta y ropa interior. Gabriel cae en la cuenta de la alta temperatura que tiene la casa pese a la época del año. Es un dato a tener en cuenta para que el forense pueda calcular la hora de la muerte.

La víctima tiene, en el lado izquierdo, el pelo ensangrentado y pegado a la cabeza. El agua de la bañera está limpia y fría, y la llena casi hasta el borde. Un olor a geranios brota del agua y se le incrusta en las fosas nasales. Vuelve a fijarse en la joven. Una mancha de sangre perfila su rostro en el suelo gris.

—¿No ha tocado nadie nada? —pregunta Gabriel con un

gesto de extrañeza reflejado en su cansado rostro.

—No, señor. Está todo tal y cómo lo encontró la patrulla al llegar. Cuando encontraron el cuerpo le tomaron el pulso, pero al ver que estaba muerta dejaron todo como estaba. Ellos me avisaron a mí de inmediato y, en cuanto identificamos a la víctima, yo le llamé a usted. Nadie ha tocado nada.

—Pues me temo cabo, que no estamos ante un accidente. Creo que la señorita Rubio ha sido asesinada.

5

Ángela mira por la ventana de su oficina con la mirada perdida en el infinito, por encima de los rascacielos del horizonte de Madrid. La mañana es tranquila y casi no tiene casos pendientes sobre la mesa.

Llueve y el tono gris oscuro del cielo no predice mejoría. Esos días le recuerdan a las tardes en casa cuando era pequeña, encerrada en su cuarto con su amiga Paola, mientras su madre les preparaba la merienda. Los días soleados eran para correr por el parque, para gritar a mamá desde la calle que les dejara jugar cinco minutos más, aunque hubieran pasado quince desde la última vez que habían pedido esos cinco minutos de prórroga. Pero en los días lluviosos se encerraban en el dormitorio a hablar y, entre risas, le prohibían a su madre que entrara sin llamar a la puerta.

Esos días de confesiones y juegos también le recuerdan que, después de la calma, siempre llega la tempestad. Que los momentos de tranquilidad son los menos, como el ojo de un huracán. Una paz corta en el tiempo rodeada de tormentas.

El sonido del teléfono en la mesa no llega a sobresaltarla.

—Me temo que ya está aquí la tempestad —susurra, mientras se gira hacia el interior de su oficina y descuelga la llamada—. Inspectora Jefe Casado, ¿qué ocurre?

—Buenos días, inspectora. Soy el forense Velázquez. Llevo el caso de la muerte del diputado García. Tengo que hablar con usted.

Velázquez es el forense de la comisaría desde mucho antes de que ella llegara al puesto de inspectora jefe. Lo conoce desde que era una simple policía en prácticas. Tras muchos años trabajando para la policía, y a punto de jubilarse, se ha ganado el respeto y la simpatía de todos los miembros de la comisaría. Su carácter alegre, pese a su lúgubre trabajo, y sus siempre acertados análisis de los cuerpos, le han hecho merecedor de la admiración de sus compañeros.

—¿Conmigo? —Ángela hace una pausa antes de continuar—. El señor García murió en un accidente de tráfico, al parecer provocado por una parada cardíaca mientras conducía. Eso dicen en las noticias. Yo investigo homicidios, no accidentes.

—El señor García murió, efectivamente, por un paro cardíaco mientras conducía. Lo que he descubierto durante la autopsia, y el motivo por el que la llamo, es qué provocó el paro. Y no fueron causas naturales.

—¿Y qué fue? —pregunta mientras en su cabeza siente llegar las nubes de la tormenta.

—Venga y se lo enseño. Se me da mejor explicar las cosas con apoyo visual.

Tener que salir de la oficina no le hace mucha gracia, como tampoco se lo hacía cuando su madre interrumpía las charlas con su amiga para traer la merienda. Los días de lluvia son para no salir.

—De acuerdo. En media hora estoy allí. Espero que sea importante. —Acepta con tono resignado.

La muerte del diputado socialista había causado bastante revuelo durante el fin de semana y todos los medios informaban de la muerte accidental. Que se comprobara que la muerte había sido provocada iba a causar un escándalo mucho mayor y no le apetece nada salir en los medios. Pero como inspectora jefe de la Brigada de Homicidios tiene que acudir a la llamada. Solo le queda desear que el forense esté equivocado, aunque eso es algo que, con Velázquez, no ha ocurrido desde su llegada a la unidad.

Resopla mientras conduce y pone en marcha el limpiaparabrisas. La fuerte lluvia que cae sobre Madrid le viene bien a la ciudad para deshacerse de la boina de contaminación que la cubre, pero le crispa los nervios porque disfruta mucho más de los días soleados.

Cuando llega a la consulta del forense, se tapa con el gorro del chubasquero y agacha la cabeza. Llevar un paraguas, con el fuerte viento que azota las calles, no sirve de nada.

«El agua termina por empaparte igual y solo te sirve para romper un paraguas».

En cuanto cruza el umbral de la puerta, se quita la prenda de abrigo y la sacude, al igual que hace con la cabeza para desenredar el pelo.

—Buenos días, inspectora. Pase. Creo que lo que le voy a enseñar le va a interesar.

—Días a secas, Velázquez. Que me va a interesar lo que me tienes que decir, no lo dudo. Lo que me preocupa es que tengas razón. Este caso puede dar mucho que hablar si estás en lo cierto. Y no me hace ninguna gracia verme implicada y tener que dar explicaciones a mis superiores ni a los medios de comunicación. Gente buena he de tratar y a la gentuza apartar.

—Lo siento por usted inspectora, pero creo que tengo pocas dudas. Y eso que el asesino ha sido de los más hábiles que nos hemos encontrado. Si no llega a ser por la casualidad, se hubiera salido con la suya.

—Explícate.

Aunque Ángela insiste en que no la traten de usted, con Velázquez terminó dándose por vencida. Trata a los vivos con el mismo respeto que lo hace con los muertos y esa costumbre ya no se la va a poder cambiar. Pese a todo, ella le tutea.

—Sabe que soy una persona muy meticulosa en mi trabajo. No me conformo con ver las evidencias claras y no doy un informe por cerrado a la ligera. En este caso, todo hacía indicar que el fallecimiento se había producido por paro cardíaco, pero… ¿por qué le había dado un infarto a una persona joven y deportista como era el diputado? Los infartos de miocardio son más habituales en gente de edad avanzada, que consuman alcohol y tabaco, obesos, con niveles de colesterol altos y de género masculino. Vamos, que yo soy un candidato mucho más adecuado para sufrir un infarto que la víctima. El señor García solo cumplía dos de ellos, que era hombre y que bebía alcohol.

—¿Y qué le provocó el infarto entonces? —interroga la inspectora, dándole vueltas a lo que se le viene encima.

—Pues si no llega a ser porque en el accidente la víctima se golpeó en la cabeza contra el volante, casi con seguridad me hubiera pasado desapercibido. Al examinar las heridas de la cabeza vi algo que me llamó la atención. Observe. El señor García presenta dos punciones en la misma zona, en el lado derecho del cuello. Son punciones recientes y aún tienen rastros de sangre, lo que indica que se hicieron cuando la víctima todavía estaba viva. Las marcas me llamaron la atención y me hizo recordar un caso que tuvimos en la facultad, allá por la prehistoria, así que hice unas comprobaciones durante la autopsia. El color violáceo de los pulmones no hizo más que confirmar mis sospechas y realicé una ecocardiografía. Los ventrículos muestran aire.

—¿Y eso qué significa? Ya sabes que mis conocimientos en medicina se limitan a lo que aprendo aquí contigo.

—Que, al señor García, le inyectaron aire en las arterias mediante dos punciones en la parte izquierda de su cuello, con la suficiente cantidad de aire como para provocar el fallo del sistema circulatorio y provocarle un infarto.

—¿Eso se puede hacer? —Ángela hace un gesto de asombro mientras se recoge el pelo en una coleta para acercarse al cadáver.

—Los síntomas son los mismos que presenta un submarinista al sufrir una rápida descompresión. Una burbuja de aire de gran tamaño, aproximadamente de unos sesenta centímetros cúbicos, interrumpe la corriente sanguínea. Cuando la burbuja de aire llega a un órgano vital, en este caso el corazón, puede interrumpir su funcionamiento normal causando una falta de oxígeno en el órgano y una muerte de sus células, provocando el paro cardíaco. Las burbujas de aire inyectadas obstruyeron las arterias coronarias y causaron un fallo en el miocardio y el consiguiente ataque al corazón. El señor García no murió de muerte natural. Su infarto fue provocado.

—¿Cuánto tiempo se tarda en sufrir el paro cardiaco después de los pinchazos?

—Unos pocos minutos.

—Es decir, que la víctima fue atacada dentro del vehículo o, como mucho, justo antes de montarse. ¿Muestra señales de defensa?

—No, inspectora. Ninguna.

—Pero ¿cómo pudieron pincharle dos veces en el cuello, estando vivo, sin oponer resistencia? —La mirada interrogativa de la inspectora es respondida con un gesto de hombros del forense.

—Eso mismo me he estado preguntando yo. El cuerpo no muestra heridas defensivas. Tampoco hay rastros de sedantes en la sangre. Hay restos de alcohol, pero no en la suficiente cantidad como para que el sujeto estuviera incapacitado. He mandado a analizar la ropa y tengo que terminar de analizar el cuerpo, pero, por el momento, no me explico cómo pudieron pincharle.

—¿Pudo pincharse a sí mismo? —interroga la inspectora.

—Es una posibilidad, aunque remota. Acertarse dos veces en la misma arteria, y con tan corto espacio entre pinchazos, necesita mucha destreza como para hacérselo a uno mismo, pero como digo, es una posibilidad. Tendrá que ser usted, inspectora, la que se encargue de averiguar cómo pudo ocurrir. Yo solo puedo decirle que estamos ante un suicidio demasiado complicado o un asesinato bien planeado.

Ángela resopla al salir de la consulta del forense. Le ha pedido la máxima discreción pues no quiere que la noticia se filtre a la prensa antes de tiempo. Sabe que es inevitable que algún periodista se termine enterando tratándose del asesinato de un diputado, pero va a hacer todo lo posible para que transcurra la mayor cantidad de tiempo hasta que eso pase. Las investigaciones se hacen complicadas cuando la prensa y los superiores atosigan para encontrar respuestas rápidas; los unos, para dar la exclusiva y, los otros, para no quedar mal ante los medios de comunicación, ya que se preocupan más de su imagen que de aclarar los hechos. Se tiene que dar prisa.

—Oficial Borbolla, soy la inspectora jefe Casado. ¿Sabe dónde llevaron el vehículo del accidente en el que falleció el diputado Pablo García? —pregunta por teléfono en cuanto entra en el coche protegiéndose de la lluvia.

—Sí, inspectora jefe.

—Mande un equipo de la científica para allá cuanto antes. Me temo que vamos a tener que poner el coche patas arriba.

—Pero ¿el señor García no murió en un accidente?

—Eso hubiéramos deseado todos, oficial, pero me temo que ha sido un asesinato. Que la Científica registre el coche en busca de cualquier pista. Lo más probable es que el asesino estuviera, en algún momento, dentro del vehículo. Deme la dirección y voy para allá.

Al arrancar el coche, la radio se enciende. La noticia central en los informativos sigue siendo la desaparición de un banquero que no regresó a casa después de ausentarse en el trabajo, hace ya ocho días, y que la policía sigue buscando. Las primeras investigaciones parecen indicar que la desaparición ha sido voluntaria y, por eso, el caso todavía no está sobre su mesa. Ni una sola mención al accidente del diputado.

«Después de unos días los accidentes no son noticia y los políticos ya llenan bastantes noticieros con sus corrupciones y despropósitos».

Se alegra, aunque sabe que la calma no durará mucho. Espera que, ahora que saben lo que tienen que buscar en el coche, el caso encuentre una pista rápida que seguir antes de que la noticia llegue a los medios. Desea que, para cuando llegue, sus compañeros de la Científica ya tengan algo por dónde empezar a buscar.

El caso podría venirle bien si se resuelve de manera rápida. Hace poco que promocionó a inspectora jefe dentro del departamento y, resolver un caso de esa importancia, le haría ganar puntos ante sus superiores. Por el contrario, si el caso se complica y sus jefes se ven obligados a tener que presentar excusas ante la prensa, puede darse por jodida. No tendrá ninguna opción de mantenerse en el cargo.

Dispuesta a resolver el caso con celeridad, aparca el coche y se ata el chubasquero. Aunque ya es casi la hora de comer, el frío invernal se clava en los huesos y la lluvia acentúa esa sensación.

—Buenos días. ¿Habéis encontrado algo? —pregunta nada más cruzar las puertas y ver a los agentes de la Científica revisando el coche.

—¿Algo? Tenemos tantas muestras recogidas que ya casi no nos quedan ni bolsas donde guardarlas. Este coche es una auténtica fiesta de ADN y partículas. Creemos que el diputado García no había limpiado su coche por dentro desde que lo sacó del concesionario.

—¿Qué quiere decir, oficial?

—Que esto no es como el CSI ese de la tele, inspectora jefe. Ese en el que el coche solo tiene una huella parcial o una fibra del sospechoso para analizar. Aquí hemos recogido ya más de veinte huellas dactilares, tanto en el volante como en las ventanas, por fuera y por dentro, también hay huellas en varios de los envoltorios que hay tirados por el suelo del coche. Tenemos fibras de ropa en los asientos traseros como para hacer un jersey. Y eso sin mirar todavía lo que hay dentro de la guantera o del maletero. Y, no se lo va a creer, pero hay manchas de semen en todos los asientos, en el salpicadero y hasta en el techo del coche. Cuando hemos pasado la luz ultravioleta por dentro ha brillado como una puta discoteca. El agente que estaba sentado en uno de los asientos ha salido corriendo. Imaginamos que la mayoría serán de la víctima, pero hasta que no lo analicemos en el laboratorio, no lo sabremos.

—Genial. No podía ser sencillo. Una huella, un sospechoso, un asesino y a casa a descansar. Está bien, analizad todas las pruebas que encontréis.

—A sus órdenes, inspectora, pero nos llevará mucho tiempo.

—Lo sé, pero tiempo es de lo que menos vamos a disponer —dice resignada mientras se enfunda las manos en un par de guantes de látex que recoge de uno de los maletines de la Científica.

Como los agentes no han revisado todavía la guantera del coche se dispone a hacerlo ella misma, pero evita sentarse en el asiento tras conocer el uso que daba al coche el señor García. Nada más abrirla algo llama su atención. Con la ayuda de unas pinzas coge una carta de la baraja americana que está sobre todos los demás papeles de la guantera. Es un as de tréboles.

6

El informe forense le da la razón. La señorita Rubio había sido asesinada de un fuerte golpe en el lado izquierdo de la cabeza asestado, casi con toda seguridad, por un objeto metálico, como un martillo o una barra.

El sargento primero Abengoza ya lo sospechaba desde el primer momento. Todo le había parecido demasiado artificial. Una representación exagerada que pretendía simular unos hechos que, en realidad, no ocurrieron. La posición del cuerpo no era natural, como si alguien lo hubiera dejado caer de cualquier modo. El suelo no presentaba huellas de ningún resbalón. Transcurrido todo el fin de semana no podía determinar si el suelo estaba mojado en el momento del accidente, pero descartó la hipótesis de que alguien lo hubiera pisado estando húmedo, porque de lo contrario habría quedado una marca en el azulejo una vez seco. Y no era el caso. No había rastro de huellas de pies o de calzado.

Las marcas en el borde de la bañera le habían llamado la atención de forma especial. Había dos y lo curioso era que la más cercana al cadáver era la más fuerte. En el supuesto de darse dos golpes, el primero habría sido el de mayor impacto y, tras rebotar contra el azulejo, el segundo sería más débil y cercano al lugar donde terminaría la cabeza en el suelo. La única posibilidad de que quedara más próxima al golpe principal era que el homicida, intentando disfrazar su asesinato, dejara caer la cabeza inerte sobre el borde de la bañera y, no quedando satisfecho con la marca dejada, volviera a golpearla con más fuerza la segunda vez, quedando conforme y dejando a la víctima en el suelo.

Seguro de que se enfrentaba a un caso de asesinato, a Gabriel le quedaba la duda de dónde se había cometido el crimen. La sangre en el cuarto de baño era escasa para el golpe recibido. Estaba convencido de que el aseo no había sido el lugar del crimen y por eso ordenó a sus compañeros de la Científica analizar toda la casa. Estos no tardaron en descubrir que el asesinato se había llevado a cabo en el salón. Cerca de la entrada encontraron una salpicadura de sangre que, aunque había sido limpiada, el luminol detectó en una pequeña mesita que había junto a un sofá, en el tejido del mismo y en el suelo.

Pero allí, en el salón, también había algo que a Gabriel no le cuadraba. Otra vez había poca sangre. Si la víctima había sido golpeada junto a la entrada, ¿dónde estaba la sangre en el lugar de la caída? ¿Cómo habían trasladado el cadáver hasta el cuarto de baño sin dejar ni rastro de sangre por el pasillo? Por fortuna, el informe forense daba respuesta a esas preguntas.

Durante la autopsia había descubierto una fibra de tejido en el cierre del sujetador de la víctima. El cierre frontal se había quedado enganchado al voltearla. Si el cierre hubiera sido trasero, cubierto por la bata, se habrían quedado sin pista.

El análisis del tejido había dictaminado que era una mezcla de algodón y yute, una planta de la que se extrae una fibra menos resistente que el lino y que se utiliza para tejer sacos, fabricar cuerdas, tapices y alfombras. Y eso era lo que le faltaba a Gabriel en aquel salón: una alfombra.

Que la puerta del domicilio no presentara ninguna señal de haber sido forzada y que las ventanas estuvieran todas cerradas por dentro le daba la información suficiente para hacerse una imagen de que había podido ocurrir en la casa.

La señorita Rubio había dejado pasar a su asesino, lo que daba a entender que lo conocía o no lo consideraba una amenaza. Este la había atacado en la entrada de la casa y, casi con seguridad, en el momento de entrar o justo antes de despedirse. La muerte se había producido el viernes por la noche, la ausencia de *rigor mortis* y la presencia de gases en el abdomen indicaban que habían pasado más de cuarenta y ocho horas desde su muerte. La señorita Rubio había presentado el telediario de las nueve de la noche de ese mismo viernes, así que no habría llegado a casa hasta pasadas las once de la noche. Además, que el baño estuviera preparado, pero sin usar, hacía pensar a Gabriel que la habían matado justo al llegar a casa.

Después de recibir el golpe, había caído sobre la alfombra de algodón y yute y la habían arrastrado sobre ella hasta el cuarto de baño. Le habían golpeado la cabeza contra la bañera para intentar aparentar que se trataba de un accidente y se habían llevado la alfombra.

Antes de salir de la casa, el asesino había tenido tiempo de limpiar el salón y de marcharse sin ser visto. Ninguno de los escasos vecinos de la zona había visto ni oído nada. Ninguna huella en la casa salvo las de la víctima.

Las cuentas bancarias de la señorita Rubio no presentaban movimientos importantes en los últimos días. La nevera estaba llena con todo lo necesario para un fin de semana, pero no había comida para más de una persona, lo que hacía suponer que no esperaba visitas. Pese a ser famosa nunca había presentado ninguna denuncia por acoso o amenazas, pero un posible acosador era un buen candidato a cometer el crimen.

A Gabriel los años de experiencia en la Guardia Civil le dicen que estas muertes solo se producen por un motivo: celos. Amorosos o profesionales, pero siempre por celos. Tiene que ponerse a investigar. Lo primero es mandar analizar el portátil y el móvil encontrados. Descifrar las contraseñas es trabajo de los informáticos, él tiene que averiguar qué ha hecho el asesino con la alfombra e intentar responder a una pregunta. ¿Qué hace la carta del as de corazones sobre la mesa del salón?

Pero antes debe ponerse en contacto con la persona que había pedido que fueran a la casa y con los familiares de la víctima.

—Buenos días. Soy Gabriel Abengoza, sargento primero de la Guardia Civil. —Se presenta cuando contestan a la primera de sus llamadas—. Usted nos llamó esta mañana preguntando por la señorita Vanessa Rubio, ¿es así?

—Sí, así es. Estamos muy preocupados. Vanessa no ha acudido a la reunión de esta mañana y ya debería estar en el plató para preparar el informativo de esta noche. Nunca llega tarde, es muy raro. No contesta a las llamadas y en su casa no saben nada de ella. Tampoco he recibido noticias de ustedes. ¿Saben algo?

—Me temo que no son buenas noticias. La señorita Rubio no podrá acudir al informativo...

—¿Qué le ha ocurrido? ¿Regresará pronto? —pregunta la mujer interrumpiendo a Gabriel.

—En realidad, ya no regresará. Encontramos a la señorita Rubio muerta en el cuarto de baño de su casa esta mañana.

—¿Muerta? ¡Cómo demonios va a estar muerta! ¡Es imposible! Estuvo aquí el viernes con nosotros. Presentó las noticias. Estaba bien. No puede estar muerta. —La directora de informativos de la cadena no da crédito a lo que le cuenta el sargento.

—Siento darle la noticia de esta manera. Fue su llamada de esta mañana, preocupándose por ella, lo que nos llevó a encontrar su cadáver en la casa. La encontramos en el baño con un fuerte golpe en la cabeza. Lleva muerta desde el viernes por la noche.

—Qué desgracia. —El tono de voz melancólico de la directora delata que va asimilando la noticia—. Que a una chica tan joven y con tanto futuro por delante se le haya truncado la vida por un accidente doméstico...

—Lo lamento, señora, pero no fue un accidente lo que terminó con su vida.

—¿Qué? —La directora vuelve a mostrarse sorprendida.

—Creemos que la señorita Rubio fue asesinada.

—No, eso no es posible. ¿Quién querría matarla? Tienen que estar equivocados. Era una buena chica... —La directora se queda un instante en silencio al asimilar que ya empieza a hablar de ella en pasado—. No se metía en líos con nadie. En la redacción todos la queríamos, la queremos mucho. Llevaba una vida normal, casi diría que aburrida. Se pasaba el día en la redacción preparando el telediario o revisando noticias con el equipo, y los fines de semana se iba a Miraflores de la Sierra a desconectar del mundo y a escribir. Era una chica cariñosa que disfrutaba de sus momentos a solas. No entiendo quién iba a querer matar a una chica así.

—Mi experiencia me dice que la mayoría de mujeres jóvenes, con una vida como la que describe, solo mueren asesinadas por dos motivos: robo o celos. En la casa no falta nada de valor. —El sargento Abengoza no cree necesario decir que lo único que falta en la casa era la alfombra—. Así que sospechamos que tuvo que ser por celos. Ya sea profesionales o amorosos. ¿Sabe si la víctima salía con alguien?

—No. Como le digo, era una mujer que disfrutaba de sus ratos de soledad. El resto del tiempo lo pasaba en la redacción. En los dos años que lleva trabajando en la cadena no le he conocido ningún novio o relación. Al menos, jamás me ha contado nada y la única persona que se ha acercado a recogerla, en alguna ocasión, era su hermano. Era una chica guapísima, y seguro que pretendientes no le faltaban, pero nunca la he visto prestar atención a ninguno.

—¿Sabe si recibía cartas de admiradores? Quizás alguno de ellos se pasó de admirador a acosador.

—Sí. Alguna carta recibía. No muchas, pero alguna sí que le llegaba. —La Jefa de informativos hace una pausa mientras intenta recordar. Cuando visitaba el camerino de Vanessa no eran muchas las veces que la había encontrado ocupada leyendo alguna carta—. Sobre todo, después del éxito obtenido por su novela. Si no están en la casa de Miraflores de la Sierra, lo más probable es que estén en su apartamento, aquí en la capital, o en su camerino.

—Tendremos que encontrar esas cartas. ¿Además de su hermano tenía más familia?

—Sí, su madre. Creo que su padre falleció cuando ella era todavía una cría. Va a ser un duro golpe para ellos. —La voz de la señora se vuelve temblorosa. Gabriel nota que está a punto de echarse a llorar—. No me veo capaz de darles la noticia.

—No se preocupe. Lo haremos nosotros —responde Gabriel—. Muchas gracias por su tiempo. Encárguese de que nadie toque nada del camerino de la señorita Rubio hasta que algún miembro de la Guardia Civil acuda. Si necesito algo, más la volveré a llamar.

—De acuerdo. Sí, por favor, hágalo.

—Una última cosa. Sé que en las noticias tendrán que informar del fallecimiento. Solo le rogaría un favor. No diga que fue un asesinato. Hablen de un posible accidente doméstico. Dejemos que, por el momento, el asesino crea que se ha salido con la suya y no le pongamos alerta.

—¿Temen que se escape?

—Creemos que su propósito no es detenerse tras la muerte de la señorita Rubio. Si sabe que lo investigamos, puede que acelere sus intenciones.

—Muy bien. Así lo haremos. Por favor, encuentre cuanto antes a quien le haya podido hacer esto a Vanessa.

—Le aseguro que haremos todo lo que esté en nuestras manos para encontrarle —responde antes de colgar el teléfono.

Acto seguido se dispone a dar la noticia a la familia de la víctima. Es la parte de su trabajo que más le desagrada, pero alguien tiene que hacerla. Sabe que esa noticia no se puede dar a una madre por teléfono así que, tras investigar y encontrar la dirección, conduce hacia la capital. La madre y el hermano viven en el Distrito de Moratalaz, en el barrio de Media Legua. Tiene casi una hora en coche si no encuentra mucho tráfico en la M-30.

Le duele la cabeza por la resaca de la noche anterior y, pese a que en la calle hace frío, conduce con las ventanillas abiertas. Necesita despejarse. No para de dar vueltas a la idea de que la persona que cometió el asesinato lo hizo de forma premeditada. No fue fruto de una discusión o de una pelea. En esos casos, el asesino se siente tan asustado que huye del lugar del crimen a toda prisa. Ninguno se queda a limpiar la sangre ni intenta que parezca un accidente y, mucho menos, se lleva la alfombra a cuestas con el riesgo de poder ser visto. Quien lo hizo tiene mucha sangre fría y el plan premeditado. Además, la víctima le abrió la puerta, lo que hace sospechar que conocía a su agresor. ¿Por qué Vanessa le abrió la puerta a alguien que podría tener motivos para matarla si le conocía?

Hay algo más que le preocupa: la carta sobre la mesa del salón. La presencia del As de corazones solo se explica si la ha dejado el asesino. En todo el resto de la casa no había ninguna baraja, así que no podía haberse quedado olvidada en la mesa. Que la carta la haya dejado el asesino es su máxima inquietud.

Estaciona el coche frente a la vivienda de los Rubio y llama al timbre. Una señora de aspecto envejecido y mirada perdida le abre la puerta cuando está a punto de volver a llamar. Parece que a la señora le ha costado esfuerzo llegar hasta la puerta.

—Buenos días. ¿Es usted la madre de la señorita Vanessa Rubio?

—Sí, soy yo. ¿Qué ocurre? ¿Le ha pasado algo? ¿Quién es usted?

—Soy el sargento primero de la Guardia Civil de Miraflores de la Sierra. Mi nombre es Gabriel Abengoza. Su hija… —Se aclara la voz y respira hondo antes de continuar—. Deberíamos entrar en la casa y sentarnos, señora.

—Está bien, pase. La casa está un poco desordenada. Desde que mi hija se marchó de casa, y con mi hijo saliendo a buscar trabajo, no me veo capaz de mantener toda la casa en orden. Espero que no le moleste.

—No se preocupe por eso.

A Gabriel, esos momentos previos a dar la noticia a un familiar, le encogen el alma. Ver a la pobre señora preocupada por el orden de la casa, aún desconocedora de la amarga noticia, le hace sentir una lástima que perdurará en su memoria.

—Vengo a darle una mala noticia sobre su hija. La hemos

encontrado muerta esta mañana —dice cuando la señora cierra la puerta, intentando no dilatar esa sensación.

—¿Mi pequeña? ¿Muerta? —exclama la mujer sorprendida antes de echarse a llorar de manera desconsolada—. Por eso no ha llamado. Siempre llama a casa los lunes por la mañana. Ya sabía yo que algo malo le había pasado, pero nadie me hace caso. Ella nunca deja de llamar a su madre.

Gabriel la sujeta por la cintura al percibir que a la mujer le fallan las piernas. La señora no deja de balbucear mientras él la sostiene y la ayuda a caminar hasta el salón.

—Señora, siéntese. Es importante que le haga unas preguntas para intentar esclarecer lo que le ha ocurrido a su hija. Sé que es un momento complicado para usted pero cuanto antes pueda responderme, antes podremos detener al culpable.

—¿Cómo dice? ¿Al culpable? ¿Al culpable de qué? ¿Qué le ha ocurrido a mi pequeña?

—Su hija recibió un fuerte golpe en la cabeza, el viernes por la noche, en la casa que tiene en Miraflores de la Sierra. Una patrulla la ha encontrado muerta en el cuarto de baño esta mañana, tras recibir una llamada desde su trabajo. Les extrañaba que no se hubiera puesto en contacto con ellos y sospecharon que algo podría haber pasado.

—Le dije que era mala idea. Que no me gustaba que pasara sola los fines de semana en ese sitio, pero ella insistía en que allí estaba más tranquila. Mi hija es famosa, ¿sabe? Ha escrito un libro que es un éxito de ventas. Se va a la sierra todos los fines de semana a escribir su segunda novela. Dice que en la ciudad se distrae, que el ruido no la deja concentrarse, que necesita tranquilidad para escribir. Si me hubiera hecho caso y se hubiera quedado en su casa de Madrid, ahora estaría viva. Allí hay muy poquita gente y los ladrones campan a sus anchas. Yo le dije que era mala idea pero, como soy vieja y tengo mal la cabeza, nadie me hace caso. Nunca nadie me hace caso.

—Señora, no fue un robo. Su hija conocía a su agresor. Podría haber sucedido lo mismo en su casa de Madrid —dice

Gabriel intentando que la señora no se sienta peor de lo que ya se siente. O al menos que no se sienta tan mal como se siente él al verla sufrir.

—¿Conocía al asesino? ¿Y quién iba a querer matar a mi niña?

—Eso es lo que voy a intentar averiguar. ¿Sabe si su hija tenía alguna relación?

—No, mi hija hace tiempo que no sale con nadie. Al menos que yo sepa. Desde que rompió con su último novio, hace un par de años, no me cuenta nada de su vida sentimental. Mi niña es muy guapa, pero decía que estaba cansada de las relaciones. Las últimas no le fueron muy bien, ¿sabe?

—¿Tenía algún admirador? —pregunta Gabriel tomando nota mental de la existencia de un exnovio.

—Muchos. Mi hija es famosa, ¿sabe? Sale en la tele. Presenta las noticias y escribe libros. Es muy trabajadora y admirada. Mi niña es muy guapa. Tiene mis ojos, ¿sabe? Sus lectoras y seguidores le mandan cartas. Ella las guarda todas en su casa. ¿Quién iba a querer matar a mi pequeña?

Las punzadas de lástima se le siguen clavando en el pecho a Gabriel cada vez que oye hablar a la señora. Al contrario que la directora del informativo, su madre sigue hablando de su hija en presente, como si siguiera viva.

—Tengo entendido que vive usted con su hijo. ¿Dónde está ahora el hermano de Vanessa?

—Ha salido a hacer la compra. Yo ya no puedo. La edad, ¿sabe? Una ya está mayor para cuidarse sola. Mi hijo me cuida. Está en el paro y me ayuda en lo que puede. Enseguida volverá a casa. Si no tiene prisa, puede esperarle.

—Lo haré. ¿Tiene usted llaves de la casa de su hija aquí en Madrid?

—Sí, creo que tengo un juego de llaves en alguna parte. No ando muy bien de la memoria, ¿sabe? Seguro que mi hijo se acuerda de dónde está. Pídaselo a él, enseguida volverá a casa. ¿Le he dicho que está sin trabajo?

Gabriel se queda sentado en el salón mientras la madre de Vanessa vuelve a romper en lágrimas. Balbucea palabras sollozadas entre las que consigue distinguir un par de «mi pequeña» y unos cuantos «Dios mío». El resto es ininteligible.

La pobre señora se ha mantenido entera mientras la interrogaba, pero al quedarse sola con sus recuerdos se ha terminado de romper.

«Una madre jamás debería tener que vivir la muerte de un hijo».

Gabriel busca la manera de consolarla, pero nunca se le ha dado bien. Cuando tiene que dar una noticia de este tipo intenta ser sincero y claro, sin andarse por las ramas, pero siempre comprensivo con la persona afectada.

Aún recuerda lo mal que le sentó que los médicos no fueran sinceros y claros con la enfermedad de su padre. Ellos intentaron animarle llenándole de falsas esperanzas y medias verdades mientras su padre se moría y nada se podía hacer. Si lo hubiera, sabido habría actuado de otro modo.

Después de darles el pésame, se excusa para proseguir con la investigación.

«Los familiares lo primero que desean es que encuentres al culpable. Del consuelo ya se encarga la familia. La Guardia Civil está para encerrar a los que infligen el dolor. Es nuestra manera de mitigarlo».

Pero aún falta hablar con el hermano y pedirle el juego de llaves de la otra casa para poder ir a buscar pistas. Espera que llegue pronto porque no soporta la imagen abatida de la señora y no se le ocurre cómo consolarla.

¿Qué se le dice a una madre que acaba de enterarse de la muerte de su hija? ¿Que no se preocupe? ¿Que el tiempo todo lo cura? Él sabe que eso es una mentira estúpida cuando se trata de la muerte de una hija. Nadie puede ocupar el vacío que eso deja en el alma. Mucho menos el tiempo.

—¿Aún conserva el cuarto de su hija en la casa? —pregunta sin soportar ver el abatimiento de la madre. Necesita hacer algo mientras llega el hermano de Vanessa.

—La primera puerta a la derecha del pasillo —responde la señora enjugándose las lágrimas—. Está igual que el día que se fue.

Al entrar por la puerta de la habitación, Gabriel comprende que ese tiempo ha sido mucho. La habitación de Vanessa recuerda a la habitación de cualquier adolescente en la década de los noventa. Fotos de Alejandro Sanz, Alicia Keys o los Backstreet Boys adornan las paredes. Los colores pastel destacan en la decoración.

Gabriel echa un vistazo. El armario está casi vacío. Solo en uno de los cajones encuentra algo de ropa, un pijama y un albornoz. En las estanterías aún hay libros de *¿Dónde está Wally?* o revistas de *Súper Pop*. En uno de los cajones de la mesilla, entre papeles, postales y lápices de colores encuentra un *Tamagochi* de los que se hicieron tan populares a finales de esa década. La habitación no ha llegado al siglo XXI.

En el segundo de los cajones de la mesilla, hay una carpeta de colegio con otra cantante de la época en la portada que Gabriel no llega a reconocer. Dentro, un fajo de cartas atadas con un lazo de color rojo. Suelta el nudo con cuidado y las mira. Todas son cartas de amor adolescente que alguien firma como «tu ángel».

Está claro que la madre no ha dejado atrás la adolescencia de su hija y que quiere conservarla así en su recuerdo.

Gabriel vuelve a anudar las cartas y las deja en el cajón cuando oye que la puerta de la calle se abre.

—Mamá, ya estoy en casa —dice una voz grave tras cruzar el umbral.

Es un chico de aspecto descuidado, ropa arrugada y barba de varios días, sin arreglar. A Gabriel no le da buena espina. Carraspea desde el pasillo para hacer notar su presencia. El hermano de Vanessa se gira sobresaltado.

—¿Quién es usted?

—Mi nombre es Gabriel Abengoza. Soy sargento primero de la Guardia Civil.

—Le juro que yo no tengo nada que ver.

—No tengo idea de a qué se refiere. —La reacción del hermano confirma la primera idea que se ha hecho de él. Gabriel toma nota mental de que debe investigarlo—. Tengo entendido que es el hermano de Vanessa Rubio, ¿no es así?

—Sí, soy Rubén. ¿Ha ocurrido algo?

—Me temo que sí. Me gustaría hablar con usted a solas. Ya he hablado con su madre y no creo que sea conveniente que nos escuche.

—Podemos ir a mi habitación si así lo desea. —Rubén le indica el camino a través del pasillo. Antes, pasa por la cocina a dejar las bolsas de la compra. Después, acompaña al agente a la habitación—. Dígame, ¿qué ha ocurrido?

—Su hermana ha sido encontrada muerta esta mañana, en su casa de Miraflores de la Sierra.

—¿Muerta? Vaya, le dije que si seguía así, algún día le pasaría algo, pero nunca pensé que llegara a ese extremo.

—¿Qué quiere decir?

—Mire, sé que la imagen que tiene el mundo de mi hermana es la de una persona trabajadora, simpática, dulce… Mi madre la adora, aunque no viene por casa desde las pasadas navidades. Una llamada a la semana es toda la atención que presta a nuestra madre desde que se marchó de casa con dieciocho años. Pero mi hermana no era tan buena como la pintan. Le dije varias veces que tuviera cuidado, pero al parecer no me hizo ningún caso, algo muy habitual en ella.

Gabriel echa un vistazo a la habitación de Rubén. Al contrario que la de su hermana no solo ha llegado al siglo XXI, sino que parece haber sobrevivido a un cataclismo. La ropa tirada sobre la cama, las puertas del armario abiertas, la mesa, con el ordenador, llena de basura y desordenada. Hay algo en esa habitación que le recuerda a su propia casa.

—A su madre le ha afectado mucho la noticia. Sin embargo, usted no parece muy afectado.

—Claro que estoy afectado. Era mi hermana. No es que nos

lleváramos muy bien de un tiempo a esta parte, por un par de asuntos personales, pero seguía siendo mi hermana.

—¿A qué asuntos personales se refiere?

—¿Ha oído hablar del libro *Saber a mar*?

—Sí. Es la novela que publicó su hermana. Es número uno en ventas desde el momento en que salió. Su hermana escribe muy bien.

—Esa frase es sólo una verdad a medias. Mi hermana publicó la novela, cierto. Mi hermana escribe muy bien, falso como ella misma. La novela no la escribió mi hermana. La escribí yo.

—¿Qué me quiere decir? —pregunta Gabriel abriendo los ojos por completo por primera vez desde que se levantó con resaca de la cama. La información le coge por sorpresa.

—Es a mí a quien le gusta escribir. A mi hermana solo le gustaba hacerse notar, ser popular, que hablaran de ella. Cuando le enseñé la novela, me dijo que le parecía muy buena y que era una pena que no encontrara a nadie con quien publicarla. Que el mundo de las editoriales es muy duro y que si no tienes un nombre, nadie da un duro por ti, que lo mejor que podía hacer era dejar que ella, que era un rostro conocido en la televisión, publicara la novela a su nombre porque, con su popularidad, tendría el éxito garantizado. Que estuviese tranquilo, que los beneficios de la novela serían exclusivamente para mí y que ella solo pondría la imagen.

»Yo me moría de ganas por que mi historia saliera a la luz y que la gente pudiera leerla. Me daba igual el nombre que figurara en la portada. Así que acepté. Le dejé la novela y ella se encargó de hablar con las editoriales. No tardó en encontrar una que se la publicara. Que los beneficios de la misma fueran para mí ya es otra historia.

—¿Quiere decir que su hermana le robó la novela?

—Así es.

—¡Vaya! Ese es un buen motivo para el asesinato. Con su muerte, los derechos de la obra pasarán a su madre y, teniendo en cuenta su edad y estado de salud, usted los terminará recuperando.

—Gabriel pasa, del tono de voz que usa para informar a los familiares, al tono más severo que usa en los interrogatorios.

—Ni siquiera lo había pensado. Será cierto eso que dicen del karma, que acabas recogiendo lo que siembras. Pero yo jamás mataría a mi hermana por eso. Ella ya me había ofrecido devolverme el dinero.

—¿Ah sí? ¿Y por qué iba a querer devolvérselo después de apropiarse de él?

—Porque lo que ella no esperaba era que la editorial le pusiera en el contrato la obligación de entregar una segunda parte de la novela en el plazo de un año. Cuando se dio cuenta vino a pedirme, rogarme, que la escribiera yo, y estaba dispuesta a darme hasta el último céntimo de euro del dinero que había ganado siempre que ella pudiera seguir teniendo la notoriedad.

Pese a que la conversación ha derivado en una especie de interrogatorio, Rubén conserva la calma ante cada pregunta que el sargento le lanza.

—Así que ella le iba a devolver el dinero a cambio de que usted escribiera la segunda parte y la dejara volver a publicarla a su nombre.

—Eso es. Así que no necesitaba matarla para recuperar el dinero. Es más, cuando vino a hacerme la oferta, la rechacé. Disfrutaba enormemente viéndola sufrir, intentando escribir cuatro líneas juntas que tuvieran algún sentido. Hubiera disfrutado mucho más viéndola hacer el ridículo con su segundo libro y cuando el mundo descubriera lo falsa que era la buena de mi hermana. Su muerte no me permite disfrutar de ese momento. Ha muerto como una famosa presentadora de televisión y escritora de libros. Ha muerto como le gustaba a ella vivir, haciéndose notar.

—Está claro que no se llevaba bien con ella.

—Yo soy su hermano pequeño. Mi hermana era como la luna, inmensa en el cielo, pero que para brillar necesita robar la luz y el protagonismo a las estrellas. Desde que ella nació, ha sido el centro del mundo y, cuando alguien acapara todos los focos de afecto, popularidad y notoriedad, siempre deja a otro en la sombra. A mí me ha tocado vivir en esa zona oscura. Mi nacimiento no fue el inicio de algo importante, como lo fue el suyo. El mío fue, simplemente, un acontecimiento en la vida de mi hermana. Para mi madre, la muerte de mi padre fue un golpe del cual se sobrepuso proyectando su amor hacia Vanessa. Cuando mi hermana se independizó con dieciocho años, ella no lo aceptó. Se aferró a la idea de que su hija seguía en casa.

—Ya he visto el cuarto de su hermana, está igual que hace veinte años. Su madre lo conserva tal cual lo dejó Vanessa.

—Está igual que hace dieciséis años, cuando mi hermana cumplió la mayoría de edad y se fue a compartir piso con una chica. Yo tenía doce años y, desde entonces, pasé a ser un fantasma en la casa. Mi madre solo habla de Vanessa, aunque solo venga a verla por su cumpleaños y en navidades.

—Eso tuvo que dolerle —añade Gabriel al notar en su tono de voz el resentimiento—. ¿Dónde estaba el viernes, a eso de las once de la noche?

—Por lo menos ha tenido el detalle de morir en un momento en el que su hermano tiene una buena coartada. Como le digo, no tenía ningún motivo para matarla y hubiera disfrutado más viendo su caída desde la cima. Pero además, no tenía forma de hacerlo el viernes por la noche. Estuve en un concierto de música en el centro de Madrid. Habrá unas cien personas que puedan corroborarlo.

—¿Sabe de alguien que pudiera tener motivos para querer matar a su hermana?

—Ya le he dicho que mi hermana necesitaba robarle la luz a las personas de su alrededor para brillar. Estoy seguro de que no he sido el único que ha terminado en el lado sombrío por su culpa. Debería hablar con Ricardo.

—¿Ricardo? ¿Quién es Ricardo?

—Ricardo Robles. El exnovio de mi hermana.

Rubén se sienta en el borde de la cama de su habitación y comienza a rebuscar en los cajones de la mesilla. Gabriel se lleva la mano al costado donde lleva el arma reglamentaria, sin quitarle el ojo de encima.

—¿Tuvo problemas con él?

—Él tuvo problemas con ella —precisa Rubén sacando un papel y un bolígrafo de la mesilla y apoyándose en ella para escribir—. Le voy a dar su dirección. Ricardo es un chico peculiar, pero noble como él solo. Aunque, ya le digo desde ahora, que él tampoco es el asesino de mi hermana. Su banda es la que daba el concierto al que yo asistí. También tiene coartada para el viernes noche, pero puede que le dé más información sobre los posibles enemigos de mi hermana.

—De acuerdo, hablaré con él. ¿Me hace el favor de darme la dirección y me presta las llaves de la casa de Madrid de su hermana? Su madre me ha dicho que usted sabe dónde están.

7

Encerrada en su despacho, Ángela firma unos cuantos informes mientras espera noticias sobre el asesinato del diputado. Uno de sus oficiales llama en ese momento a la puerta.

—Buenas tardes, oficial. Espero que me traiga alguna buena noticia. El cupo de malas ya lo tengo más que cubierto por hoy —comenta Ángela, levantando la mirada del montón de folios que tiene sobre la mesa.

—Es un hilo del que poder tirar en el caso del diputado García. No sabemos hacia dónde nos puede llevar, pero al menos es un sitio por el que empezar.

—Soy toda oídos.

—Al parecer, el señor García tuvo una fuerte discusión durante la reunión del partido previa a su asesinato. Por lo que cuentan, durante la reunión hubo una división interna. La que defendía una de las posturas estaba liderada por el señor García y la otra era defendida, con idéntico fervor, por el también diputado Gorka Elizalde.

—¿Tú crees que la discusión fue tan grave como para terminar matándolo?

—No lo sé, inspectora. Lo que sí sé es que, durante la reunión, casi llegan a las manos y que las huellas del señor Elizalde están entre las que encontramos dentro del coche del señor García. La suya estaba en la parte interior de uno de los cristales traseros del vehículo. Se conservaba bien, así que tuvo que ser dejada hace poco tiempo. Creo que debería interrogar al señor Elizalde.

—Yo también lo creo. Tráiganle a comisaría en cuanto sea posible. No le detengan, está aforado. Díganle que es un mero trámite para que acuda de manera voluntaria. Quizás no sea el asesino, pero seguro que conoce mejor que nosotros al señor García y puede decirnos si tenía algún enemigo más. Estos políticos siempre suelen estar en medio de tormentas. Además, los políticos tienen fama de no saber tener mucho tiempo la boca cerrada y algo de información obtendremos.

Ángela se sienta en la silla de su despacho. Mientras no le lleguen más datos de la Policía Científica que arrojen algo más de luz sobre el caso, no pierde nada por interrogar a un sospechoso. Ha conseguido mantener alejados a sus superiores y a la prensa durante todo el día, pero eso es algo que no tardará en cambiar. Lleva el tiempo suficiente en la policía para saber que esas cosas no se guardan mucho tiempo en secreto. Y menos en un departamento como el suyo, en el que son varios los que desean ponerla contra las cuerdas.

Ante la ausencia de novedades baja a comer a un restaurante cercano a la comisaría que sirve platos combinados, aunque ya hayan pasado las cuatro de la tarde. Las habilidades culinarias son algo que tampoco ha heredado. No era aficionada a meterse en la cocina de pequeña a mirar qué hacía su madre. La forma en la que la comida llegaba a la mesa nunca le había llamado la atención. Era más partidaria de comer que de cocinar. Cuando se marchó de casa no había encontrado el tiempo de aprender. Era una mujer muy ocupada como para dedicar dos horas al día a algo que terminaba devorando en cinco minutos.

Después de comer, regresa al despacho y termina de rellenar unos informes. A las seis de la tarde, cuando recoge los papeles de la mesa y se dispone a marcharse a su casa, ve a dos agentes llevando al diputado Elizalde a la sala de interrogatorios.

«¡Qué oportunos! Me parece que hoy me quedo sin ir al gimnasio.»

Uno de los agentes se acerca por el pasillo para informarle de que el sospechoso está listo para ser interrogado. Le hace un gesto con la cabeza para que sepa que ya los ha visto llegar y le devuelve el saludo antes de que este regrese a su puesto de trabajo.

—¿Me puede decir qué demonios hago aquí? —La voz estridente del diputado Elizalde le crispa los nervios incluso antes de empezar—. Cuando vinieron a mi casa esta tarde pensé que quería hablar conmigo en su despacho, no en la sala de interrogatorios. ¡Sabrá quién soy yo y que está usted hablando con un diputado!

A Ángela le llama la atención lo bien vestido que va el interrogado. Desconoce si se disponía a salir de casa cuando fueron a buscarlo o si había pedido que le dejaran arreglarse antes de acompañarlos a comisaría. El caso es que el buen gusto del diputado a la hora de vestir es más que evidente: pantalones impolutos, americana entallada y el nudo de la corbata atado a la perfección. No tarda en captar el aroma a pomelo y nuez moscada que desprende. Además de bien vestido, Elizalde va perfumado.

—Buenas tardes, señor Elizalde. Sé perfectamente quién es y por eso le pedí a mis compañeros que le *invitaran* a venir de forma voluntaria. No está detenido ni acusado de nada, por el momento. Solo quiero hacerle unas preguntas sobre el asesinato de un compañero suyo.

No soporta esos aires de superioridad de los políticos, el hecho de que se sientan tan superiores cuando para llegar a diputado no hay que cursar ningún estudio. Le crispa los nervios.

—¿Asesinato? ¿De qué está hablando? —Su asombro parece sincero y el tono de su voz ha disminuido de manera considerable.

—Mire señor Elizalde es tarde, he tenido un día de mierda y quiero ir al gimnasio a descargar adrenalina contra un saco de boxeo, volver a casa, cenar tranquila y taparme con una manta en el sofá. Por cómo va arreglado y perfumado imagino que sus planes tampoco eran quedarse en casa esta noche. Así que no me voy a andar por las ramas.

»Su compañero, el también diputado Pablo García, no murió en un accidente de tráfico ni de un ataque al corazón. Bueno, en realidad sí que murió de un ataque al corazón, pero este no fue por causas naturales. Fue provocado.

—¿Qué? ¿Está usted segura?

—Tenga claro que yo estaría mucho más tranquila si el caso hubiera sido una simple muerte accidental. Las pruebas forenses lo confirman. El señor Pablo García fue asesinado. —La noticia parece afectar al interrogado porque no para de agitarse en la silla. Por primera vez, los aires de grandeza desaparecen y ya no se atreve a sostener la mirada desafiante de la inspectora.

—¿Y en qué puedo ayudarles yo?

—Seré franca con usted. A quien bien entiende, le sobran las palabras. Ya le he dicho que tengo ganas de irme a casa. Es usted nuestro primer sospechoso.

—¿Qué? ¡Está usted loca! —exclama el diputado levantándose de la silla con una mezcla de rabia y sorpresa en los ojos.

—Haga el favor de sentarse. —Ángela eleva el tono de su voz y le clava la mirada. No le gusta que pongan en duda sus capacidades y, mucho menos, que sean desconsiderados y le griten—. Sabemos que usted y el diputado García discutieron muy exaltados durante la última reunión de su partido. También sabemos que, si no llega a ser por sus compañeros, habrían llegado a las manos y que se acusaron de traicionar al partido.

—¿Y? Eso no me hace culpable de asesinato, solo defensor de mis ideas.

—Pero también tenemos sus huellas en el vehículo del señor García. —Ángela omite de forma voluntaria los detalles de dónde fueron encontradas.

—Es muy probable. Pablo y yo compartíamos coche en múltiples ocasiones. Pese a lo que pueda opinar, por la última discusión que mantuvimos, nos llevábamos bien. Éramos buenos amigos. El viernes fuimos juntos a la reunión.

Ángela observa al interrogado. Desde que ha recibido la noticia del asesinato apenas ha levantado la vista de la mesa, salvo cuando ha sido considerado sospechoso. Después ha vuelto a sentarse y a agachar la cabeza. Parece apesadumbrado, como si saber que había sido asesinado hubiera aumentado la carga del peso de su muerte. Desprende elegancia, pero Ángela duda de si es una mera fachada o, por el contrario, un rasgo de su personalidad.

—Hábleme de su relación con el señor García.

—Éramos amigos. Él llevaba una legislatura más que yo en el Parlamento. Yo he sido elegido diputado en las últimas elecciones. Él ya llevaba cuatro años en la Cámara. Cuando me vine a vivir a Madrid desde Guipúzcoa, donde yo residía antes de ser elegido, él fue el encargado de explicarme cómo funcionaban las cosas. Por supuesto, como todas las personas, teníamos discrepancias en la forma de ver las reglas internas del partido, y en ciertos debates, nos acalorábamos demasiado. Los dos somos, éramos, propensos a irritarnos con facilidad. Pero tras la discusión, cuando los ánimos se calmaron, nos tomamos una copa en la sede del partido, como hacíamos siempre.

—¿Puede decirme quién podría tener motivos para querer asesinar a su compañero, el señor García? —Por primera vez en el interrogatorio, Ángela toma asiento al otro lado de la mesa. Los ánimos empiezan a calmarse y quiere que sus ojos estén a la misma altura para que el interrogado se sienta cómodo.

—En los tiempos que corren no es difícil encontrar a gente cabreada con un político. No estamos muy bien vistos.

—Se lo han ganado a pulso. ¿No cree?

—Una manzana podrida puede que afee el cesto, pero no estropea el resto de las manzanas —puntualiza Gorka con un tono de justificación en su voz.

—Salvo que deje mucho tiempo la manzana en el cesto. Y, en este país, parece que el cesto lleva oliendo a podrido cuarenta años. ¿Algún motivo para que entre todas las manzanas alguien quisiera retirar del cesto la del señor García?

—No sabría decirle. Ya sabe cómo andan las cosas en el Congreso. La relación entre partidos es bastante tensa, pero dudo mucho que nadie llegue al extremo de querer matar a nadie.

—En todas partes cuecen garbanzos. También dentro de su partido.

—¿Cómo? Ah, quiso decir habas. Sí, dentro del partido también hay sus más y sus menos. Los últimos resultados electorales nos tienen tensionados, pero insisto, no creo que hasta llegar al extremo de querer matar a nadie. No se me ocurre nadie que pudiera querer matarle.

Ángela se da cuenta de que Gorka está más relajado. Su rostro muestra un gesto sosegado y, pese al calor que hace dentro de la sala, no resbala por su frente ninguna gota de sudor. Los años que lleva como policía le han enseñado que los culpables siempre sudan.

—Me ha dicho que, después de la reunión, usted y el señor García se tomaron una copa.

—Sí, así es. Como amigos que éramos, siempre solíamos quedarnos tomando una copa en el bar de nuestra sede. Pese a la discusión, el viernes pasado no fue una excepción.

—¿Hasta qué hora estuvieron juntos en el bar? —pregunta Ángela.

—Hasta las ocho. A esa hora pasó una mujer a recogerle y se fueron juntos.

—¿Puede describirme a la mujer?

—Rubia, con el pelo largo, rizado, metro setenta aproximadamente, atractiva. No me fijé mucho en ella.

—¿Qué hizo usted cuando el señor García y la mujer se fueron?

El interrogatorio ya no puede ir más lejos. Ángela está segura de que el señor Elizalde no tiene nada que ver con la muerte de su compañero. Solo espera que tenga una buena coartada.

—Me quedé tomando un par de copas más, hasta las nueve y media, más o menos. Después me fui andando a mi casa.

—¿Alguien puede confirmarlo?

—Imagino que el camarero que me atendió en el bar podrá decirle que estuve allí. En mi casa estuve solo toda la noche.

—Muy bien, lo comprobaremos. Necesitaré una prueba de ADN para descartarle como asesino. Si no le importa... —Gorka no muestra ningún impedimento para que Ángela pueda recoger una muestra de saliva—. Manténgase localizable por si tengo que volver a hablar con usted. ¿Tenía pensado salir esta noche?

—Iba a una cena. Aún estoy a tiempo de llegar, no se preocupe. Espero que la próxima vez que me llame sea para decirme que ha encontrado a la persona que asesinó a Pablo. Buenas tardes.

El señor Elizalde se levanta de la mesa y abandona la sala de interrogatorios dejando a Ángela sola y pensativa.

Ningún sospechoso se deja tomar muestras de ADN sin poner reparos, aunque la técnica de decir que es para descartarle como sospechoso ya le había funcionado alguna que otra vez. Si su historia se confirma y estuvo en el bar hasta las nueve y media, tiene una buena coartada, pues a esa hora ya habían encontrado el cadáver. La principal sospechosa pasaría a ser la rubia desconocida con la que se fue Pablo García del bar una hora antes de su muerte. Se personaría en el bar a interrogar al camarero con la finalidad de obtener más detalles acerca de esa mujer.

Tras salir de comisaría y doblar la primera esquina, Gorka saca el teléfono móvil del bolsillo. Mira a ambos lados, como si temiera que alguien le estuviera observando, y marca un número de teléfono. Empieza a impacientarse cuando al tercer tono nadie atiende la llamada y su nerviosismo se acrecienta cuando salta el buzón de voz.

—Silvia, soy Gorka. Tenemos un problema. La policía está investigando la muerte de Pablo. No fue un accidente, fue asesinado. Si la policía investiga a fondo no tardará en encontrar trapos sucios que nos pueden meter a todos en un lío. Tenemos que deshacernos de cualquier prueba que nos pueda implicar. El cabrón de Pablo dando problemas hasta después de muerto. Llámame en cuanto oigas este mensaje. Es importante. ¡Y borra después el mensaje!

8

Alejandro mira por la ventana que da al jardín, con la mirada perdida en la lejanía, cuando su mujer le habla a su espalda.

—¿Vas a ir hoy al trabajo? —Su voz retumba en su cabeza que aún siente dolorida.

—Sí, tengo que ir. Tengo que despedir en antena a mi compañera. Ella presentó sola su último informativo y yo tendré que hacer lo mismo con este. No me puedo creer que esté muerta.

—¿Ya te encuentras mejor? No te levantaste de la cama en todo el sábado y el viernes por la noche no apareciste en el estreno de mi película. Se me hizo raro porque, antes de irme, tú te habías ido a trabajar y habíamos quedado en que pasarías por la fiesta del estreno. Cuando vine a casa estabas en la cama y no tenías muy buen aspecto.

—Ya te he dicho que no me encontré bien y que me vine a casa. Ni siquiera pude acompañar a Vanessa en su último informativo. No me puedo creer que fuera el último. Aún tengo la esperanza de acudir al camerino esta noche y encontrármela en la sala de maquillaje, como cada día de los últimos dos años. — Hace una pausa imaginando a Vanessa saludándole con una sonrisa fingida antes de terminar de pasar por las manos de los maquilladores—. Hoy ya me encuentro mejor. Todo lo bien que uno puede estar tras enterarse que su compañera de trabajo ha muerto —recalca sin dejar de mirar por la ventana mientras que su mujer rebusca algo en un cajón a su espalda.

—Ya me parecía que tenías cariño a tu compañera…

—¿Qué quieres decir? —Alejandro mira de reojo a su mujer.

—Nada en particular. Recuerda que hoy llego tarde. Tengo grabación en exteriores y la secuencia se graba de noche. No me dejes cena, vendré cenada del estudio.

—Muy bien. No te esperaré despierto entonces.

Alejandro no recuerda la última vez que esperó despierto a su mujer. Tampoco recuerda la última vez que le hizo la cena o hicieron el amor. Hace tiempo que su relación se limita a compartir un techo y unas conversaciones intrascendentes.

Ningún gesto de cariño o afecto mientras están alejados de las cámaras, que suelen fotografiarles allá donde van. Ante las cámaras, sonrisas vacías y besos fingidos que después llenan las portadas de las revistas del corazón. «La actriz Bárbara Latorre y su marido, enamorados en la entrega de los Goya». «Bárbara Latorre y su esposo Alejandro, de la mano paseando su amor». «La guapa Bárbara Latorre junto a su amor en las playas de Ibiza». Siempre el nombre de ella por delante. Rara vez figuraba el suyo y, si lo hacía, era despojado de apellido.

Cuando se casaron era todo lo contrario. Hacía ya diez años de su matrimonio y, por aquel entonces, él ya presentaba informativos en una cadena privada mientras que Bárbara apenas tenía trabajo en un par de anuncios de televisión en los que la contrataban más por su belleza que por sus dotes interpretativas. En casi todos ellos, ni siquiera tenía una frase que decir. Se limitaba a salir ligera de ropa en alguna casa o paisaje paradisíaco mientras que una voz en *off* anunciaba una colonia, un perfume o una marca de ropa interior.

Se conocieron en un simposio en el que él era uno de los ponentes y ella una cara bonita que trabajaba como azafata de congresos. Desde que la vio por primera vez, se fijó en ella; en su sonrisa, su belleza, su elegancia a la hora de vestir o de moverse entre la gente. En cuanto terminó de dar su charla se acercó a ella y empezaron a hablar. Ella le reconoció de inmediato. Desde el primer momento se dejó seducir y conquistar por sus palabras. Coqueteaba, le lanzaba miradas cómplices y, a punto de finalizar la velada, huyeron juntos del lugar sin dar explicaciones. Ella ni siquiera se quedó a devolver el uniforme de azafata. Pasaron una maravillosa noche juntos. La primera de muchas antes de proponerle matrimonio.

Para entonces la situación ya había cambiado entre ellos. Salir con el presentador del telediario le abrió, a los veintiún años, las puertas de las portadas de la prensa rosa. Con ellas llegaron la notoriedad y los primeros papeles. Papeles de reparto en series de televisión. A estos les siguió su primer papel de coprotagonista en una serie de esas que dan a las cuatro de la tarde. Su popularidad aumentó de manera exponencial, y llegaron las fotos en las revistas, los papeles en el cine y los primeros premios. Cuando las fotos de la boda llenaron las portadas de la prensa, dos años más tarde, ella ya era igual de famosa que él.

Ni siquiera es capaz de recordar si alguna vez ella ha estado enamorada de él. Si no se separaron al principio de su matrimonio, fue porque los dos obtenían de él lo que buscaban: ella notoriedad y él un cuerpo bonito con el que acostarse cada noche. Si no lo hacían ahora, era porque ella apenas tenía que aguantarle y porque, cuando se casaron, no firmaron separación de bienes. Por aquel entonces él ganaba más dinero que ella. Ahora era al revés y era ella quien más tenía que perder con el divorcio.

La mitad del tiempo Bárbara dormía fuera de casa, en algún hotel pagado por la productora. Alejandro sabía que muchas de esas noches de hotel ella no dormía sola. Tampoco dormían juntos cuando estaba en casa. Sus fantasías y deseos sexuales tenía que calmarlos por su cuenta, hacía tiempo que su mujer no le dejaba acercarse para esas cosas. Ella ya venía satisfecha de afecto.

Espera a que su mujer salga por la puerta para dejar de mirar por la ventana y coger las llaves del coche. No le apetece encontrarse cara a cara con ella. Sabe que no siente nada por él, pero le duele su indiferencia. Prefiere no tener que enfrentarse a su mirada vacía. Por fortuna, esa noche Bárbara llegará tarde a casa y él podrá dar rienda suelta a su imaginación y olvidar preocupaciones. A la mañana siguiente ya se habrá ido cuando él se levante de la cama.

Son las seis de la tarde y tiene que estar en el plató antes de las siete para la reunión previa al programa de las nueve. No hay muchas noticias que preparar, casi todo el informativo se va a centrar en la muerte de su compañera.

Se acuerda de la primera vez que la vio entrar en la redacción. Lo hizo pisando fuerte, segura de sí misma y de lo que quería conseguir. La habían contratado de la competencia para presentar el informativo. No tardaron en crear complicidad. Era fácil trabajar con ella. Escuchaba, se dejaba asesorar, pero tenía una personalidad propia y la suficiente seguridad como para no dejarse amedrentar por la experiencia de los demás. Si consideraba que algo era una buena idea, no daba su brazo a torcer con facilidad.

Le había caído muy bien desde el primer momento y, si no hubiera sido por su cambio de comportamiento tras alcanzar la fama con su primera novela, le seguiría cayendo bien todavía. La relación entre los dos había dado un giro en los últimos meses y lamentaba que hubiera muerto de modo tan inesperado, sin tiempo para aclarar las cosas y retomar la buena amistad que les unía. No puede evitar pensar que Vanessa había intentado abarcar demasiado con sus pequeños brazos y que, de tanto tensar, había terminado por verse sobrepasada. Estaba seguro de que, con un poco más de calma, hubiera vuelto a ser la chica de perenne sonrisa y cabeza bien amueblada que había entrado en la redacción haciéndose notar.

Era por eso que había preparado unas palabras de elogio para despedirla, pese a que en la redacción todos notaran que las cosas entre ellos dos no eran como al principio. Hasta el público se había percatado de que la química entre ellos ya no era la misma, lo que se reflejaba en los índices de audiencia. La competencia les había tomado la delantera en las últimas encuestas.

Conduce pensando en los días de trabajo que había compartido con ella, en las sonrisas cómplices durante la emisión del informativo, en esos pequeños gestos cotidianos que hacían más llevadera la convivencia olvidándose de las últimas semanas, borrándolas de su memoria como una nube de primavera que se desvanece en el azul del cielo. Aún no se podía creer que no hubiera podido presentar con ella el último telediario.

«Si yo salí de casa…».

Estaciona el coche en su plaza de aparcamiento. Siente un primer pinchazo en el pecho al ver la plaza de Vanessa, todavía rotulada con su nombre, vacía. Pronto alguien ocupará esa plaza y su sitio en la mesa del plató. Demasiado pronto.

«La televisión corre más que la vida y no da tiempo a despedir a las personas como se merecen. No hay informativo que se precie en el que no sean dos presentadores quienes compartan pantalla y los productores no tardarán en ocupar su lugar».

La sala de reuniones está llena, pero no muestra el bullicio de otras tardes. El silencio es tan denso que siente cómo le priva del aire necesario en los pulmones, llega hasta su alma y le roba las palabras. Toma asiento sin decir nada, ni siquiera un buenas tardes cortés.

Aunque la reunión de escaleta empieza a las siete y todos están presentes, la jefa de redacción no se atreve, o no es capaz, de pronunciar palabra hasta que el reloj de la pared marca las siete y cuarto. Es como si todo el equipo esperara ver entrar a Vanessa por la puerta pese a que, justamente ella, era la más puntual.

Al final, tras carraspear unos segundos para sacar el silencio aferrado a sus pulmones como un virus gripal, la jefa toma la palabra:

—El informativo de hoy se centrará, como no podía ser de otra manera, en el repentino fallecimiento de nuestra compañera Vanessa. El equipo de informativos de la mañana ya le ha dedicado buena parte de su espacio, pero somos nosotros los encargados de rendirle el homenaje que se merece.

»Es por eso que abriremos con imágenes de archivo de nuestra compañera, tanto presentando el informativo como trabajando en la redacción. Alejandro me ha pedido leer un mensaje de despedida después de la sección meteorológica, antes de dar paso a los compañeros de deportes. En medio, un par de noticias internacionales y una de política. Hay que informar sobre la última medida tomada por el Gobierno para aumentar la recaudación destinada a las pensiones. Alejandro, tú te encargarás de dar las noticias de *internacional*. Jessica, tú serás la nueva compañera de Alejandro en la mesa y hoy darás paso a…

—¿Cómo? —interrumpe Alejandro con tono enérgico—. ¿Ya habéis encontrado una sustituta para Vanessa? ¿Ni siquiera vais a dejar un día de luto por nuestra compañera? ¡No habéis dado tiempo ni a que se enfríe su silla!

—Alejandro, todos sentimos la pérdida de Vanessa, pero todos sabemos que los informativos funcionan mejor cuando los presenta una pareja. Dejamos a Vanessa sola el viernes y los datos de audiencia no fueron nada buenos. Ya sabes que últimamente la competencia nos está ganando la partida, aunque las noticias son las mismas. La buena sintonía entre los presentadores les está haciendo ganar simpatía entre los espectadores y no podemos permitir que nos sigan tomando ventaja.

—Si tu única preocupación son las audiencias, estate tranquila —replica Alejandro—. Con lo que funciona el morbo y el cotilleo en este país, hoy seremos líderes de audiencia, aunque no pongas a nadie a presentar las noticias. Todo el mundo querrá ver el informativo que presentaba la fallecida. Creo que Vanessa se merece el detalle, el respeto, de que su silla refleje su ausencia y el vacío que deja.

—¿De qué vacío hablas Alejandro? —protesta la jefa levantándose de su silla con gesto malhumorado—. Todos hemos notado que Vanessa y tú no os llevabais bien últimamente. Se notaba hasta en pantalla.

—Que por motivos personales nuestra relación no fuera la mejor en la actualidad, no significa que no la respetara y admirara en lo profesional. Creo que se merece el detalle de dejar su silla vacía, al menos en el día que la despedimos. Ya colocaréis mañana a la cara joven y bonita de turno. —Alejandro se gira para mirar a Jessica—. Lo siento, no tengo nada en tu contra y, con seguridad, harás muy bien tu trabajo delante de las cámaras, pero aún tienes el título de la carrera de Ciencias de la Información recién impreso. No le ha dado tiempo ni a secarse la tinta.

—¡Un respeto por tus compañeros, Alejandro! Jessica está perfectamente capacitada para hacer su trabajo —replica la jefa, golpeando con la palma de las manos la mesa.

—Eso espero porque, si va a presentar el informativo esta noche, tendrá que hacerlo sola. Yo me niego a participar en un informativo que menosprecie de esta manera a una persona que llevaba trabajando con nosotros dos años.

Alejandro se levanta de la silla y, tras lanzar una mirada desafiante a su jefa, se encamina con paso firme hacia la puerta de la sala de reuniones y la abre sin que nadie le detenga en su propósito de marcharse.

—Creo que Alejandro tiene razón —dice Jessica ante la sorpresa de todos—. Al menos en la parte que habla de la muestra de respeto hacia Vanessa. —Tras mencionar a su compañera guarda unos segundos de silencio y observa a Alejandro, que se ha detenido en el alféizar de la puerta—. Yo estaré encantada de presentar las noticias a partir de mañana. Mi nota media de sobresaliente no se va a ver afectada si hago mi debut en televisión un día más tarde —remarca mirando hacia Alejandro que la observa con atención.

—Está bien, de acuerdo. —La jefa de informativos da su brazo a torcer más apremiada por la hora que por estar convencida—. Hoy será Alejandro quien presente solo el informativo. Tienes los guiones en el camerino. Puedes leerlos durante el maquillaje. A partir de mañana, Jessica ocupará el puesto de Vanessa. Eso es todo.

Alejandro sale de la sala sin cruzar una mirada con su jefa. Cada día está más harto de lo que supone ser presentador de noticias. Cuando se enamoró de la profesión, tras cursar la carrera de Periodismo hacía ya veintisiete años, el presentador de informativos era esa persona de aspecto serio e inteligente que se encargaba de informar a la audiencia de los acontecimientos acaecidos.

Con la llegada de Internet las cosas habían cambiado. La gente ya estaba informada con inmediatez de todo lo que pasaba a cada minuto, sin tener que esperar a que nadie se lo contara a última hora de la tarde. El exceso de información en redes sociales o buscadores dejaba sin contenido a los informativos. La televisión había dejado de ser la manera de informarse para convertirse en la manera de entretenerse.

Cada vez menos gente veía los programas de información y estos habían tenido que reinventarse. Ya no informaban, entretenían. Y eso acarreaba unas consecuencias con las que a Alejandro le costaba cada día más lidiar.

En sus inicios, los informativos dedicaban casi todo su tiempo a dar noticias y se cerraban con tres minutos de información deportiva y un minuto de información meteorológica. Ahora, el tiempo ocupa diez minutos y la información deportiva ya tiene más minutos que las noticias. Cada vez está más decepcionado de cómo funcionan las cosas, y si no deja su puesto es porque está seguro de que no tardará en llegar el día en el que prescindan de él. Si no lo habían hecho ya era porque su cara salía de vez en cuando en las revistas del corazón del brazo de la actriz de moda en el país, y eso daba audiencia a la cadena.

El vídeo de despedida con el que se abre el informativo es emotivo. Un muy buen trabajo del equipo de producción. Cuando le toca hablar en la primera noticia de *internacional* le cuesta trabajo articular las palabras. Tras el tiempo, antes de los deportes, llega el turno de su despedida:

—Llevo más de quince años presentando informativos. He informado de guerras, catástrofes naturales, accidentes… Siempre bajo la costumbre instaurada en los noticieros de que las buenas noticias no son noticia. He presentado las noticias con la pierna escayolada, en pantalón corto pese a llevar americana, sin teleprónter, en nefastas condiciones, incluso con noticias de última hora que llegaban sin guion. He sufrido apagones en directo, caídas de focos, problemas técnicos… Y nunca lo había pasado tan mal para sacar adelante un informativo como esta noche.

»Durante treinta eternos minutos no he podido dejar de mirar a la silla vacía que hay a mi lado. Durante treinta angustiosos minutos no he podido pensar en nada que no fuera la ausencia de Vanessa. Durante media hora infernal he buscado, de forma inconsciente, el apoyo de mi compañera como he hecho de manera sistemática durante los dos últimos años y, al no encontrarla, casi me he derrumbado.

»Los que conocíais su sonrisa a través de las cámaras la echaréis de menos, los que convivíamos con ella sentimos que, esta vez, se nos ha apagado un foco en el corazón que no podremos reemplazar. Siento en el alma no haber podido compartir mesa contigo en tu último informativo, compañera.

—Alejandro, tenemos una noticia de última hora y nos quedan dos minutos. Ve terminando y meto sintonía. —La jefa le habla por el intraauricular que lleva en la oreja.

—La vida sigue y algunos se empeñan en que lo haga cuanto antes. Sin importar personas o sentimientos, siempre al ritmo que marcan las noticias. Hoy la única noticia que debería de importar en esta cadena es que Vanessa, nuestra compañera Vanessa Rubio, no va a volver a entrar en la redacción con su paso decidido, su belleza serena y su sonrisa perenne. Un desgraciado accidente nos ha arrebatado todo lo bueno que ella nos daba.

—Alejandro, sintonía… ¡ya! —Vuelven a interrumpirle por el audífono.

—Espero que allá donde estés hayas entrado con el mismo paso decidido que el día que entraste en esta redacción y en nuestras vidas, y que los informativos solo cuenten buenas noticias. Te echamos de menos.

La sintonía de noticia de última hora resuena en el plató casi por encima de sus últimas palabras. El teleprónter, que se había detenido antes de su despedida, se vuelve a poner en marcha.

—Noticia de última hora. Nos informan fuentes no oficiales que el fallecimiento de Pablo García, diputado socialista en el Congreso de los Diputados, no fue un accidente como se sospechaba en un principio. Al parecer, el paro cardíaco sufrido por el señor García fue provocado. La policía investiga lo sucedido. Seguiremos informando sobre este escabroso asunto en cuanto dispongamos de la versión policial. Al descubrirse que se trata de un asesinato, se sospecha que puede tener algo que ver con algún asunto personal o turbio del señor García dentro del partido. Los últimos casos de corrupción, que salpican al Partido Socialista, pueden llegar a estar relacionados con el señor García.

»Eso es todo por esta noche. Ahora damos paso a nuestros compañeros de *deportes* que informarán sobre la última jornada de liga disputada durante el fin de semana.

Alejandro se levanta enfadado de la mesa sin recoger los papeles y sin esperar a que los focos ni la luz de la cámara se apaguen. Abandona el plató y se encierra en su camerino.

9

Ángela, que acaba de entrar en el bar de la sede del PSOE, se dirige al camarero tras ver en el televisor un rotulo que reza: «La muerte de Pablo García no fue accidental»

—¿Puede subir el volumen un momento, por favor?

El camarero busca el mando de la tele y cumple su deseo. El presentador está hablando de que el infarto del diputado había sido provocado y que la policía investiga los hechos.

«Maldita sea».

Lo primero que hace es sacar su teléfono móvil del bolsillo y apagarlo. No quiere recibir llamadas de su superior sin hablar antes con el camarero. Tiene que asegurarse de que la coartada de Gorka Elizalde es buena y, en caso de que lo sea, enterarse de quién era la rubia con la que se había marchado el señor García la noche de su muerte.

Pondría la mano en el fuego por el forense Velázquez. Está convencida de que no se ha ido de la lengua, y espera que tampoco haya sido ninguno de los agentes de la comisaría. No obstante, con ellos correría el riesgo de quemarse. El único que puede haber hablado más de la cuenta es el diputado Elizalde.

«Espero que su coartada flaquee por algún lado para apretarle un poco las tuercas».

—Ponme una cerveza —dice al sentarse en uno de los taburetes frente a la barra. Que esté trabajando no implica que esté de servicio. Ir a confirmar la coartada podría considerarse horas extras. Además, conoce a la perfección cómo funcionan los camareros. Se vuelven mucho más amables cuando tomas una consumición.

—¿Botellín o caña?

—Me vale cualquiera siempre que esté fría. —Ángela se gira en el taburete y echa un vistazo al local.

Sin muchos lujos, ofrece unas cuantas mesas a sus visitantes donde, con seguridad, se sientan grupos de militantes del partido o algún que otro simpatizante a tomar algo mientras debaten de política. Siendo lunes por la noche, el lugar se encuentra casi vacío. Solo una de las mesas está ocupada y en la barra solo está ella.

—Poca gente hoy en el bar, ¿verdad? —le pregunta al camarero intentando iniciar una conversación.

—Los lunes solo tenemos trabajo a la hora del café. El resto del día suele ser tranquilo.

—¿Son todos los días así de tranquilos?

—Que va. En los que hay alguna reunión importante en la sede no damos abasto. Los viernes y sábados también solemos tener bastante gente a estas horas. El resto, lo normal es que para las diez de la noche ya tengamos el bar cerrado.

—¿Trabajaste el viernes pasado a estas horas? —prosigue al ver que el camarero parece dispuesto a charlar.

—Así es. Trabajo aquí todas las tardes. ¿A qué viene tanta pregunta? Estoy acostumbrado a que los clientes quieran charlar conmigo, pero normalmente se dedican a contarme su vida, no a interrogarme —responde el hombre apoyando los brazos sobre la barra y mirándole a los ojos sin perder la sonrisa.

—Me llamo Ángela. Soy inspectora de la Brigada de Homicidios de la Policía. Quisiera hacerle un par de preguntas más sobre la noche del viernes. —Al desvelar su identidad, recupera los formalismos del interrogatorio policial.

—Vaya, adiós a mis esperanzas de que estuviera intentando ligar conmigo.

Pese al intento de respuesta ingeniosa, al camarero se le

borra la sonrisa cuando ve la placa de la inspectora.

—¿Vio al señor García y al señor Elizalde la noche del viernes?

—Sí, estuvieron aquí. —El camarero habla desde una prudencial distancia mientras limpia con un trapo uno de los vasos del fregadero—. Es increíble lo del señor García. La noticia del infarto ya me había sorprendido porque se le veía un hombre deportista. No fumaba y, aunque le gustaba beber y salir de fiesta, era un hombre que sabía cuidarse y alejarse de los excesos. Pero que encima haya sido provocado, me ha dejado a cuadros. ¿Hay algún sospechoso?

—Eso es lo que intento averiguar. —Ángela aparta la cerveza y se apoya en la barra mirando al camarero a los ojos, sosteniéndose la barbilla con la palma de una de sus manos. Conoce muy bien las técnicas de seducción y cómo sacarles provecho. Nunca se ha dejado amedrentar por ningún hombre y sabe cómo lidiar con ellos. Es jefa de muchos policías a los que no les hizo ninguna gracia que ella les superara en las pruebas a inspectora jefe—. Sé que en la reunión del viernes ambos discutieron. ¿Los viste discutir en el bar esa noche?

Pasar del tratamiento formal al tuteo relaja la actitud del camarero, que deja el vaso que se afanaba en abrillantar y apoya las manos sobre la barra, acercándose de nuevo para que la distancia entre ellos sea más íntima.

—Sí, inspectora. Pero no era una discusión de trabajo. Era más como una discusión de pareja. No sé si me entiendes. El señor García y el señor Elizalde no hablaban de política esa noche.

—¿Y de qué hablaban? —pregunta con una sonrisa en los labios sin alejarse del camarero, que seguía sonriendo.

—Temas personales. Ya sabes que los camareros somos como los curas. Escuchamos los pecados de mucha gente. —El camarero responde casi en un susurro, como si estuviera contándole un secreto al oído.

—Pero tú no tienes el secreto de confesión. Puedes decirme

de que hablaban ¿verdad? —La inspectora responde de la misma manera, sin dejar de sonreír y de repiquetear con los dedos sobre su cara.

—Me pareció escuchar a Elizalde reprocharle a García su comportamiento. Creo que no le hacía ninguna gracia que hubiera quedado esa noche con otra persona. Le recriminaba no tener la oportunidad de hacer las paces esa noche.

—¿Crees que entre el señor Elizalde y el señor García había algo? —Ángela se hace la sorprendida, aunque, en realidad, hay pocas cosas que puedan llegar a sorprenderla acerca del comportamiento humano.

—Es por todos conocido que Elizalde es homosexual. Él mismo lo ha dicho en repetidas ocasiones a la prensa. No oculta su tendencia sexual desde hace años. —El camarero termina de apoyarse en la barra y se acerca a la inspectora para susurrarle al oído sus siguientes palabras. Al hacerlo se queda en silencio unos segundos y se deleita con la fragancia de su perfume—. Digamos que García era un hombre de mente abierta. Por este bar le he visto acompañado tanto de mujeres como de hombres. El sexo era en la única cosa que cometía excesos. Elizalde era sólo una de sus múltiples parejas ocasionales.

—¿Y al señor Elizalde le has visto con alguna pareja más en el bar?

—No, inspectora, solo con Pablo. Se quedó bastante decaído cuando él se marchó.

—¿A qué hora se marcharon? —lanza la pregunta con intencionalidad para comprobar si el señor Elizalde le había dicho la verdad.

—Se fueron por separado. Elizalde no se fue del bar hasta pasadas las nueve y media de la noche. No tenía ganas de irse a casa, al menos solo y sereno. Tomó varias copas antes de irse. Creo que intentaba emborracharse para olvidarse de que García le había dado plantón. Entre tú y yo, creo que Elizalde tenía ganas de marcha esa noche.

—¿Cuándo se fue el señor García?

—Sobre las ocho. Vino una mujer muy guapa a buscarle y se fue con ella. Seguro que la conoce. Es una actriz que sale en una de esas series que dan ahora por la tele. Como se llama... Tengo el nombre en la punta de la lengua... ¡Sí, *joe*! La que está casada con el presentador de las noticias que acabamos de ver. Cómo se llama...

—¿La esposa de Alejandro Soto?

—Sí, esa.

—Bárbara Latorre.

—¡Eso es! Joder, no me salía, ¡y mira que pongo la serie aquí en el bar solo porque sale ella! Es un pedazo de mujer.

—¿Está seguro de que era ella? —Ángela deja de estar apoyada en la barra y recupera su semblante de policía. Al hacerlo se olvida del tuteo.

—Completamente. Te aseguro que en este bar no suelen entrar actrices famosas y, mucho menos, tan guapas como la señora Latorre. No equivocaría jamás su sonrisa y el lunar de su escote. Te lo prometo. Salieron juntos del bar y se montaron en el coche del señor García.

—¿Les oyó hablar de algo?

—Veo que volvemos al usted. Pensé que empezábamos a tener confianza. Qué va, en cuanto la señora Latorre entró en el bar se despidió de Elizalde y se marchó con ella sin cruzar palabra. Creo que habían quedado.

—Muchas gracias por la cerveza y la información. Creo que eso es todo por el momento —dice Ángela levantándose de la silla y dejando dos euros sobre la barra—. Puede quedarse con el cambio.

—Tú también tienes una sonrisa muy bonita, ¿sabes?

—Gracias. Lástima que no seas mi tipo.

Captar la atención de los hombres nunca le ha resultado difícil. Su cara dulce, su castaña melena, los ojos grandes y grises, esos labios carnosos y su cuerpo entrenado para ser policía atraen siempre sus miradas descaradas. Pero la confianza que proyecta en sí misma, así como su fuerte carácter y esa manera directa de expresarse, sin rodeos y salpicada de cierta ironía, les hace retroceder en sus intenciones. Es consciente de sus atributos y sabe sacarles provecho cuando la situación lo requiere. Seguirle el juego de miradas al camarero para obtener la información era un claro ejemplo. Después, cuando se niega a aceptar proposiciones burdas, poco elegantes o sin interés para ella, ellos meten el rabo entre las piernas y balbucean algún exabrupto cuando Ángela ya no está cerca para poder escuchar. Hoy, sin embargo, ha llegado a oír el *rancia* con el que la ha despedido el camarero antes de salir por la puerta. En cuanto pone unpie fuera del bar, saca su teléfono móvil del bolsillo del abrigo y lo enciende para hacer una llamada.

—Buenas noches, soy la inspectora Casado. Llamen al señor Elizalde y háganle saber que tengo que hablar con él cuanto antes. —Mientras habla, el teléfono no deja de vibrar en su oreja por la cantidad de mensajes que recibe tras haberlo tenido apagado—. Espero que mañana a primera hora se presente de forma voluntaria en comisaría. Díganle que hemos confirmado su coartada. Eso le relajará. Eso es todo.

Cuelga el teléfono sin esperar respuesta y, abrochándose los botones del abrigo, camina con paso decidido hacia su casa. En la pantalla del móvil figuran quince mensajes, la mayoría son de su jefe.

El comisario Medrano está deseando recibir explicaciones de por qué nadie le ha informado de que el caso del diputado García es un asesinato y cómo se ha enterado la prensa antes que él. Uno de los mensajes restantes le hace esbozar una sonrisa, lo responde y, después de respirar profundo, decide llamar a su jefe antes de que se presente a la mañana siguiente en la comisaría gritando y gesticulando de malas maneras. Bastante le cuesta mantener su imagen de jefa ante sus compañeros como para que oigan al comisario pegándole voces.

—Comisario, soy la inspectora jefe Casado.

—¡Por fin! Llevo llamándola media hora —responde casi a gritos sin permitirle terminar de hablar.

—Disculpe, pero estaba confirmando la coartada de un sospechoso y no quería que nadie me interrumpiera.

—¿Está investigando el asesinato del diputado García?

—Así es. En estos momentos estaba confirmando la coartada del primer sospechoso —contesta intentando no perder la calma.

—¿Y por qué nadie me informó de que el caso había pasado de un accidente a un presunto asesinato?

—Porque recibí la información del forense Velázquez esta mañana. Quería mantener en secreto la nueva situación del caso mientras me fuera posible. Ya sabe cómo funciona la prensa en estos casos… Entorpece la investigación, publica noticias sin confirmar y tergiversa las pruebas.

—¿Me está insinuando que temía que yo pudiera filtrar la información a la prensa y que por eso no me informó?

—No quería decir eso, señor. Quería decir que me he pasado la jornada investigando el caso en busca de sospechosos para que, en cuanto la noticia se filtrara, pudiéramos presentarnos con el caso ya avanzado. —A Ángela se le escapa un suspiro y cierra los ojos tras mentir de forma tan descarada. Por supuesto que teme que el comisario filtre la información a la prensa. No sería la primera vez. Cualquier cosa por salir en los medios de comunicación y apuntarse todos los puntos posibles—. Pero me temo que nuestro primer sospechoso ha sido el encargado de filtrar la noticia. Estaba investigando al compañero de partido del señor García, al también diputado Elizalde. Sus huellas estaban en el vehículo y había tenido una discusión con la víctima horas antes de su muerte. Ya sabe cómo son estos políticos. No saben tener la boca callada.

—Sí, tiene razón. Los políticos tienen la manía de hablar sin pensar. ¿Y me dice que el señor Elizalde tiene coartada?

—Así es, señor. Nuestro primer sospechoso ha dejado de serlo. Tiene coartada, pero he decidido volver a interrogarle para ponerle nervioso por su desliz ante la prensa. Le voy a hacer pagar con sudor su filtración. Quién sabe, igual podemos aprovecharnos de su incontinencia verbal. Ya me entiende, cuando menos se piensa, salta el conejo.

—¿Cómo? ¡Ah sí! —Al Comisario le ha costado entender el refrán de la inspectora—. Está bien. Interrogue de nuevo al diputado Elizalde. Y, a partir de ahora, haga el favor de mantenerme siempre informado de la evolución del caso. Espero un informe suyo al final de cada jornada.

—Así lo haré, señor.

—Espero que mañana, en cuanto le sea posible, dé una rueda de prensa informando del caso. Ahora que se han enterado, lo mejor es que seamos nosotros quienes demos la información de forma directa. Es mejor que cuenten la verdad antes de que estén especulando.

—Estoy de acuerdo. Tras interrogarle, daré la rueda de prensa. Además, en el bar me han dado el nombre de otra persona que podría estar implicada.

Sabe que su jefe tiene razón. Es mejor dar detalles a la prensa, aunque sean unos pocos, que dejar que publiquen lo que su imaginación periodística vomitara sobre el teclado. Evita, sin embargo, darle el nombre de Bárbara Latorre. Sabe que el comisario se intentaría aprovechar del nombre de la actriz para dar mayor popularidad al caso e intentar sacarle un mayor beneficio. Además, quiere colgar rápido la llamada. Necesita con urgencia una copa de vino y tumbarse en el sofá.

—Si me disculpa, voy a preparar la rueda de prensa.

—De acuerdo, pero manténgame informado. Quiero el nombre de esa persona en el informe de mañana. Buenas noches.

Ángela cuelga la llamada incluso antes de que al otro lado terminen de despedirse. Su idea de mantener alejados a los medios no ha aguantado ni una sola jornada. Su primer sospechoso tiene coartada y la lengua muy larga. Y por si el caso no era ya de por sí mediático, la nueva sospechosa es la actriz del momento. La protagonista de la serie «estrella» en la televisión nacional. No solo va a tener que lidiar con la prensa sino también con las revistas del corazón. Pero no tiene ninguna intención de informar de ello a su superior hasta que no sea estrictamente necesario. Si los políticos tienen la lengua larga, su superior no se queda atrás.

«Creo que lo mejor es que, en lugar de una, me tome dos copas de vino».

10

A la misma hora que Ángela llega a su apartamento, Gabriel sale de casa de Vanessa. Ha ido al finalizar el día para no encontrarse mucha gente por el vecindario. La madre y el hermano le han dado la llave y, sabiendo que no iba a haber nadie en casa, qué mejor momento para ir sin tener que andar preguntando a la policía por jurisprudencias y permisos. Solo iba en busca de las cartas de los admiradores. Pensó que, en caso de encontrar algo de interés, ya pediría la orden y haría el registro de manera ordinaria.

Lo primero que llamó su atención nada más entrar fue la cantidad de fotos que Vanessa tenía de sí misma en el salón. En todas ellas posaba al lado de personajes famosos. Tenía fotos con políticos, periodistas, actores, actrices, gente del mundo del deporte… En todas lucía la misma sonrisa. Esa cara que los famosos ensayan delante del espejo y tienen bien aprendida porque con ella siempre salen favorecidos.

La escasez de libros era otra de las cosas que le había sorprendido. No eran muchos los escritores que había tenido el gusto de conocer, pero todos ellos tenían algo en común: el gusto por la lectura. Vanessa, en cambio, apenas tenía libros en sus estanterías. Estas estaban más llenas de trofeos de la escuela, de reconocimientos periodísticos y de aquellas fotos en las que parecía un ornamento más, como esos lugares donde los turistas se paran uno detrás de otro a hacerse la foto de rigor.

La cocina estaba ordenada y el cuarto de baño limpio. Nada

que ver con el desorden de su apartamento. Gabriel siempre se proponía ordenar y arreglar la casa cuando salía y reparaba en el desastre en el que vivía. Pero al regresar encontraba una excusa para posponerlo para una mejor ocasión que no terminaba de llegar.

Al llegar a una de las habitaciones, Gabriel había apuntado en su libreta la necesidad de pedir una orden de registro. Vanessa, además del ordenador portátil encontrado en Miraflores de la Sierra, tenía un PC. Si se veía en la necesidad de revisarlo tendría que pedir la orden. Había rebuscado en la mesa del ordenador en busca de las cartas de admiradores. Si no las encontraba tendría que ir a buscarlas al plató de televisión. En la casa del pueblo no estaban. Por el momento, solo había encontrado unas notas que parecían frases destinadas a la nueva novela.

Cuanto más las leía y se acordaba de la escasez de libros, más convencido estaba que el hermano no mintió cuando le dijo que le había robado la novela. Las cartas que buscaba tampoco estaban allí.

Por último, se había dirigido al dormitorio. Una cama espaciosa con un edredón demasiado llamativo, dos mesillas —una a cada lado de la cama—, un armario vestidor y un espejo de cuerpo entero eran la única decoración. El armario, pese a que casi ocupaba una de las paredes por completo, no podía albergar toda la ropa. Los cajones estaban tan saturados que tuvo dificultades para abrirlos.

Revisó las dos mesillas. En una de ellas, además de bolígrafos, recuerdos y cajitas de joyas, encontró un juguete sexual que le hizo esbozar una sonrisa. En la otra, por fin, una caja de color azul llena de cartas. Las abrió con sumo cuidado y leyó alguna de ellas. Casi todas eran de admiradores que le decían lo mucho que les había gustado su libro o que la admiraban por su profesionalidad ante las cámaras. Cada uno de ellos buscaba una excusa distinta para acabar diciendo lo guapa que le parecía. Ninguna contenía amenazas, como mucho alguna palabra ordinaria y fuera de lugar.

Tendría que ir a revisar el camerino. Por lo que le había dicho la jefa de informativos por teléfono, Vanessa pasaba más tiempo allí que en su casa. Cuando estaba a punto de guardar las cartas y salir de la casa, reparó en los sobres. En todos figuraba la dirección del plató, en todos menos en uno en el que el admirador había enviado la carta a la dirección postal de la casa. Uno de los admiradores sabía dónde vivía Vanessa. Gabriel se había guardado esa carta en la chaqueta.

Ahora, mientras baja las escaleras, mira la hora y piensa si coger el coche e ir a su casa o pasarse a tomar una copa al bar de siempre. De todos modos, al día siguiente tiene que regresar a la capital para interrogar al exnovio.

«Lo mejor es alquilar una habitación y aprovechar lo que queda de noche».

Acude al mismo bar que frecuenta en sus últimas salidas. No le gusta reconocerlo, pero, con el paso del tiempo, se ha convertido en un animal de costumbres. Para qué seguir exponiéndose a malas experiencias una vez encontrado un sitio en el cual se siente a gusto porque saben cuándo tienen que ofrecerle consuelo o, simplemente, servirle una copa y dejarle tranquilo.

—¡Gabriel! No sabía que hoy también vendrías —dice la camarera al verle entrar.

—Yo tampoco lo sabía, Gloria. Ha sido una decisión de última hora.

—Y yo que pensaba, cuando te fuiste ayer por la noche, que no iba a volver a verte hasta el próximo viernes. Nunca dejas de sorprenderme —replica la camarera detrás de la barra mientras le prepara un *whisky*.

El bar de Gloria es un pequeño local en el centro de Madrid. No es el más elegante ni tiene la clientela más selecta, pero es tranquilo y la amabilidad de la propietaria compensa el resto, incluso la subida de precios.

—Hoy que sea doble. No tengo que conducir de vuelta.

—No me digas que vas a aceptar mi propuesta de pasar la noche conmigo.

—Sabes que lo haría si no fuera amigo de tu marido. Me tendré que conformar con una solitaria habitación de hotel —responde devolviendo la sonrisa, entre irónica y traviesa, que le dedica Gloria.

—Nunca des nada por sentado. Quién sabe si alguna de las clientas tiene más suerte que yo.

—A ti no te falta suerte, a ti lo que te sobra es cara. De momento con el *whisky* doble me conformo. Hoy está siendo un mal día y ya sabes que lo que mal empieza...

—¡Ay cariño! ¿Y tú cuando tienes un buen día? —refunfuña Gloria mientras camina hacia el otro lado de la barra para atender a una pareja que acaba de entrar.

Gabriel da un trago largo a su copa mientras piensa que a la descarada camarera no le falta razón. Hace bastante tiempo que ningún día es bueno, y las noches suelen ser mucho peores. Solo el alcohol, ingentes cantidades de alcohol en determinadas ocasiones, consiguen calmar sus pesadillas. Solo cuando el alcohol nubla sus ideas las imágenes del horror vivido no acuden a su cabeza mientras duerme. Es por eso que, cada vez más a menudo, acude a algún bar. Últimamente al bar de Gloria, ya que siempre le trata con amabilidad y porque su marido es un viejo conocido.

—Ponme otro, Gloria.

—No bebas tan deprisa. No vayas a emborracharte y me aproveche de ti.

—Te aseguro que ese sería el menor de mis problemas —responde mientras estira el brazo en la barra para coger el segundo *whisky* doble.

Sabe que le espera una larga noche. Sus pesadillas aumentan cuando sus pensamientos se centran en un caso importante. No poder dejar la mente en blanco y tener que pensar en muertes activa esa parte de su cerebro que le impide conciliar el sueño desde que pidió el traslado a la sierra.

Todo pasó en sus primeros años en la Guardia Civil. Su primer destino fue el S.I.V.E (Sistema Integral de Vigilancia

Externa) en Algeciras. Allí se encargaba de vigilar el narcotráfico en el estrecho de Gibraltar.

El S.I.V.E consta de unas estaciones sensoras que detectan embarcaciones a larga distancia y transmiten la señal a varios monitores de televisión gracias a una cámara de vídeo de gran alcance que permite tomar imágenes en baja luminosidad, y una cámara de infrarrojos que posibilita la visión nocturna. Estas imágenes son transmitidas al Centro de Mando y Control en la Comandancia de la Guardia Civil desde donde, en caso de ser necesario, emiten la orden a las unidades de interceptación. Él estaba destinado en una de esas unidades.

Cuando unos meses más tarde surgió la posibilidad de aceptar un puesto en el cuartel de Miraflores de la Sierra no lo dudó. Madrid era lo más lejos que podía estar del mar. Ironías de la vida, desde entonces se empeña en intentar ahogar en alcohol las imágenes que provocan sus pesadillas. Es la manera que tiene de poder dormir.

—Gloria, ponme la última.

—Claro, encanto. Pero prométeme que será la última —dice la camarera mientras le llena el vaso con un gesto cómplice.

—Te prometo que es la última de hoy. Mañana tengo que interrogar a un sospechoso de asesinato a primera hora.

—¿Quién es la víctima?

—La presentadora de las noticias.

—¿Qué? En la tele han hablado de accidente, no de asesinato. —Gloria deja la botella de *whisky* sobre la barra y se apoya en ella mirando a Gabriel—. ¿Estás seguro de que a la pobre la asesinaron?

—Así es. No quiero que el asesino sepa que le estamos investigando. Quiero que se piense que se ha salido con la suya mientras me sea posible. Sé que tú sabrás guardarme el secreto —responde apurando de un trago la copa y guiñándole un ojo a la camarera—. Mañana tengo que interrogar a su exnovio, es mi próximo paso.

—Ya sabes que puedes confiar en mí. Yo por ti haría

cualquier cosa. Ahora vete a dormir y atrapa pronto al asesino. No quiero verte por aquí hasta el viernes.

—Lo intentaré, pero no te prometo nada —contesta mientras recoge la chaqueta del respaldo de la silla y se dirige hacia la puerta.

Ha reservado habitación en un hotel cercano. No es el mejor hotel, pero sí el más próximo al bar y con una habitación libre. Aunque está acostumbrándose a regresar hasta Miraflores de la Sierra con alcohol circulando por su organismo, hoy no le apetece tener que andar mucho antes de acostarse. Tal vez con el alcohol recién ingerido los fantasmas tarden más en volver y pueda dormir un rato.

11

El día ha amanecido con mejor tiempo que el anterior, pero Ángela tiene un humor de perros. Ya desde pequeña el martes era para ella el peor día de la semana, algo que con la edad y los horarios de trabajo no había cambiado. Los lunes eran diferentes. Pese a ser el primer día de la semana era el día en el que estaba descansada, la jornada en la que tenía que ponerse al día de lo ocurrido con sus amigas y en el que siempre tenían algo que contarse. Los martes, sin embargo, eran aburridos. Ya estaba cansada y aún quedaban tres largos días para que llegara el viernes.

Ahora ya no descansa todos los fines de semana, y tampoco tiene nada que cotillear con sus compañeros de trabajo, pero los lunes le siguen pareciendo más llevaderos que los insoportables martes.

Tener que volver a interrogar al congresista Elizalde y dar una rueda de prensa para calmar los ánimos de su jefe no ayudan a mejorar su humor. Ni siquiera las dos tazas de café que ha tomado le son de ayuda. Al menos sus compañeros han hecho bien su trabajo y tiene por dónde atacar al congresista para ponerle nervioso.

Da vueltas por su despacho sin dejar de jugar con un lápiz entre los dedos. Su cabeza también da vueltas. No ha conciliado el sueño en toda noche, y aunque altera sus nervios, la cafeína la mantiene despierta.

Cuando llegó a casa, se dejó caer en el sofá y se sirvió un par de copas de vino mientras respondía mensajes de WhatsApp. Cuando se fue a la cama se encontraba inquieta, estresada.

—Jefa, el señor Elizalde está a punto de llegar. Se ha prestado voluntario a volver después de que le dijéramos que ya habíamos comprobado su coartada.

—Con la información que hemos obtenido, que sea inocente del asesinato de su compañero no le va a librar de un mal rato en la sala de interrogatorios. Avísenme cuando esté todo listo —responde, anhelando un poco de acción con la que descargar los nervios.

—Tenemos más información que acaba de llegar del laboratorio. Han comparado las muestras de saliva con las muestras de ADN que encontramos en el coche. Hay una coincidencia. Elizalde mantuvo relaciones sexuales en el asiento trasero del coche de la víctima.

—Ya sabía que mantenían una relación, pero eso me ayudará a ponerle nervioso. Gracias, oficial.

El oficial no tarda mucho tiempo en volver a aparecer en la puerta para comunicarle que el señor Elizalde ya la espera en la sala de interrogatorios. De forma premeditada, se hace esperar para tensar al interrogado. Quiere hacerle pagar con sudor su desliz con la prensa.

—Buenos días, inspectora —dice el diputado al verla traspasar la puerta unos minutos más tarde—. Tengo entendido que pasó por el bar de la sede del partido y que el camarero le confirmó mi coartada. ¿Puede explicarme entonces por qué estoy otra vez aquí? Pensé que me recibiría en su oficina.

—Buenos días. Gracias por acudir tan temprano. Está usted bien informado. Ayer por la noche estuve en el bar y el camarero se acordaba de usted. —Igual de elegante que la tarde anterior, vuelve a mostrar ese aire de superioridad que tanto crispa sus nervios. Sigue desprendiendo aroma a pomelo y nuez moscada. Erguido en la silla su actitud es altiva. No toma asiento para mirarle desde más alto. No quiere que el señor Elizalde la mire por encima del hombro—. También se acordaba de la conversación que usted y el señor García mantuvieron, y de las otras veces que los había visto juntos. Los camareros son tan buenos oyentes como habladores. ¿No se olvidó de contarme algo, señor Elizalde?

—¿A qué se refiere? —Gorka se mueve inquieto en la silla. La pregunta parece incomodarle y Ángela está segura de que intenta ganar tiempo. Su mirada se vuelve esquiva y la desvía hacia las paredes de la sala.

—A que el señor García y usted eran algo más que amigos y compañeros de partido. Ambos mantenían una relación atípica. ¿No es así?

—¿Qué quiere decir con atípica?

—Hemos comparado sus muestras de saliva con las muestras que encontramos en el coche del señor García y hay coincidencia. El camarero ya me había insinuado que ustedes mantenían una relación, pero el señor García mantenía otras relaciones además de la que tenía con usted. ¿Estoy en lo cierto?

—Pablo y yo manteníamos una relación física, no sentimental. Éramos libres para estar con quien quisiéramos. —Gorka se yergue más en la silla y levanta el tono de voz para enfatizar la frase, enfrentándose a la mirada de Ángela.

—Sin embargo, el camarero me dijo que a usted nunca le ha visto con nadie más y que no le hizo ninguna gracia que esa noche él se marchara con una mujer.

—Mi vida personal no creo que resulte relevante. El camarero ya le ha confirmado que yo me quedé en el local hasta pasadas las nueve y media. Yo no pude matar a Pablo. Así que dígame por qué me ha hecho venir aquí. —El interrogado ha recuperado la calma. La reacción nerviosa a la primera pregunta ha sido efímera.

—Porque no puedo acusarle del asesinato, pero sí imputarle un cargo de obstrucción a la justicia. —Ángela le da la espalda y ve su reacción en el cristal tintado de la sala—. Usted no tardó ni una hora en filtrar a la prensa la noticia de que su compañero había muerto asesinado. Esa filtración dificulta la investigación y hace que tardemos más en localizar al culpable. Hasta que usted habló con la prensa, el asesino estaba seguro de haberse salido con la suya. Todo el mundo hablaba de un accidente, no tenía que protegerse. Ahora que sabe que investigamos un homicidio volverá a ponerse en alerta y será más complicado que cometa errores. Si el asesino del señor García se nos escapa porque usted ha filtrado la noticia a la prensa le aseguro que se lo haré pagar.

—Le juro que no era mi intención. —La amenaza surte efecto en el interrogado, poniéndose otra vez nervioso—. Yo, simplemente, le expliqué a mi secretaria por qué había venido a buscarme la policía. Tuvo que ser ella quien hablara con la prensa.

—De todos modos, se lo haré pagar a usted. Hay que tener más cuidado con la información que se va divulgando. Espero que me compense con más información sobre su relación antes de que tenga que presentarme ante la prensa esta tarde por su culpa. Mi jefe quiere que informe del caso antes de que los periódicos se llenen de noticias infundadas y rumores. Dígame, ¿cómo era su relación con García?

—Complicada, no se lo voy a negar. Yo me sentí atraído por él desde el mismo momento que nos presentaron en la sede central del partido, cuando llegué a la capital. Utilizaba cualquier excusa para pasar más rato con él, me hacía el perdido por los pasillos del Congreso para que él me guiara, me surgían dudas y preguntas para acudir a su despacho, me hacía el encontradizo a la hora de salir... Al final le invité a tomar una copa para agradecerle su ayuda y él, para mi agrado y sorpresa, aceptó. Esa copa se alargó y nos llevó a una cena. Al ir a despedirnos, Pablo me besó en la boca. Creí haber conocido a alguien especial. En eso no me equivoqué, especial era.

—¿Usted desconocía que García mantuviera otras relaciones?

—No tardé en descubrirlo. Tampoco era algo que él ocultara. Tomaba las relaciones abiertas con total naturalidad.

Mantenía relaciones tanto con hombres como con mujeres y no me las ocultaba. Yo me limitaba a disfrutar de los momentos vividos con él, aunque cada vez me dolían más sus otras relaciones. En muchos momentos me hacían falta sus besos, sus caricias y sus abrazos, y no podía tenerlos porque era otra persona quien los estaba disfrutando.

Ángela observa que, mientras habla de su relación, Elizalde no levanta la cabeza de sus manos. Desde que le ha amenazado con acusarle de obstrucción a la justicia no ha vuelto a protestar. No está nervioso, solo apesadumbrado.

—¿La noche del viernes fue uno de esos momentos?

—Así es, inspectora. Tras la discusión durante la reunión del partido, lo que más me apetecía era calmar nuestros nervios y aliviar tensiones entregándonos a esa pasión desmedida con la que Pablo se comportaba en la cama. Estaba tan enfadado con él como deseoso de sentir su cuerpo. Sin embargo, esa noche tenía otros planes que no me incluían a mí. Él aliviaría esas tensiones con la rubia voluptuosa que pasó a recogerlo por el bar mientras que yo tuve que ahogar mis deseos y mi rabia en unas cuantas copas.

—¿No reconoció a esa mujer? —Si el camarero no se había equivocado, y Ángela lo dudaba, muy pocas personas en el país no reconocerían la cara de Bárbara Latorre.

—¿Debería? Pablo tenía varias relaciones. Muchas de ellas apenas duraban un par de semanas y eran sustituidas por otras con rapidez. En contadas ocasiones había coincidido más de una vez con alguna de sus otras parejas. A la mujer del bar era la primera vez que la veía y, como le dije en la anterior ocasión, no le presté ninguna atención. Tentado estuve de abalanzarme sobre él y besarle antes de que se fuera con ella para ver si así le hacía cambiar de idea, pero al final me contuve. No soy tan impulsivo como debería serlo a veces. Es algo de mí que a Pablo no le gustaba. Debería haberlo hecho, tal vez si se hubiera quedado conmigo ahora no estaría muerto. ¿Por qué cree que debería conocer a esa mujer? —Elizalde levanta la cabeza por primera vez después de mucho rato.

—El camarero la reconoció de inmediato. Es una actriz famosa que sale en la serie de televisión más vista en el país. La mujer que abre la mayoría de las portadas de la prensa rosa en las últimas semanas.

—No compro revistas del corazón y casi no veo la tele. Y menos series españolas. Algún que otro informativo y tampoco muchos.

—Quizás le suene más entonces si le digo que la mujer del bar es la esposa del presentador de las noticias.

—¿La esposa? Bueno, no sé de qué me sorprendo. Pablo no distinguía sus relaciones por el estado civil de las mismas. Le preocupaban más lo que le hacían sentir, las emociones que le hacían vivir, el morbo, el riesgo.

—¿Quiere hacer el favor de mirarme cuando habla? —Ángela empieza a hartarse de que el interrogado solo mire a la mesa—. ¿Está seguro de que el señor García y la señora Latorre mantenían una relación? ¿No es posible que fueran solo amigos?

Son apenas tres segundos los que tarda el interrogado en levantar la mirada y responder, pero ese corto silencio termina de crispar los nervios de Ángela. Sin embargo, Gorka parece más sereno pasado ese corto intervalo de tiempo.

—Difícil, no imposible, pero muy difícil. Pablo no tenía amigos de los que no pudiera obtener algo a cambio. Y casi siempre ese algo era placer sexual. Si, como me dice, esa mujer es una de las actrices más conocidas del país, dudo que Pablo se limitara a ser solamente su amigo. Pero cosas más raras se han visto. Yo siempre conservé la esperanza de que él abriera los ojos y terminara asentando la cabeza conmigo. Como puede ver, no encontrará muchas personas más crédulas que yo. Aunque los hubiera visto desnudos en la misma cama habría pensado que eran solo amigos si él me lo hubiera asegurado. No hay nada más ciego que el amor, y nada que conserve más la esperanza que el amor no correspondido.

—En nuestra anterior charla hablamos de manzanas podridas. ¿Sabe si Pablo García era una de esas manzanas que tanto afea el cesto? —Ángela, viendo que las preguntas personales no le ponen nervioso, da un giro al interrogatorio.

—Además de acostarme con él, Pablo era mi amigo. Le aseguro que era incapaz de hacer nada que perjudicara al partido.

—Han llegado a mis manos varías pistas que relacionan a Pablo García con alguno de los casos que enturbian las aguas de su partido. No me creo que siendo usted su amante… —Ángela enfatiza la pronunciación de esa última palabra— No sepa usted nada más.

—Amante… Curiosa palabra para una relación en la que no hay amor y solo sexo. Al menos por su parte. Desconozco de qué pistas puede estar hablándome, inspectora. Pablo era adicto al riesgo en las relaciones, no en su trabajo —responde Gorka levantando la mirada y ajustándose las mangas de la camisa.

—Creo que eso es todo por el momento, señor Elizalde. Recuerde que esta charla forma parte de la investigación. Espero que no tenga la necesidad de compartirla con su secretaria, ni con su confesor o con su próxima pareja. —Ángela está confusa. Ninguna de las respuestas que le ha dado Elizalde le han gustado ni le son de utilidad ante la prensa—. Quizás tenga que volver a interrogarle en presencia de su abogado por esos asuntos turbios. Espero que esté disponible.

—Descuide, inspectora, a su disposición. No lo comentaré con nadie.

El diputado no tarda en abandonar la sala de interrogatorios dejando a Ángela pensativa y enfadada. Saca su teléfono móvil antes de regresar a su despacho y hace una llamada. Después de cinco tonos salta el contestador:

«En estos momentos no puedo atenderte. Deja tu mensaje si es importante».

Ángela niega con la cabeza antes de guardarse el móvil en el bolsillo trasero de su pantalón. Necesita borrar las preocupaciones de su cabeza y preparar una buena presentación ante la prensa si no quiere que su jefe vuelva a saturarle el teléfono. Según sale de la oficina, se acerca a uno de los oficiales.

—Borbolla, asegúrese de investigar más los lazos que unen al señor García con los temas de corrupción de su partido. Es el único tema que pone algo nervioso al señor Elizalde. Creo que de ahí podríamos sacar algo, ordenen una inspección en su despacho. Pero háganla con suma discreción. Que el señor Elizalde no se entere.

12

Aunque en un principio sí que había conciliado el sueño, Gabriel no había tardado en desvelarse. Nada más tumbarse sobre la cama del hotel, blanda pero limpia, se había quedado dormido. Cuando las ganas de ir al baño le habían despertado ya le había sido imposible volver a dormirse. Eran las cinco de la mañana y desde entonces solo ha podido dar unas cuantas cabezadas. Antes de las ocho ya se está duchando.

Desayuna en el hotel un café con un cruasán mientras ordena las ideas. Antes de los interrogatorios suele imaginarse a sí mismo preguntando al sospechoso e incluso piensa en sus respuestas para, cuando llegue el momento, adelantarse a sus reacciones. Después del café aprovecha para leer la prensa y dar un paseo hasta la casa del exnovio de Vanessa, que está a tres kilómetros de su hotel. La mañana es gris, pero sin lluvia e invita a pasear. El frío de enero le ayuda a concentrarse.

Antes de que el reloj marque las diez de la mañana está llamando al timbre de la casa de Ricardo.

—¿Sí? —responde una voz somnolienta al otro lado.

—¿Ricardo Robles?

—Sí, soy yo. ¿Quién es?

—Soy el sargento primero Abengoza de la Guardia Civil. Quisiera hablar con usted de Vanessa Rubio. Sé que fueron pareja hace algún tiempo.

—Suba. No entiendo nada, pero suba. —Gabriel oye el

zumbido del timbre y empuja la puerta. No llama al ascensor porque solo tiene que subir hasta un segundo piso. Cuando llega al descansillo, Ricardo le está esperando en la puerta—. ¿Puede explicarme por qué anda la Guardia Civil preguntando por Vanessa?

—¿Sabe que su exnovia ha fallecido?

—Sí, lo escuché ayer en las noticias de la mañana. Dejé de ver las noticias de la noche desde que rompió conmigo. Pero tengo entendido que fue un accidente doméstico en su casa de la sierra. No sé qué pintan los *picoletos* investigando accidentes.

—Tenemos nuestras dudas, no descartamos ninguna posibilidad. El caso de su exnovia puede ser más complicado de lo que parece.

—¿Y por qué vienen a hablar conmigo? No pensarán que puedo tener algo que ver, ¿verdad? —A Ricardo le ha cambiado el rictus de la cara, se ha puesto nervioso. Gabriel conoce a la perfección cuándo los interrogados pierden la calma. El exnovio no tardará en romper a sudar.

—Estamos preguntando a todas las personas que la conocían. Ayer hablé con su madre y con su hermano. Hoy me toca con usted. Me han comentado que su relación no terminó de buenas maneras.

—Es cierto. Vanessa y yo no terminamos bien. Dudo que alguna relación se rompa de forma amigable. Nuestra ruptura fue dolorosa, al menos para mí.

—¿Podemos pasar dentro de la casa y seguir charlando más tranquilos? No creo que esta conversación sea para tenerla en el descansillo.

—Pase, pase… —dice Ricardo apartándose de la puerta tras echar un vistazo furtivo al interior. Cuando cruza por su lado Gabriel nota que le sudan las manos y le tiembla la parte baja de la barbilla—. Siéntese en el salón.

Gabriel toma asiento en un sofá medio destartalado que se mantiene en pie de forma milagrosa. Su peso hace crujir cada una de sus maderas. Al principio se sienta en el centro, buscando que

Ricardo no se sienta cómodo y busque asiento en el sillón de enfrente, pero al hacerlo el sofá se hunde y se clava las maderas del fondo. Es tan incómodo que termina por sentarse cerca de uno de los reposabrazos. Ahí el sofá mantiene la consistencia, pero le llega un olor a pies casi insoportable. Finalmente, decide sentarse en el sillón y esperar.

El exnovio de Vanessa ha ido a la cocina. Por su pinta desaliñada y sus ojos rojos, Gabriel tiene la certeza de que ha ido a esconder algo de droga de su vista. No le da excesiva importancia porque no es el motivo de su visita. Además, si por el color rojo de los ojos fuera, él también sería sospechoso de llevar drogas encima.

—Dígame, ¿en qué puedo ayudarle? —pregunta Ricardo al tomar asiento en el sofá sin inmutarse por el olor a pies que desprende.

—Puede responderme a una serie de preguntas como, por ejemplo, ¿cuándo fue la última vez que vio a Vanessa?

—¿En persona? Porque por la tele últimamente no deja de salir. Mire que cuando rompimos dejé de ver la cadena donde trabaja solo por no verla, pero desde que sacó el libro da igual la cadena que ponga que siempre termino viendo su *careto*. En persona hará más de cinco meses que no nos cruzamos ni por la calle.

—Tengo entendido que estuvieron saliendo varios años. —Gabriel mira incómodo hacia ambos lados. El sillón tampoco termina de resultarle confortable. Debajo del asiento hay algo que se le clava en los huesos.

—Sí, cuatro años aproximadamente. Hasta que ella se largó.

—¿Por qué rompió con usted?

—Porque decía que no daba buena imagen que la vieran conmigo. Ya ve, al principio era ella la que babeaba por salir conmigo y, pasados cuatro años, era yo quien no estaba a su altura. —El gesto en la cara de Ricardo muestra cierto resquemor. Gabriel tiene claro que aún no ha superado la ruptura. Ese podría ser un buen motivo para asesinarla.

—¿Dice que, al principio, era ella quien quería salir con usted?

—¡Qué pasa! ¿Le extraña? Ella era una seguidora de mi grupo de música. No se perdía ninguno de los putos conciertos por muy pequeño que fuera el local en el que actuábamos. Ella siempre estaba allí, en primera fila. Era una *groupie* de esas.

—Y acabó consiguiendo salir con el líder del grupo.

—¿Usted la ha visto? Sí claro, cómo no la va a ver. Era imposible resistirse a sus encantos. Con solo una mirada de sus ojos negros y una sonrisa hubiera conseguido que dejara la música para siempre. Estaba buenísima, y ya le había echado el ojo en los conciertos, pero nunca pensé que ella se fijara en mí. Cuando en uno de los bolos entró en mi camerino y empezó a tontear conmigo no podía creérmelo y, por supuesto, no dudé en invitarla a mi casa. —En su tono de voz se aprecia cierta nostalgia.

—¿Y qué cambió?

—Que se hizo famosa. Todo iba bien los tres primeros años, incluso estuvimos a punto de irnos a vivir juntos, pero yo estaba de gira con el grupo y apenas paraba por casa. Ella venía a nuestros conciertos siempre que podía. Si actuábamos a menos de cien kilómetros de Madrid, allí que se presentaba con su sonrisa y su escote. Vino a todos los conciertos de la gira menos al último. Yo estaba impaciente por verla.

»Ella nunca me avisaba de que iba a acudir a los conciertos, aunque hablábamos mucho por teléfono. Se presentaba por sorpresa, alguna vez incluso, con el concierto empezado. Solía venir con algún vestido ceñido y me despistaba tanto que a veces se me olvidaba hasta la letra de la canción cuando la veía. Los polvos que echábamos entonces eran los mejores.

»Esa noche yo esperaba verla aparecer en cualquier momento, pero no lo hizo. Terminado el concierto la llamé, pero no contestó a mi llamada. A la mañana siguiente me llamó ella. Me dijo que lo sentía, que no había podido venir porque le habían dado el puesto de presentadora en las noticias de la tele. En ese momento me alegré mucho por ella. Después comprendí que aquello era el principio del fin de nuestra relación.

—Ella se hizo popular. —Gabriel recuerda las palabras que le había dicho el hermano de Vanessa: «No tiene luz propia, es como la luna, brilla con la luz que roba a los demás».

—Se hizo popular e insoportable. Aunque su madre no dejaba de hablar maravillas sobre ella, su hermano ya me había avisado de que era inestable. Al contrario de lo que su madre pensaba, sus relaciones anteriores no habían terminado mal por culpa de sus parejas. Yo pensaba que conmigo podía ser diferente, pero cuando empezó a presentar las noticias descubrí la Vanessa de la que me hablaba su hermano. Ya no venía a nuestros conciertos. Ya no quería que nos vieran juntos por la calle. Seguíamos viéndonos, pero siempre a escondidas. Yo le preguntaba si se avergonzaba de estar conmigo y ella me contestaba que era muy tonto. Nos acostábamos y yo me olvidaba hasta la siguiente vez. Así hasta que sacó su novela...

—Entonces su fama aumentó.

—Y se hizo tan grande como su puto ego. Ya nunca tenía tiempo para mí. Acudía a fiestas con invitados importantes, asistía a entregas de premios, siempre con las cámaras retratando su cara bonita y saliendo en revistas y en la prensa. En esa vida de revistas y fiestas sociales yo, líder de un grupito de música sin importancia, como lo llamó ella, sobraba. No estaba a su altura. No pude decirle nada. En realidad, yo mismo pensaba que no estaba a su altura desde el principio. Pero resulta muy doloroso cuando te lo dicen a la cara.

—¿Se enfadó? —Gabriel sabe que ha llegado el momento de apretarle las tuercas.

—¿Enfadarme? Me decepcioné, conmigo mismo y con ella. Con ella porque pensé que me quería y que era buena. Hasta ese momento yo la veía tal y como la veía su madre, pero descubrí que su objetivo en la vida era su imagen pública. Y conmigo porque debería haberme enfadado, enfrentarme a ella, haberle dicho cuatro cosas a la cara. Me limité a agachar la cabeza y a llorar como un imbécil cuando cerró la puerta.

—Quizás esa rabia no expulsada salió más tarde. —Gabriel se sienta en el borde del sofá. Quiere estar más cerca de Ricardo para intimidarlo.

—Lo hizo, créame que lo hizo. Me rompí dos dedos de la mano golpeando la puta puerta del salón. Tuve que cancelar varios conciertos por no poder tocar la guitarra. Pero jamás lo pagué con ella, se lo juro. Su hermano me ayudó a encontrar la manera de controlar mis impulsos.

Gabriel no se había dado cuenta hasta ese momento. Normalmente, siempre observa todo a su alrededor e intenta analizar el lugar donde se encuentra. Sin embargo, el salón de Ricardo es tan caótico que la incomodidad que siente le ha impedido fijarse en nada que no fuera intentar encontrar una postura en la que no se le clavara nada en el culo. Hasta ese momento, no se ha dado cuenta de que la entrada del salón tiene marco, pero no puerta.

—¿Dónde estuvo la noche del viernes?

—Dando un concierto aquí, en Madrid. Habrá unas doscientas personas que puedan corroborar mi coartada. Yo nunca le haría daño a Vanessa. Por muy decidido que fuera a hablar con ella me quedaba paralizado. Era verla y me convertía en un cordero manso y estúpido. Entendí que, para mí, ella era más perjudicial que beneficiosa. Me anulaba por completo como persona. Era peor influencia ella para mí que yo para su imagen. Más destructiva que las propias drogas.

—¿Sabe de alguien que quisiera hacerle daño? —La coartada confirmaba lo que le había dicho Rubén, salvo por el número de asistentes al concierto. Estaba seguro de que la cifra se acercaría más a los cien que le había dicho el hermano de Vanessa que a los doscientos que decía Ricardo. Tenía que buscar otro sospechoso.

—No se me ocurre nadie. Algún fan al que se le fuera la cabeza, alguna expareja con más cojones que yo para enfrentarse a ella…

—Si se le ocurre alguien más o se acuerda de algo que pudiera resultar trascendente no dude en ponerse en contacto conmigo —dice entregándole una tarjeta.

Gabriel decide volver a Miraflores de la Sierra cuando sale de la casa. Lleva fuera mucho tiempo y necesita volver a su apartamento y cambiarse de ropa.

13

No es la primera vez que tiene que presentarse ante los medios de comunicación desde que ostenta el cargo de inspectora jefe. La prensa siempre se alimenta de noticias macabras, un mundo en el que Ángela se condenó a vivir cuando decidió ejercer la profesión de policía. Nadie espera una buena noticia de la policía, por eso los casos de su departamento son los que más páginas llenan en los periódicos. Si la víctima es además una persona conocida, los medios de comunicación revolotean como buitres sobre su cabeza. Muchas veces piensa que lo que ellos quieren es terminar con su carrera y alimentarse de su cadáver para llenar más minutos de noticiero. Para ella, la prensa es el peor animal carroñero sobre la faz de la tierra, por encima de buitres y hienas.

La primera vez que se tuvo que enfrentar a ellos se dio cuenta de que lo único que les importa es la noticia; cuanto más morbosa y peor desenlace tenga, más partido le sacan. Les da igual la gente, les importan poco las víctimas y, menos aún, si los familiares quedan, o no, hundidos. Si lo hacen, le sacan todavía mayor provecho. Lo único que desean es llenar páginas, vender periódicos y cubrir minutos de televisión devorando toda la carnaza que les sea posible tragar. Después la regurgitan para que sus lectores y espectadores puedan alimentar sus ansias de noticias lúgubres que les permitan creer que su vida de mierda no es tan mala. A veces también exonera de culpa a la prensa ya que ellos se limitan a dar las noticias que la sociedad demanda consumir de forma continua.

«Perjuicio de la mayoría, alivio de bobos».

Al mediodía le cuesta probar bocado. Los nervios le atenazan el estómago cuando queda menos de una hora para enfrentarse a las cámaras y a los micrófonos de los periodistas. Ha tenido que llevar un uniforme planchado para cambiarse de ropa y presentarse ante los medios de manera impecable. La imagen es muy importante para ganar credibilidad. Unas palabras dichas por una persona bien vestida, y en apariencia tranquila, son mucho más verosímiles que las palabras dichas por alguien desaliñado y que rompa a sudar por los nervios, aunque estas últimas sean más ciertas que las primeras.

Se cambia de ropa quince minutos antes de acudir a la sala de prensa. Serena sus nervios tomándose una infusión, porque los cafés de la mañana no le habían sentado nada bien, y repite para sí misma las palabras que tiene pensado decir para no trabarse o quedarse en blanco delante de los medios. No quiere ser carne de *meme* en las redes sociales.

Cinco minutos antes de la hora fijada, entra en la sala de prensa. No le sorprende verla llena de periodistas. Muchos de ellos tienen que conformarse con seguirla de pie, apoyados en las paredes. Desde la entrada de la televisión digital terrestre y la concesión de licencias de emisión a nuevas cadenas, las comparecencias ante la prensa están siempre atestadas de cámaras, micrófonos y grabadoras. Ángela cuenta hasta siete cámaras de distintas cadenas al entrar.

—Buenas tardes a todos y bienvenidos. Desde la Jefatura Central, y dadas las publicaciones realizadas en los últimos días sobre la muerte del diputado Pablo García, queremos ofrecer esta rueda de prensa para aportar datos verídicos y no dejar a la imaginación periodística una investigación tan importante como la que tenemos entre manos.

»Lo primero que tengo que decir es que la policía ha dejado atrás la hipótesis de que la muerte del diputado se trate de un simple accidente. Los resultados forenses y las investigaciones realizadas, gracias a la profesionalidad de los miembros del Cuerpo, apuntan en otra dirección. Creemos, basándonos en las pruebas obtenidas, que el infarto que ocasionó la muerte del señor García fue provocado. Investigamos la posibilidad de que se trate de un homicidio.

Los *flashes* de las cámaras la ciegan por un segundo. Un murmullo ininteligible, de palabras inconexas y expresiones malsonantes, se extiende por la sala como el zumbido de un enjambre de avispas. Ángela permanece en silencio hasta que los periodistas se callan y vuelven a prestarle atención.

—Si no informamos, de manera inmediata a los medios, fue porque consideramos que, de ese modo, manteníamos una ventaja sobre el asesino al dejar que creyera que se había salido con la suya. Ahora, que sabe que investigamos el caso, no bajará la guardia tan fácil. Fue por ese motivo, y no por otros que se han publicado de manera mal intencionada en la mañana de hoy, que yo, de forma personal, me decidiera a no revelar la información.

»Una filtración por parte de otro diputado al que investigamos, y al que, quiero recalcar, ya hemos descartado como autor del asesinato, ha dado al traste con ese plan de investigación. Ahora tendremos que darnos prisa. Cuanto más tiempo pase, más opciones tendrá el asesino de quedar impune de su delito. Ahora necesitamos de su colaboración para que nos hagan llegar cualquier pista que puedan encontrar, así como la de la ciudadanía con cualquier información, de utilidad, que puedan darnos sobre el caso. Testigos que vieran al señor García esa tarde, posibles sospechosos, cualquier cosa. Esperamos, por su parte, que tengan las mismas ganas de colaborar en la investigación que las que tienen por publicar noticias sin contrastar.

»Mantenemos varias vías de investigación. El coche de la víctima estaba lleno de huellas y fibras para analizar. Cualquier persona cercana que no tenga coartada para la noche del viernes puede ser sospechosa. También parece que la situación dentro del partido del señor García es algo turbia. Tendremos que investigarlo porque esas situaciones son un caldo de cultivo peligroso. Puedo asegurar que mi equipo y yo no descansaremos hasta encontrar al asesino del señor García.

»Sospechamos que su asesinato pueda deberse a una venganza personal ya que, hasta ahora, nuestra mejor pista es una carta de una baraja de póker encontrada en la guantera del coche. Creemos que nos la dejó el asesino.

Las cámaras de televisión y los *flashes* enfocan hacia Ángela, que omite dar los detalles de la posible implicación de Bárbara Latorre en el asesinato. No quiere que en la próxima declaración pública se una a la fiesta la prensa del corazón. Si los periodistas del resto de medios ya le parecen manipuladores y morbosos, a los de la prensa rosa les tiene una inquina irreconciliable.

—Esto es, sin embargo, una pésima noticia. Que dejen una pista en el lugar de los hechos suele ser habitual entre los asesinos en serie que quieren desafiar a la policía. Si alguien comete un asesinato premeditado, no deja ningún tipo de mensaje. Intenta ocultar las huellas y no cometer ningún error, pero no deja nada que pueda implicarle. Solo un asesino en serie, que se cree más listo que la policía, deja mensajes en el escenario de un crimen. Así que no descartamos que el asesino esté dispuesto a volver a actuar. ¿Alguna pregunta?

—Señor, creo que debería ver esto.

Gabriel acaba de entrar por la puerta del cuartel y se dirige a su oficina cuando uno de los cabos que se encuentra en la recepción le hace gestos para que se acerque.

—¿Es importante? Acabo de regresar de Madrid.

—Creo que muy importante, señor.

Gabriel se acerca para ver lo que miran con tanta atención en el televisor. Una atractiva y seria inspectora de policía habla de un asesinato mientras que un rótulo anuncia que en el escenario del crimen fue encontrada una carta de la baraja de póker.

—¿De qué caso habla? —pregunta con celeridad Gabriel al ver el rótulo.

—Al parecer, el diputado del PSOE encontrado muerto el viernes en su coche no sufrió un accidente. El infarto fue provocado y sospechan que le asesinaron. Le dije que viniera por la carta, ¿cree que pueden estar relacionados ambos casos?

—Cualquier otra cosa sería demasiada coincidencia. Consígame el teléfono de la comisaría de Madrid y dígame cómo se llama la inspectora de la rueda de prensa.

—Es la inspectora jefe Casado. Pusieron un rótulo cuando inició su intervención.

—Pues necesito hablar con ella de inmediato. Creo que la señorita Rubio no fue la primera víctima de nuestro asesino la noche del viernes. Encuentre el número de teléfono de la comisaría y póngame en contacto con ella.

14

Es la tercera vez que Ángela llama por teléfono y la tercera que salta el contestador.

—¿Puedes llamarme en cuanto te sea posible, por favor?

Las dos primeras veces no ha dejado mensaje, pero sí esta tercera vez. Su tono de voz denota impaciencia y enfado. Deja el móvil sobre la mesa de su despacho y finge ordenar los papeles que tiene sobre ella. En realidad, lo hace para tranquilizarse después de la rueda de prensa. Hablar con ellos siempre le crispa los nervios, y que no le cojan el teléfono ha terminado de alterarla.

«No entiendo para que se inventaron los teléfonos móviles si luego la gente no los lleva encima. Para tener que dejar mensajes ya estaban los teléfonos de antes».

Una vez ordenados los papeles y vueltos a dejar encima de la mesa como estaban al principio, se levanta de la silla y se dirige a la ventana. No puede estar sentada sin dejar de mover las piernas. Le tienta la idea de servirse un café, pero recuerda que la cafeína solo consigue alterarla más. Abre la ventana e intenta calmarse respirando el aire que entra de la calle. No es que el aire de Madrid sea muy sano, pero gracias a la lluvia de los últimos días la contaminación se ha reducido. Cierra los ojos intentando liberar su mente de pensamientos y respira profundo. Cuando piensa que los ejercicios de respiración, aprendidos en clases de yoga, están haciendo su efecto, el sonido del teléfono la sobresalta de nuevo.

Se lanza a por él, pero su entusiasmo disminuye al ver el número de su jefe en la pantalla. No es la llamada que desea, aunque sí la primera que esperaba tras enfrentarse a los medios.

—Buenos días, comisario —contesta con un tono de voz poco vehemente.

—Buenos días, inspectora jefe. ¿Me puede explicar por qué no ha mencionado nada en la rueda de prensa de la persona que me dijo que va a interrogar?

—No lo he considerado conveniente. Bastante tenemos con la prensa seria, por llamarla de algún modo, como para mezclar también en el caso a la prensa rosa.

—¡Cómo que a la prensa rosa! ¿Acaso la persona implicada es famosa?

El continuo interés de su jefe en involucrarse en el caso no le va a permitir mantener mucho tiempo el nombre de la persona en secreto. Ángela solo espera que su jefe no le cree mayores problemas de los que ya tiene.

—La persona con la que vieron salir del bar al señor García es Bárbara Latorre, la actriz.

—¿Qué? Eso puede ser una noticia impactante. ¿Está segura de que está implicada?

—Para eso primero tengo que interrogarla y saber qué hizo después de salir del bar con García. Pero señor comisario, que vayamos a interrogar a Bárbara Latorre como sospechosa en un caso de asesinato nos pondrá en cabecera de todos los programas de la televisión y en todas las portadas de la prensa del corazón. He pensado que, por el momento, lo más sensato es mantenerlos alejados. Aunque me temo que no podré hacerlo por mucho tiempo.

—Cierto, esa prensa del corazón son unos buitres. Si huelen carnaza no nos los vamos a quitar de encima ni con agua hirviendo. De todos modos, manténgame informado de los avances de la investigación. La prensa no tardará en llamar a mi puerta preguntando. Si descarta a Bárbara Latorre como sospechosa, quiero saberlo de inmediato.

—No se preocupe, señor. Así lo haré. Ahora, si me disculpa, tengo que seguir trabajando. Estoy esperando los informes forenses finales y preparando el interrogatorio a la señora Latorre.

—Dese prisa. Este caso puede írsenos de las manos.

Con un suspiro de resignación cuelga el teléfono. No soporta la hipocresía de su jefe que tilda de buitres, como hace ella, a los medios cuando se desvive por salir en ellos.

Mira la pantalla para ver si, mientras estaba hablando, le han dejado algún mensaje o tiene alguna llamada perdida, pero no ha recibido nada. De mala gana, vuelve a dejarlo sobre la mesa. Espera que su jefe mantenga la boca cerrada un tiempo. Salir en la televisión es su pasatiempo favorito, pero no es tonto. Si se involucra mucho en el caso y permite que su cara aparezca desde un principio y este se termina complicando, resultaría contraproducente para él. De ser así, ella será la elegida como cabeza de turco. Espera que se mantenga en la sombra hasta que el caso se resuelva y, entonces, seguro que es el primero en dar un paso al frente para atribuirse el mérito.

No ha llegado ni a levantarse de su silla cuando es el teléfono de la oficina el que suena. Lo descuelga como impulsada por un resorte.

—¿Sí?

—Buenos días. ¿Es usted la inspectora jefe Casado?

—Así es, ¿con quién hablo? —La voz que ha respondido al otro lado no le es familiar. Está convencida de no haberla escuchado antes y, sobre todo, está segura de que no es la voz que quería escuchar.

—Soy el sargento primero Abengoza, del cuartel de la Guardia Civil de Miraflores de la Sierra. Le llamo porque he visto la rueda de prensa que ha dado y creo que andamos detrás del mismo asesino.

—Explíquese.

—Imagino que habrá oído en las noticias la muerte de la presentadora del telediario y escritora, Vanessa Rubio.

—Algo he oído, sí. Sufrió un accidente en su casa, creí entender.

—Eso es lo que pedí a sus compañeros de los informativos que dijeran. En realidad, fue asesinada. Encontramos su cadáver el lunes por la mañana, pero llevaba muerta desde el viernes por la noche. Recibió un fuerte golpe en la cabeza.

—¿Y por qué cree que es obra de la misma persona?

—Porque en mi escenario del crimen también ha aparecido una carta de la baraja de póker. Encontramos un as de corazones en el salón de la casa. Que ustedes encontraran otra carta en el escenario del diputado no creo que sea casualidad. Deberíamos barajar la posibilidad de que los casos estén relacionados.

—Muy oportuna la palabra «barajar» en este caso. Quien bien comprende pocas palabras necesita. Nosotros encontramos un as de tréboles en el coche. ¿Viene usted a mi despacho o prefiere que vaya a verle yo al suyo? —Ángela se frota las sienes con la mano derecha, intentando aliviar el dolor de cabeza que se le acentúa cada vez más. En realidad, ha formulado la pregunta por cortesía, pero espera no tener que moverse de la oficina.

—No se preocupe. Últimamente paso más tiempo en Madrid que en Miraflores. Ya me acerco yo a la capital. Le llevaré los datos que hemos recopilado hasta ahora. Espero que podamos ayudarnos a esclarecer este caso cuanto antes. No me da buena espina que el asesino nos vaya dejando pistas. Eso quiere decir que no nos tiene miedo y que está dispuesto a jugar con nosotros. Y eso no me hace ninguna gracia.

—A mí tampoco, se lo aseguro. Estaré esperándole en mi despacho.

Gabriel sale del cuartel. Es el quinto día seguido que baja a Madrid y tiene la seguridad de que no va a ser el último.

Antes de montarse en el coche ya piensa en alquilar una habitación hasta aclarar el caso. Si ambos sucesos están relacionados, las investigaciones se realizarán, en su mayoría, en la capital. No en vano, ambas víctimas residían allí, aunque una de ellas fuera asesinada en la sierra.

Decide pasar por su casa y meter algo de ropa en una maleta. Si vuelve no pierde nada, y si se ve obligado a quedarse en la capital ya va preparado. Está deseando llegar a comisaría para hablar con la inspectora. Como sospechaba desde un principio, ningún asesino va dejando pistas a propósito en los escenarios del crimen si no tiene intención de volver a matar. Es algo superior a ellos. En el fondo, todos los asesinos desean ser atrapados. Necesitan de la notoriedad de su caso. ¿De qué vale planear el asesinato perfecto si después nadie sabe que lo has hecho tú? Esa necesidad de fama, de ser reconocido, es la que lleva a los asesinos en serie a dejar pistas, a poner a la policía tras sus pasos. Ya saben que van a ser atrapados, pero para ellos la gracia está en saber cuándo. En ver cuánto tiempo pueden jugar con la policía, porque cuanto más lo hagan, mayor será la fama alcanzada. Sin fama, matar no tiene recompensa.

En este caso, que los crímenes estén siendo investigados por grupos de seguridad distintos permite tener una doble perspectiva, y el analizar las pruebas del otro les puede conducir a encontrar una buena pista.

No tarda ni una hora en llegar al centro de Madrid. El camino empieza a sabérselo de memoria, y conducir sereno facilita el trayecto. Sacude la chaqueta al entrar en la comisaría. Aunque la mañana ha amanecido más despejada que en jornadas anteriores, ha vuelto a llover. Hace lo mismo con su pelo. Lo lleva tan corto que le es suficiente con pasarse la mano por encima para quitarse el agua.

Pregunta por el despacho de la inspectora jefe. El oficial que le atiende es parco en palabras, se limita a señalar con el dedo. La puerta de cristal opaco solo le permite ver una silueta sentada detrás de una mesa.

—¿Era necesario? —El tono de voz de la inspectora parece enfadado. Se la oye desde fuera cuando Gabriel llama a la puerta—. ¡Un segundo! —grita—. Estate pendiente del teléfono. Nos vemos pronto. ¡Pase!

Gabriel abre la puerta y saluda. La inspectora le recibe con la cara sofocada y un gesto de enfado.

—Sargento primero Abengoza, imagino.

—El mismo.

—Siéntese y cuénteme los detalles de su caso.

La inspectora le parece incluso más guapa que por la tele, pese a su rictus enfadado. De manera inconsciente, se coloca bien el uniforme antes de sentarse y espera a que ella tome asiento. Se aclara la voz antes de empezar a hablar.

—Hasta ahora no hay mucho que contar. En un primer momento, la patrulla que descubrió el cadáver pensó que podría tratarse de un accidente, pero dada la notoriedad de la fallecida decidieron llamarme. Al analizar la escena del crimen hubo varias cosas que no me cuadraron. La primera de ellas, la posición del cuerpo. Después descubrimos rastros de sangre en el salón, lugar en el que se cometió el crimen. Una fibra de algodón y yute en el sujetador de la víctima nos confirmó que en el salón faltaba una alfombra.

»Creemos que la víctima fue arrastrada hasta el cuarto de baño sobre ella y que, después de intentar aparentar un accidente, el asesino se llevó la alfombra para ocultar huellas. Después de hablar con su jefa y su familia fui a su casa, aquí en Madrid, con las llaves que me dejó su hermano, y le hice una visita a su exnovio. Por cierto, necesitaré una orden para analizar el ordenador personal de la víctima en su casa y para justificar una carta que me llevé.

»Por ahora solo tengo dos posibles sospechosos, aunque ambos dicen tener coartada para la noche del viernes. Además, aunque ambos parecen tener motivos para no llevarse bien con la víctima, dudo que ninguno de los dos fuese capaz de matarla a sangre fría.

—¿Quiénes son esos dos sospechosos? —pregunta Ángela.

—Su hermano y su exnovio. El hermano la acusa de robarle los derechos de autor de su novela y el exnovio… Digamos que no lleva bien su ruptura.

—Al menos usted tiene dos sospechosos. Yo tengo, hasta el

momento, cientos de pistas sin confirmar y una sospechosa que puede poner el caso patas arriba.

—Por favor, tutéame. Creo que vamos a ser compañeros un tiempo. ¿Quién es esa sospechosa?

—Si has escuchado la rueda de prensa, ya sabrás alguno de los detalles del caso. El señor García murió de un infarto provocado al inyectar aire en sus venas. Una muerte que tarda unos minutos en producirse y que hubiera pasado totalmente desapercibida si no fuera porque tenemos uno de los mejores forenses del Estado. Creo que solo Velázquez es capaz de darse cuenta de esos detalles. Ordené analizar el coche y, por desgracia, el señor García tenía una gran vida social. Su coche tiene más huellas, restos de ADN y fibras que el propio registro de la Policía. La primera huella que pudimos identificar nos llevó a interrogar a un compañero de partido, pero su coartada es firme. Esa pista, además, nos ha llevado a otra. La última persona que vio con vida al señor García fue Bárbara Latorre.

—¿La jugadora del Barcelona?

—No, la actriz.

—Vaya, asesinados famosos, sospechosos mediáticos. ¿La habéis interrogado?

—No, aún no. Iba a ir a interrogarla al estudio de grabación de la serie cuando me llamaste. Decidí esperar para escuchar lo que tenías que decirme e ir juntos, si te parece bien —sugiere la inspectora levantándose de la silla y haciéndole un gesto para que la siga.

—Estupendo. Siempre he tenido ganas de conocer a Bárbara Latorre en persona. Aunque nunca imaginé que fuera en estas circunstancias. Además, puede estar relacionada con ambos casos. Fue la última persona que vio con vida a Pablo García, y su esposo es el compañero de trabajo de Vanessa Rubio.

15

La fina lluvia de la noche madrileña golpea en su rostro arrastrada por el viento. Camina con la cabeza agachada, intentando cobijarse en el interior de su gabardina. Sus pasos son rápidos y resuenan por las, en ese momento, solitarias calles del casco antiguo de la ciudad. Tiene prisa.

Habrá pasado por esa misma calle más de un centenar de veces, pero es la primera vez que lo hace tras obtener la comprometedora información en su última cita. Los pelos de la nuca erizados denotan su miedo. Está asustado y desea llegar a casa cuanto antes.

La ausencia de gente le produce una curiosa mezcla de sosiego e intranquilidad. Si no hay gente, nadie puede atacarle. Sin embargo, al llegar a cada esquina, al pasar por delante de cada portal oscuro y con cada ruido provocado por el viento, se asusta y acelera el paso sin dejar de mirar a sus espaldas. La niebla, que cubre la calle a esas horas de la noche, aumenta su intranquilidad.

Saca el teléfono móvil de la gabardina y mira la hora. Es ya la una de la madrugada. Abre el bloc de notas de su iPhone y comienza a teclear con habilidad con ambas manos.

El sonido de unos pasos le hace levantar la cabeza. Mira a derecha e izquierda y se gira. No ve a nadie en la calle, pero está seguro de haber escuchado algo, alguien le sigue. Vuelve a acelerar el paso. Tras cerrar el bloc de notas, abre el *WhatsApp* y busca entre la lista de contactos. Le parece escuchar pasos otra vez. Más cerca que antes. Nervioso y asustado se da media vuelta. Intenta escudriñar entre la niebla. Cree seguir solo en la calle. Las gotas de sudor, fruto de los nervios, se mezclan en su rostro con las de lluvia.

«Ten cuidado. Lo saben. Ponte a salvo».

Escribe en la pantalla del móvil y envía el mensaje. Se guarda el teléfono en el bolsillo derecho de la chaqueta y se cubre de nuevo la cara con la solapa de la gabardina. Ya no escucha los pasos. Parece que han dejado de seguirle o puede que fueran imaginaciones suyas influenciadas por la terrible noticia que acaba de descubrir. Está a punto de llegar a su casa y resguardarse de la lluvia y del miedo. Mañana a primera hora acudirá a la policía para dar testimonio de lo que ha descubierto y todo terminará.

Busca en el bolsillo del pantalón las llaves de casa. Está tan nervioso que se le caen al suelo. Sus manos no dejan de temblar. Se agacha a recogerlas y recibe una oleada fétida que le hace torcer el gesto. La fuerte lluvia arrastra toda la basura acumulada y el suelo desprende un pestilente olor. La densa niebla le retrasa en su búsqueda un tiempo vital.

Al incorporarse, el corazón le da un vuelco. Ella está allí. Frente a él, envuelta en un abrigo negro. Oculta en las sombras de la noche y en la traicionera niebla. Sólo sus ojos y su sonrisa radiante, enmarcada por el rojo carmín de sus labios, brillan en la oscuridad. Tiene una sonrisa malévola, una sonrisa de triunfo que hiela la sangre del pobre hombre.

—No, no lo haga. Le juro que no voy a contar nada a nadie de lo descubierto esta noche. Será nuestro secreto. No, por favor. ¡Se lo juro! —suplica levantando las manos delante del pecho pidiendo clemencia.

Ella no retrocede. Sin inmutarse, sin perder la sonrisa, se coloca un rizo rubio que se le ha salido del gorro del abrigo, detrás su oreja y con la mano derecha saca una navaja del bolsillo.

El hombre intenta salir corriendo, pero le tiemblan tanto las piernas por el miedo que se estampa de bruces contra el suelo a los pocos pasos. La mujer no tarda en colocarse de nuevo a su lado.

—¡No! ¡Se lo suplico! ¡Por favor se lo ruego, no me mate! —grita el hombre arrodillado—. Le juro por lo que más quiera que guardaré el secreto.

Ella le sujeta la cabeza y desliza la hoja de su cuchillo por su cuello sin pronunciar palabra y sin cambiar el gesto. El hombre se desploma en el asfalto. La mujer se agacha y rebusca entre su ropa. Saca un sobre del interior de su gabardina y se lo guarda en el abrigo. Después se marcha dejando el cadáver en el suelo y se pierde entre la niebla mientras el agua de la lluvia arrastra la sangre de su nueva víctima hasta las alcantarillas.

—¡Corten! ¡Perfecto, Bárbara! ¡Ha salido perfecto! Eres estupenda, cielo. Preparaos para la siguiente escena. Os quiero a todos listos en quince minutos. Bárbara, tienes visita. Parece que la policía quiere hablar contigo.

Gabriel y Ángela están detrás del director de la serie viendo el rodaje. Les han pedido que guardaran silencio hasta terminar la escena. Ángela estaba dispuesta a interrumpir, pero Gabriel quería ver trabajando a Bárbara Latorre. A fin de cuentas, no pasaba nada por interrogarla, quince minutos más tarde, después de haberla visto actuar. Una vez la escena termina, pueden hablar con ella con tranquilidad.

—Buenos días, señora Latorre. Somos el sargento primero Abengoza, de la Guardia Civil, y la inspectora jefe Casado, de la Policía Nacional de Madrid. Es, para mí, un placer conocerla. —Gabriel alarga la mano para saludar a la actriz, seductora hasta con su vestimenta de asesina—. Quisiéramos hablar con usted de la muerte del señor García.

—Buenos días. Pobre Pablo. No tengo ningún problema en hablar con ustedes si no les importa que mientras tanto me vaya cambiando de ropa. Esta lluvia artificial te moja hasta los huesos y deja un olor horroroso en la piel. Parece que la saquen de un estanque. Además, ya han oído al director, en quince minutos tenemos que rodar la siguiente escena.

—Por nosotros no hay problema —señala Gabriel mientras observa como Bárbara se quita el abrigo.

—Tengo entendido que la noche del pasado viernes usted estuvo con el señor García, ¿es así? —pregunta Ángela tomando la palabra mientras se encaminan hacia el camerino.

—Así es. Pablo y yo éramos amigos y quedé con él para que me llevara al estreno de mi última película. ¿La han visto?

—Aún no, pero puede estar segura de que iré a verla. —Gabriel no puede dejar de mirarla.

—¿Por qué llamó al señor García? Normalmente acude a los estrenos con su marido, el señor Soto. —Ángela cierra la puerta del camerino a su espalda.

—Mi marido esa noche no podía llevarme. Era la noche del viernes y él, a esa hora, presenta las noticias. Quedó en venir después al estreno, pero no apareció. Tuve que pedir un taxi para regresar a mi casa cuando terminó la presentación. No se levantó de la cama en todo el sábado. El domingo me dijo que se había encontrado mal, que no pudo presentar el informativo y que se había ido a la cama. Hasta el lunes no se ha levantado. Pablo estaba disponible esa noche y no tuvo problemas en acercarme. Me afectó mucho saber que, al regresar a casa después de dejarme en la presentación, tuvo el accidente que le costó la vida. ¿Se imaginan que le hubiera dado el infarto mientras me llevaba a mí al estreno?

—Veo que no se ha enterado de que no fue un accidente, al señor García le asesinaron. ¿No ha visto las noticias?

—¿Asesinado? ¿Está segura? ¡Eso es imposible! Llevo todo el día entre el plató y las escenas de exteriores. Empezamos a grabar a las seis de la mañana, no he tenido tiempo ni para parar a comer. ¡No tenía ni idea!

—Fue su marido quien dio la primicia ayer por la noche en su telediario.

—Hace tiempo que no veo los informativos de mi marido. Me aburren tantas desgracias. En casa me comentó que iban a dedicar el programa a hablar de la muerte de su compañera. Un trágico accidente doméstico, pero no comentó nada de la muerte de Pablo.

—Me temo que eso tampoco fue un accidente —susurra Gabriel.

Bárbara, que se ha quedado en ropa interior y está cubriéndose con un vestido rojo entallado, levanta la cabeza y le mira a los ojos.

—¿Cómo dice?

—Que me temo que la compañera de su marido también fue asesinada.

—¡Oh, Dios mío! ¿Están seguros? ¡Qué horror!

—¿A qué hora la dejó en el estreno el señor García? —pregunta Ángela retomando el interrogatorio.

—A las nueve menos veinte. Estoy segura porque a esa hora se iniciaba la sesión de fotos en el *photocall* y yo, como actriz principal de la película, era la primera en posar.

—¿Tiene idea de que eso la convierte en la última persona que vio con vida al señor García?

—La última sería el asesino, inspectora. Yo le juro que cuando Pablo se marchó estaba con vida —replica Bárbara con mirada desafiante mientras termina de subirse el vestido.

—¿Le dijo a dónde se dirigía tras dejarla en el estreno?

—Me dijo que se iba a casa, lo cual me pareció bastante raro. Pablo no era de los que se quedaba sin salir un viernes por la noche. ¿Me ayuda con el cierre del vestido, sargento?

Gabriel se acerca a Bárbara para subirle el cierre del vestido. La espectacular belleza de la actriz y el olor a canela que ella desprende le resultan atrayentes y hacen que le suden las manos. Ni rastro del olor del agua estancada que ella había mencionado que usan en el plató.

—¿A qué hora se marchó de la fiesta, señora Latorre? —pregunta con la voz temblorosa.

—Fui de las últimas personas en irme. Serían las dos de la mañana. La protagonista siempre es la persona que más medios tiene que atender y, además, se tiene que dejar fotografiar. Hay tantas fotos mías de ese día que podrían empapelar este camerino con ellas.

—Nos gustaría tomarle una muestra de ADN, y es muy posible que necesitemos hablar con usted de nuevo.

—Puedes tutearme. —Bárbara mira a Gabriel y le sonríe—. Ya me has visto casi desnuda, no necesitas andar con formalidades. Puedes tomar la muestra que necesites cuando quieras —añade entreabriendo los labios muy cerca de su cara.

Con una gota de sudor resbalándole por la frente, Gabriel consigue tomar la muestra esforzándose en mantener las formas.

—Aquí tiene mi número de teléfono. Puede llamarme cuando necesite volver a hablar conmigo —dice sacando una tarjeta de uno de los cajones—. Ahora si me disculpan, tengo que irme a grabar. Será un placer ayudarles en todo lo que esté en mi mano.

Bárbara termina de colocarse el vestido y de peinarse antes de marcharse. Gabriel percibe la mirada de Ángela en su nuca cuando observa, embobado, salir a la actriz. Se guarda la tarjeta que le ha dado en el bolsillo de la chaqueta temiendo algún reproche de la inspectora.

—Es guapa, ¿verdad?

—No seré yo quien diga lo contrario. Además, estoy seguro de que no es nuestra asesina.

—No me digas que, además de para desnudarla con la mirada, has tenido tiempo para descubrir quién es el asesino…

—No me ha hecho falta desnudarla. Lo ha hecho ella sola. Y no, no he descubierto quién es el asesino, pero sí que ella no pudo matar a Vanessa Rubio. Puede que haya sido la última persona que vio con vida a Pablo, pero es imposible que se fuera de la fiesta y matara a Vanessa esa misma noche. Además, ella es diestra y mi asesino es zurdo.

—¿Cómo sabes que ella es diestra?

—Porque es con la mano con la que empuñó el cuchillo en la escena que la hemos visto grabar, la misma que ha usado para peinarse y con la que me ha entregado la tarjeta. Sin embargo, el asesino de Vanessa la golpeó por la espalda en el lado izquierdo de la cabeza.

—Pudo asestarle el golpe con la mano derecha. Solo tuvo que cruzar el brazo para golpear con más fuerza.

—Pudo, pero es muy difícil golpear con la mano derecha en el lado izquierdo y de abajo hacia arriba. Lo natural, si se cruza el brazo, es que el golpe vaya de arriba hacia abajo y no al revés. Estoy casi seguro de que mi asesino es zurdo. ¿Y el tuyo, inspectora?

—El señor García presentaba la punción en el lado derecho del cuello, con lo que si, como sospechamos, el asesino estaba colocado en el asiento trasero lo más seguro es que sea diestro.

—Pero si estaba sentado a su lado y las marcas están en el lado derecho, también podría ser zurdo. Bárbara Latorre no pudo ser la que cometió ambos crímenes y, si iba de acompañante de Pablo, dudo que fuera sentada en el asiento de atrás. Una persona diestra como ella, desde el asiento del copiloto no tiene una postura cómoda para clavarle las agujas sin que a la víctima le dé tiempo a defenderse. Un zurdo sí. Aunque mandaremos analizar la muestra de ADN para compararla con las que encontrasteis en el coche. Así, igual, sabemos dónde se encontraba Bárbara.

—Y eso nos deja como al principio. Sin sospechosos. ¿Qué hay de la carta que te llevaste de la casa de Vanessa? ¿Por qué te la llevaste? ¿Qué es lo que te llamó la atención en ella?

—Que era la única carta que había sido enviada directamente a su casa. Las demás las habían enviado al plató de televisión. Ahora estarán analizándola. A ver si hay suerte.

16

De regreso en coche hacia la comisaría, Ángela se mantiene en silencio. Gabriel la observa desde el asiento del copiloto. Desde que la ha conocido no ha visto otro semblante en su cara que no sea el de enfadada.

—¿Mal día, inspectora?

—¿Por qué lo preguntas?

—Porque no te he visto sonreír desde que nos hemos conocido.

—¿Acaso crees que con dos asesinatos encima de la mesa tengo motivos para estar contenta? —responde Ángela sin dejar de mirar a la carretera.

—No, pero es el trabajo que elegiste. No creo que sea la primera vez que tienes que resolver un asesinato.

—No, pero sí es la primera vez que se me juntan dos casos tan mediáticos con mi reciente ascenso. De estos casos va a depender mi carrera. Si no los resuelvo bien, mi puesto de inspectora jefe puede ser tan efímero como un azucarillo en el agua. Y no quiero ver el aire de triunfo en la cara de alguno de mis compañeros.

—¿Por qué se iban a alegrar de tu fracaso?

—Porque mi fracaso sería la prueba de que sus críticas ante mi ascenso eran fundadas. A ninguno le hizo mucha gracia que una mujer fuera la que les pasara por encima a la hora de ascender —confiesa mirándole por primera vez desde que se montaron en el coche.

—Al menos tu familia estará contenta con tu ascenso, ¿no? —insiste Gabriel intentando que se relaje.

—Con mi familia no me hablo desde hace dieciséis años. No tienen idea de a qué me dedico, y mucho menos de que me han ascendido. Ni lo saben, ni les importa, ni me importa que no les importe.

Gabriel se queda un momento callado. Está claro que la inspectora tiene un carácter fuerte y no quiere incomodarla con más preguntas al respecto.

—¿Cómo te llamas? —dice, finalmente, en un intento por relajar la tensión. Ella le mira sin llegar a responder—. Solo te conozco como inspectora Casado. Mi nombre es Gabriel.

—Ángela —responde, sin añadir nada más.

Gabriel tuerce el gesto. «Que nombre tan apropiado».

Nada más entrar en Comisaría, uno de los oficiales se acerca a la inspectora. Viene con una sonrisa triunfal y porta una carpeta llena de folios.

—Inspectora jefe, tengo algo que enseñarle.

—¿Y va a hacerlo ahora o tengo que esperar al momento adecuado? —replica Ángela al ver como el oficial se hace esperar.

—Es sobre la inspección que ha ordenado realizar al despacho de Pablo García. Hemos encontrado unos documentos que creo van a interesarle.

Los tres entran en la oficina y Ángela cierra la puerta. El oficial Borbolla deja los papeles encima de la mesa y espera a que la inspectora se siente antes de empezar a hablar.

—Tenía usted razón con los asuntos turbios del partido. Hemos encontrado documentación oculta en el ordenador de la oficina que implican al propio señor García y al diputado Elizalde en la concesión ilegal de algunas obras y terrenos. Al parecer, ambos cobraban comisiones de un buen número de empresarios a cambio de favores.

—Por algo el señor Elizalde solo se ponía nervioso cuando

mencionaba las manzanas podridas dentro del mundo de la política. En cuanto hablábamos del asesinato de su compañero se tranquilizaba. Él no tiene nada que ver con la muerte, pero está metido hasta el cuello en la prevaricación de obra pública. ¿Quieres que te presente a mi primer sospechoso descartado, Gabriel? Me gustará ver si mantiene esos aires de prepotencia cuando vayan nuestros compañeros a detenerle.

Gabriel acepta, sorprendido de que la inspectora recuerde su nombre. Cuando se lo mencionó en el coche, dudó seriamente que ella le hubiese prestado atención.

Gorka se mueve inquieto por su despacho en la sede de Ferraz. Acaban de informarle de que, por la mañana, mientras él estaba en sede parlamentaria, un pequeño grupo de oficiales de policía ha pasado por el antiguo despacho del señor García para investigar. Querían averiguar si entre los artículos personales podía haber algo que indicara quién podría estar interesado en asesinarlo.

Gorka sospecha que a la policía no le interesa solo el asesinato. Destruye las últimas carpetas de su despacho mientras observa cómo el ordenador «vacía» también algunos archivos. Cuando la pantalla de la computadora marca que el proceso ha alcanzado el noventa por ciento, oye pasos decididos que se acercan a su puerta. Guarda los papeles que tiene en la mano detrás de unos libros, toma asiento y finge estar escribiendo en un papel. La inspectora Casado y un hombre alto de planta imponente, vestido con el uniforme de la Guardia Civil, entran en su despacho sin llamar a la puerta.

—Inspectora, veo que después de hacerme ir a verla dos veces, ha decidido devolverme la visita. Además, viene usted muy bien acompañada.

—Señor Elizalde, no vengo de visita. Este es mi compañero,

el sargento Abengoza. Trabaja conmigo intentando esclarecer las muertes de García y la señorita Rubio.

—¡Oh Dios! ¿Están relacionadas? ¿La presentadora de los informativos también ha sido asesinada? En las noticias hablan solo de accidente…

Pese a su sorpresa, Gorka se muestra tranquilo. Mantiene la mirada de la inspectora salvo en un par de ocasiones que la desvía hacia la pantalla del ordenador.

—No estamos aquí por los asesinatos. Ya quedó claro que, al menos para el del señor García, usted tiene coartada. Estamos aquí por otro motivo.

Las palabras de la inspectora surten el efecto esperado. Gorka se mueve incómodo en la silla y desvía la mirada hacia Gabriel.

—¿Y cuál es ese motivo? —pregunta sin dejar de mirar al sargento que pasea por el despacho ojeando las estanterías y los cuadros de las paredes.

—Estamos aquí por esos asuntos turbios de los que le hablé. Esas pistas que le dije que tenía que implicaban al señor García en casos de corrupción.

—¿Y qué tiene que ver eso conmigo? —Nota que su voz suena temblorosa y carraspea sin dejar de observar a Gabriel, que se acerca a la estantería de libros dónde ha guardado los papeles que tenía en la mano.

—Parece que su compañero tenía en su ordenador una lista de cobros realizados a empresarios a cambio de ciertos favores. Alguien intentó borrar los archivos del ordenador, pero no tiene los conocimientos de informática necesarios para saber que eso no es tan fácil.

—¿Que Pablo era corrupto? ¿Está segura, inspectora? —pregunta Gorka sorprendido mientras se incorpora y camina a la estantería que está curioseando Gabriel—. ¿Puedo ayudarle en algo, sargento?

—Puede prestar atención a lo que tiene que decirle la inspectora. No tiene buen carácter y soy yo quien trabaja con ella.

No la enfade —responde Gabriel, sacando una de las carpetas vacías de la librería.

—Como le digo, los archivos informáticos no son tan fáciles de borrar como la gente cree. Y su nombre aparece en varios de ellos. Creo que no voy a poder detenerle por el asesinato de su compañero, pero seguro que puede decirme algún nombre si quiere que mis compañeros sean benévolos con usted cuando registren y revisen toda su oficina. Tenemos una orden.

—No diré nada sin un abogado, inspectora. Pueden revisar la oficina, si así lo desean —dice Gorka dejándose caer en la silla.

Ángela y Gabriel salen del despacho para que sus compañeros entren a registrarlo. Saben que, al finalizar, Gorka será acusado de prevaricación. Quizás termine dándoles algún nombre para «salvar el culo».

—Bueno, Gabriel, es tarde. ¿Qué te parece si damos por terminado nuestro trabajo por hoy? Mañana veremos si nos llegan los resultados de la carta que ordenaste analizar y, con suerte, tendremos un hilo del que poder seguir tirando. ¿Vuelves a Miraflores de la Sierra?

—No, inspectora. Me quedo a dormir aquí, en Madrid. He reservado una habitación en un hotel del centro. Así no tendré que viajar todos los días —responde mientras la inspectora se sube a su coche.

—Muy bien. Pues entonces nos vemos mañana a las ocho en mi despacho. ¿Te parece?

—Allí estaré. Y a ver si el miércoles encuentras en el armario una sonrisa que ponerte.

17

Alejandro lee el teleprónter con voz insegura. Informar sobre la muerte de su compañera no le agrada. Y menos si se confirma lo que su jefa ha dicho en la reunión.

—Las noticias del día vienen marcadas por una serie de acontecimientos que están perturbando la vida de los madrileños. Hoy tenemos que informales de algo que nos tiene, a todos los miembros de la redacción, impactados. Tenemos nueva información sobre la muerte de nuestra compañera Vanessa. ¿Tienes más detalles, Jessica?

—Buenas noches, Alejandro. Así es. Hoy daremos nuevos datos sobre la muerte de nuestra querida compañera. Al parecer, no sufrió un accidente. Además, tenemos la muerte del diputado Pablo García, la redada de la policía esta tarde en la sede del PSOE y la misteriosa desaparición del banquero Francisco Bejarano. Todos ellos, acontecimientos recientes que siguen sin resolverse. Volvemos en un minuto. —Jessica, sin embargo, muestra firmeza en la voz. Sabe ocultar los nervios por su debut.

—Yo me encargo de dar los detalles a la vuelta de publicidad —dice Alejandro sin mirarla cuando entran los anuncios.

—No esperaba que fuera a ser de otro modo. Conozco mi papel, por el momento. Tú eres la experiencia y te encargas de las noticias importantes.

—Me alegro de que lo tengas tan claro.

—He dicho por el momento, no te equivoques.

La luz de la cámara avisa de que vuelven a estar en directo. Ambos sonríen de forma fingida.

—Hace nueve días, nuestros compañeros de informativos del fin de semana informaron de la desaparición de Francisco Bejarano. El señor Bejarano es el presidente de una sucursal del Banco Santander aquí, en Madrid. Está divorciado y vivía solo. El viernes de la semana pasada salió de la sucursal y nadie ha vuelto a verle. Se informó de su desaparición el domingo, cuando la policía fue a detenerle a su casa. Su teléfono está desconectado y no han podido localizarle aún.

»Los compañeros de trabajo dicen que, desde su divorcio, el señor Bejarano estaba distraído, ausente, que había perdido su tradicional energía y que se mostraba taciturno. Las primeras investigaciones hablan de una marcha voluntaria, aunque la policía no descarta ningún posible escenario, ya que el señor Bejarano no se llevó de su casa nada de ropa ni tarjetas de crédito. Además, en los últimos días, nadie ha hecho uso de sus cuentas bancarias. —Alejandro se mueve incómodo en la silla, como si la hubieran cambiado por una nueva y estuviera adaptándose. Jessica, a su lado, le mira con gesto interrogante. Le preocupa que la actitud de su compañero estropee su debut.

—Este pasado viernes, nuestra añorada compañera Vanessa informaba de la muerte del diputado del Partido Socialista Pablo García, tras sufrir un infarto. Esta mañana, en una rueda de prensa de la policía, hemos podido saber que el señor García fue, en realidad, asesinado. Pero eso no es todo. Informaciones recientemente obtenidas por esta cadena nos hacen pensar que el asesinato del señor García no fue el único cometido esa noche —dice arrebatando la palabra a su compañero, que la mira de forma desafiante. Una mirada que el primer plano de la cámara consigue evitar que salga en pantalla—. Parece que, la muerte del señor García y la muerte de nuestra compañera pueden estar relacionadas.

»Vanessa Rubio no murió en un accidente doméstico en su

casa de la sierra. Vanessa Rubio fue asesinada y, al parecer, fue víctima del mismo asesino. Una carta de la baraja de póker encontrada en ambos escenarios relaciona los crímenes.

»En la rueda de prensa de esta mañana, la inspectora jefe de la Policía Nacional nos ha comunicado que encontraron una carta en la guantera del coche del diputado García. Fuentes cercanas a esta redacción nos confirman que en la casa de nuestra compañera también fue encontrada otra carta de la baraja de póker. Es posible que nos encontremos ante un asesino en serie.

»Si los dos últimos casos están relacionados, ¿es posible que lo estén los tres? ¿Puede ser que el banquero Francisco Bejarano no haya desaparecido voluntariamente? ¿Podría ser la primera víctima del asesino? ¿Qué tienen que ver los asesinatos con el registro por parte de la policía de la sede central del Partido Socialista? Seguiremos informando en próximos boletines informativos. Deseamos que la policía esclarezca pronto los hechos para que nuestra compañera pueda descansar en paz.

Cuando las cámaras dejan de enfocarles y sus micrófonos se desactivan, Alejandro se gira hacia su compañera de manera amenazante.

—¿Se puede saber qué haces? ¡Las noticias las doy yo!

—Siempre y cuando lo hagas bien. No sé qué demonios te ocurre, pero te temblaba la voz como si fueras un vaso de agua ante la llegada de un dinosaurio. No pienso dejar que me estropees mi debut. ¿Queda claro? —replica Jessica que, pese a su juventud, no se deja acobardar por nadie.

—Que sea la última vez —responde Alejandro, preparándose para continuar con el informativo.

—¡Maldita sea! —maldice Gabriel en la habitación de su hotel.

Coge el teléfono y marca el número de la jefa de informativos. En cuanto responden no deja ni preguntar.

—Le dije claramente que no dijera nada sobre el asesinato. Fui muy claro al respecto.

—¿Sargento primero Abengoza? Disculpe, pero creí que con las nuevas informaciones de esta mañana la gente debía saber a qué nos estamos enfrentando. Un asesino en serie anda suelto por Madrid. La gente debe saberlo.

—Le informé de que, cuanto más tiempo mantuviéramos esa información en secreto, más fácil sería dar caza al asesino. Se lo dije, ¿no es así?

—Sí, así es. Pero esta mañana, la inspectora jefe de la comisaría de Madrid ha hablado ante la prensa del asesinato de Pablo García y ha mencionado la carta que dejó el asesino. Recibimos una información que relacionaba ambos casos. Mis investigadores han confirmado que en la casa de Vanessa también había aparecido una carta. Si el asesino es el mismo, ya sabe que lo están buscando. Yo me he visto en la obligación de informar a mis espectadores de lo que está ocurriendo. Creo, además, que Vanessa se merece que se cuente la verdad. Creo que se merece que su asesinato sea tratado de la misma manera que el del diputado García y, si el suyo ya es de dominio público, el de Vanessa también debe serlo.

—¿Quién le ha confirmado que hemos encontrado una carta en casa de Vanessa? —pregunta Gabriel arrugando un papel entre los dedos contrariado por la filtración.

—Me lo acaba de confirmar usted. Yo solo tenía un rumor. No le puedo mencionar mis fuentes, pero puede comprobar que son buenas.

—De acuerdo, no insistiré —dice Gabriel arrojando la bola de papel al otro lado de la habitación para descargar su rabia—. ¿Qué le parece si llegamos a un acuerdo?

—¿A qué clase de acuerdo quiere llegar, sargento?

—Yo me comprometo a darle información del caso de primera mano si usted se compromete a no recurrir a esas fuentes. No quiero que un desacuerdo entre la Guardia Civil y la prensa pueda obstaculizar la resolución del caso.

—Estaré encantada de llegar a un acuerdo con usted, siempre que yo sea la primera en enterarme.

—Solo le pido una cosa, por favor. No diga nada en las noticias que no le haya confirmado. No suponga, no divague, no invente información. ¿A qué viene mezclar la desaparición del señor Bejarano con este caso?

—Pensamos que era una buena idea presentar los tres casos abiertos en este momento. Esto es televisión, señor Abengoza. Hay que buscar el impacto.

—Y yo soy sargento primero de la Guardia Civil y podría acusarla de obstrucción a la justicia, no lo olvide. Si el caso de Vanessa Rubio es complicado por sí solo, ahora que sabemos que está relacionado con la muerte del diputado socialista, la cosa no está como para que la prensa se invente nada. ¿Queda claro?

—Haré todo lo posible para que así sea, pero no puedo prometerle nada. Yo solo soy la jefa de informativos, no la dueña de la cadena.

Gabriel cuelga el teléfono malhumorado. Sabe que la señora no tiene la culpa, ni siquiera sus jefes. La culpa es de una sociedad que disfruta del morbo y consume como zombis toda la carnaza que la televisión les ofrece. Si las cadenas de televisión están llenas de basura es porque a la gente le gusta ver basura.

El teléfono empieza a sonar. Estira el brazo para alcanzarlo al otro extremo del sofá, donde lo ha arrojado al terminar la llamada con la jefa de informativos.

—Sargento primero Abengoza, soy Murillo.

—¡Ah! Buenas noches, Murillo. Dime que tienes algo que ofrecerme.

—Algo tengo. Hemos conseguido entrar en el móvil de la víctima. Además de las llamadas de su jefa, que le dejó una decena de mensajes en el contestador, la última llamada entrante fue de un tal Ricardo, pero no cogió la llamada. El móvil está lleno de fotografías de la víctima, aunque ninguna de interés. Aún no hemos podido entrar en el portátil. También hemos terminado el análisis toxicológico. La señorita Rubio presentaba restos de succinato de doxilamina en el organismo.

—¿Eso es un sedante? —Gabriel da un salto en el sillón de su habitación. La presencia de esa sustancia en la sangre ha captado su atención.

—Exacto. Se utiliza para conciliar el sueño. Al parecer ingirió una pequeña cantidad de este sedante antes de morir.

—Puede que estuviera algo adormilada cuando la mataron y que por eso no ofreciera ninguna resistencia ni tuviera señales defensivas. ¿Algo más?

—Sí, tengo algo más. En el laboratorio han analizado la carta que se encontró en el escenario del crimen: el as de corazones.

—¿Alguna huella en la carta?

—Ninguna, pero hemos encontrado restos de limón en la misma. Eso nos ha llevado a pensar que podría haber escrito algún mensaje con tinta invisible. Y efectivamente, así es.

—¿Qué mensaje? —Gabriel se incorpora y comienza a andar por la habitación con inquietud.

—Se puede leer «Astuta». La «A» la proporciona la propia carta. Las letras escritas en tinta invisible son el resto. Le seré sincero. La primera vez que aplicamos calor a la carta lo primero que leímos fue puta. Esas cuatro últimas letras del mensaje están debajo del corazón del centro de la carta. La «S» está justo al lado de la «A» en la parte superior. Cuando vimos las últimas tres letras, la primera la supusimos equivocadamente.

—Llamaré ahora mismo a la inspectora Casado. Tendremos que comprobar si en la carta encontrada en el caso de Pablo García también hay algo escrito. Muchas gracias, Murillo. Una última cosa. No comparta esta información con nadie salvo conmigo. Creo que tenemos a alguien con la lengua suelta dentro. La prensa se ha enterado de lo de la carta encontrada en el escenario del crimen.

—A sus órdenes. Estaré atento por si puedo enterarme de algo, sargento.

Gabriel cuelga el teléfono y llama a la inspectora. Al

hacerlo, se sienta recto en el sofá, se coloca bien la ropa y se pasa la mano por la frente para quitarse el sudor como si al otro lado del teléfono pudieran verle al descolgar.

—Estaba llamándote yo ahora mismo. ¿No me dijiste que habías hablado con la jefa de informativos para que no dijera que la muerte de Vanessa había sido un asesinato?

—Sí, lo hice, pero alguien se ha ido de la lengua con la carta encontrada en la casa. Tranquila, lo solucionaré, pero no te llamaba por eso.

—¿Y para qué me llamabas? —El tono de voz de Ángela delata cierto nerviosismo. Parece que la filtración le ha hecho tan poca gracia como a él.

—Para pedirte que analices la carta encontrada en la guantera del coche.

—Ya miramos si había huellas. No encontramos ninguna.

—No son huellas lo que hay que buscar, sino restos de limón. El asesino nos ha dejado mensajes escritos en las cartas con tinta invisible que se ve cuando se le aplica calor.

—¡No te puedo creer! Eso es de primero de parvulario —exclama Ángela levantando el tono de voz.

—Créeme. Como en los experimentos del colegio. En la carta que encontramos en casa de la señorita Rubio aparece escrita la palabra «astuta». Quiero saber qué aparece en la carta del señor García.

—Mandaré que la analicen ahora mismo. Mañana por la mañana tendremos el resultado. —La voz de Ángela pasa de un tono de enfado a uno de controlado entusiasmo.

—Una cosa más. Creo que deberíamos hacer una visita al plató de televisión. Quiero echar un vistazo al camerino de Vanessa antes de que se lleven sus pertenencias de allí. Me han informado de que la víctima tenía restos de un sedante cuando murió y quiero ver si hay alguno entre sus cosas en el camerino. En su casa de la sierra no encontramos ningún tipo de medicamento. —Gabriel oye al otro lado del teléfono como arrastran una silla y revuelven papeles de forma frenética—. ¿Has vuelto a la comisaría?

—Sí, estoy en mi despacho, sí. ¿Qué te parece si mañana a las ocho me pasas a recoger por aquí y hacemos una visita? A esa hora ya estarán los resultados.

—Pensé que ibas para casa después de salir del despacho de Elizalde. Me dijiste que era tarde y que nos fuéramos a descansar. ¿No te habrás querido librar de mí, inspectora?

—Vine a dejar el coche en el aparcamiento con la intención de irme a casa, pero me he terminado liando con unos papeles. Después escuché las noticias y no pensaba marcharme hasta hablar contigo. Tu teléfono comunicaba las dos veces que te he llamado. Ahora me quedaré un rato más para mandar analizar la carta. Después me iré, por fin, a casa.

—Siento haber retrasado tu salida. No te molesto más. Nos vemos mañana a las ocho.

Gabriel cuelga el teléfono y abre el minibar de la habitación. Tiene que tomarse una copa, o dos, antes de acostarse. El alcohol es su mejor sedante para dormir. No quiere pasar una noche de pesadillas y presentarse por la mañana con ojeras y mal aspecto delante de la guapa inspectora. Hay algo en ella, bajo esa belleza exterior, que le resulta atrayente. Una halo de misterio bajo esa apariencia de mujer fría e inaccesible que le llama la atención.

18

«¡Abnay!», «¡Abnay!» gritan dos mujeres mientras intentan mantener sus frágiles cuerpos a flote sobre las frías aguas. Gabriel alarga sus manos para intentar subirlas a la lancha fueraborda, pero las mujeres se resisten a subir mientras miran asustadas a su alrededor. Cuando consigue subirlas las cubre con una toalla, pero ambas mujeres siguen gritando «¡Abnay!», «¡Abnay!» de forma desesperada sin dejar de mirar al mar con los ojos empapados en lágrimas. Gabriel sabe lo que esos gritos significan.

Observa las oscuras aguas iluminando su superficie con una linterna. Las nubes cerradas imposibilitan ver nada sin luz artificial. Esa noche la luna y las estrellas no están de su parte. La linterna ilumina el rostro de un niño.

Se despierta sobresaltado. No bebió el suficiente alcohol por la noche para caer en un sueño profundo. El reloj del móvil le confirma que apenas ha cerrado los ojos un par de horas. Incapaz de descansar, se levanta de la cama. Espera que una ducha le haga estar presentable cuando vaya a comisaría. A la luz de la lámpara de la mesilla revisa unos papeles mientras espera que el reloj consuma las horas más rápido de lo que lo hace mientras duerme.

Pese a la ducha, tiene cara de cansado y, como casi todas las mañanas, vuelve a tener ese dolor de cabeza que le acompaña hasta que se toma un café.

Baja al restaurante del hotel y se sirve un buen desayuno. Desayunar fuerte es una costumbre que ha ido adquiriendo en el trabajo. Antes, cuando todavía dormía toda la noche de un tirón, siempre se saltaba el desayuno. Prefería apurar en la cama hasta última hora. Aprovechar esos quince minutos, aunque luego tuviera que correr para llegar a clase.

Cuando su trabajo en la Guardia Civil le dejó, varias veces, sin tiempo para comer o teniendo que hacerlo de mala manera en algún coche o encima de una lancha motora, decidió que lo mejor era aprovechar los desayunos.

Una de las pocas ventajas de tener que alojarse en un hotel es que el desayuno está preparado cuando uno se levanta. Se sirve un plato de beicon, tostadas, cereales y dos buenas tazas de café. Aunque en el hotel que se ha alojado no es lo mismo dos buenas tazas de café que dos tazas de buen café. Pese a todo, se toma por necesidad el desayuno antes de ir a la comisaría.

El día amanece con el cielo despejado por primera vez en la semana. Ángela le recibe con la misma cara seria que la mañana anterior. Parece que su noche no ha sido mucho mejor.

—Veo que hoy tampoco has encontrado una sonrisa en el armario.

—Desde tu llamada, tardé dos horas en poder irme a casa. Fue colgarte el teléfono y recibir la llamada del comisario para acorralarme contra la pared. Me pasé dos horas explicándole por qué estaba trabajando con la Guardia Civil en el caso y por qué no había sido informado de nada. Me dijo que era la última vez que le dejaba al margen si no quería volver a mi antiguo puesto.

—Vaya, lo lamento. Entonces tendremos que darnos prisa en resolverlo. ¿Por dónde empezamos hoy, inspectora?

—Por el resultado del análisis de la carta. Tenías razón con los mensajes. En la nuestra aparece también una palabra: «Asqueroso».

—¿Asqueroso? Vaya… El concepto del asesino de sus víctimas es curioso.

—Sí, su motivación para matarlos es llamativa. Y ya sabemos por qué utiliza los ases de la baraja. Ambos mensajes empiezan por las letras «A» y «S».

—Eso puede significar que el asesino tiene intención de matar a cuatro personas. Una por cada as de la baraja —dice Gabriel mientras monta en el coche de la inspectora y se abrocha el cinturón de seguridad.

—Vamos a ver si podemos atraparlo antes de que mate a nadie más. Hagamos esa visita al plató de televisión.

El trayecto en coche les va a llevar una media hora. Ángela es la encargada de conducir mientras que Gabriel va en el asiento del copiloto. A esas horas de la mañana, el tráfico es como una colonia de hormigas: miles de coches intentando circular por unas carreteras en las que no caben todos.

Ángela decide poner la sirena, pero en algunos tramos de carretera es en vano. Los coches que les preceden no tienen hacia donde apartarse. Pese a todo, su habilidad al volante les permite salir de aquel caos. Mientras ella intenta esquivar vehículos, Gabriel se mantiene en silencio. El humor de la inspectora no invita a iniciar una conversación y no quiere desconcentrarla. Bastante tiene él con sujetarse al salpicadero y al reposabrazos de la puerta. En cuanto el tráfico se tranquiliza, y el rostro de su compañera se relaja, se atreve a romper el hielo.

—Madrid es insoportable.

—Claro, tú estarás acostumbrado al tráfico de la sierra.

—Al tráfico y al aire. Este aire no es respirable. Entiendo que la gente venga aquí a trabajar, pero no comprendo cómo pueden residir de continuo. ¿Cómo lo aguantas? —Gabriel mira a la inspectora, que aparta un instante la mirada de la carretera.

—Como la mayoría de las cosas en esta vida, por la fuerza de la costumbre. Llega un momento en el que ni notas que el aire que respiras está lleno de humo. Es más, cuando alguna vez he ido a la sierra o me he ido de vacaciones fuera de Madrid, he terminado constipada o con alguna alergia. A la gente de ciudad nos sienta mal el aire puro. No estamos acostumbrados. Nuestro cuerpo necesita respirar toxinas para vivir.

—La gente de la capital lo que estáis es como un cencerro. Creo que la polución os afecta también a la cabeza.

—No te lo voy a discutir. Yo no sería un buen ejemplo de lo contrario —responde Ángela dando un volantazo para adelantar a un coche que se ha apartado al arcén al ver las luces del coche de policía.

—Al menos a ti parece que la vida de ciudad te sienta bien...

—¿Eso intenta ser un piropo? —pregunta Ángela, dando otro volantazo metiendo el coche en el arcén para poder adelantar.

—Intenta ser un hilo de conversación. No soy bueno manteniendo conversaciones. Enseguida terminan llegando a un punto muerto del que me cuesta salir.

—Pues estate tranquilo. No soy de esas personas a las que les moleste un silencio. Me molestan más los halagos innecesarios. Además, ya estamos llegando al plató.

Ángela conduce el coche hasta el aparcamiento. Una barrera de seguridad les cierra el paso. Cuando el guarda ve que es un coche de la policía no duda en abrirles.

—Disculpe. ¿Cuál es el plató de los informativos?

—El tercero a la izquierda, no tiene pérdida.

Detiene el coche enfrente de la entrada. A primera hora de la mañana solo hay unas pocas personas trabajando en la redacción. Gabriel pregunta por la directora, pero no llega hasta dentro de un par de horas.

—¿Podemos ver el camerino de Vanessa Rubio?

—Claro, es el último a la derecha. Todavía tiene su nombre en la puerta.

El camerino de Vanessa no es más que un pequeño cuarto con un par de estanterías, un espejo, una silla, un sillón de masajes, una mesita y un burro para la ropa.

—¿Qué se supone que buscamos aquí? —pregunta Ángela al ver el modesto lugar.

—Vamos a mirar si Vanessa guardaba aquí alguna carta más de admiradores, y a ver si encontramos el sedante que se tomó para dormir.

Gabriel empieza a mirar en las estanterías. En una de ellas

solo hay fotos de Ángela con algún invitado al que entrevistó. No le sorprende que en todas las fotos Vanessa tenga el mismo gesto. «Deben de ser las que no le cabían en casa».

En la otra estantería están los premios, trofeos y diplomas que había obtenido durante su vida. «Estos son los que no cabían en casa de su madre».

El burro de ropa está vacío. Debajo del espejo hay una pequeña cajonera con un par de imperdibles, un par de insignias y unas pequeñas tijeras.

—¿Has encontrado algo? —pregunta a su compañera cerrando con fuerza el cajón.

—Sí, en la mesita al lado del sillón hay un pequeño taco de cartas de admiradores con una goma. Nos las llevaremos. ¿Algún rastro del somnífero?

—Ninguno. Empiezo a pensar que no lo tomó de forma voluntaria.

—¿Qué te parece si vamos a mirar las cámaras de seguridad mientras llega la directora de informativos? Igual tenemos suerte y alguien siguió a Vanessa esa noche.

—Por probar no perdemos nada.

Mientras se dirigen a la sala de cámaras, Gabriel no para de darle vueltas al tema del somnífero. Si no había ninguno ni en la casa ni en el camerino, ¿en qué momento se lo había tomado? Descarta la posibilidad de que lo hubiera hecho mientras conducía hacia su casa de la sierra, pues solo alguien muy estúpido haría semejante barbaridad.

El guardia encargado de vigilar las cámaras no les pone ninguna objeción para enseñarles las imágenes del viernes por la noche. «Todo sea por ayudar a descubrir quién asesinó a la señorita Vanessa».

—Pónganos las imágenes de fuera del aparcamiento desde media hora antes de que termine el informativo. Veamos si alguien sale delante o detrás de ella —pide Ángela al guarda—. Muy bien, ahora avance rápido hasta que veamos salir a alguien. ¡Espere! ¿Qué hace ese ahí? —En las imágenes se ve a un hombre mirando a ambos lados antes de entrar en el aparcamiento por la zona en la que salen los coches. No utiliza el acceso para personas—. ¿Puede acercar la imagen?

El guarda acerca la silueta del hombre, pero la imagen no es muy definida.

—No es necesario que la acerque más —dice Gabriel—. Tengo muy claro quién es. Es Ricardo Robles, el exnovio de Vanessa.

Pasan las diez de la mañana cuando a Ricardo le despierta el ruido de unos golpes en la puerta. Nunca le ha gustado madrugar. Como ave nocturna, no se levanta hasta que el estómago le recuerda que es la hora de comer.

Se da media vuelta intentando volver a conciliar el sueño. No tiene ninguna intención de levantarse a abrir. Hace tiempo que no le visita nadie que le pueda interesar, tan solo impertinentes vendedores o vecinos que se quejan por cualquier motivo absurdo.

Vuelven a insistir con más fuerza. Los golpes son tan enérgicos que piensa que le van a derrumbar la puerta. Más que levantarse de la cama se deja caer al suelo. A duras penas, se incorpora de rodillas apoyando la mano en la mesilla y maldiciendo, se dirige a la puerta.

—¡Qué coño quieren! —grita antes de abrir.

—Ricardo Robles, somos el sargento primero Abengoza y la inspectora jefe Casado.

—Ya le dije todo lo que le tenía que decir sobre Vanessa. ¿Por qué no me dejan en paz? —replica Ricardo.

—Porque la última vez que hablamos me mintió y eso no le conviene. ¡Haga el favor de abrir la puerta!

—Muy bien, si insisten…

—¡Oh, por Dios! —exclama Ángela girando la cabeza al ver la nula indumentaria que lleva.

—¿¡Quiere hacer al favor de ponerse algo encima!? —grita Gabriel.

—Disculpen, pero yo siempre duermo «en pelotas», y han sido ustedes los que han insistido en querer entrar —responde mientras se rasca la cabeza—. ¿No le gusta lo que ve, inspectora?

—He visto mejores imágenes en la morgue, se lo aseguro —responde Ángela sin atreverse a mirar.

—A Vanessa le gustaba, al menos al principio. La verdad es que estar sin ella, no me ha sentado muy bien físicamente —dice Ricardo mirándose a sí mismo—. ¿Nos conocemos, inspectora? —pregunta Ricardo con los ojos medio cerrados y en medio de un bostezo.

—Lo dudo —responde Ángela con una mueca de asco en la cara.

—¿Qué es lo que quieren?

—Usted me dijo que hacía más de cinco meses que no había visto a Vanessa. ¿No es así?

—Y no le mentí. Hace más o menos ese tiempo que ni hablamos —contesta Ricardo mientras intenta ponerse unos pantalones cortos que estaban tirados encima de una silla en la cocina.

—¿Y por qué aparece usted colándose en el aparcamiento del plató la noche que fue asesinada? ¿Por qué es usted el único que sale del aparcamiento detrás de su coche? —Ángela tiene que darse media vuelta cuando Ricardo le da la espalda para subirse el pantalón.

—Porque quería hablar con ella. Pero no lo hice, ni siquiera me vio.

—¿Por qué se coló en el aparcamiento?

—Porque no me dejan entrar por otro lado. Vanessa les dio la orden de no dejarme entrar después de romper. Decía que yo la acosaba. Yo solo quería verla, hablar con ella, intentar arreglar lo nuestro.

—¿Y de qué quería hablar con ella esa noche?

—Eso da igual. No pude hablar con ella. Hay un agujero en una de las vallas por el que suelo colarme. Por ahí es fácil llegar al aparcamiento. Bajé por la rampa de salida. Después me colé en las escaleras para bajar hasta la planta donde Vanessa aparca el coche. Sí, antes de que me lo pregunten, no era la primera vez que lo hacía para intentar hablar con ella.

»Cuando llegué a la planta y abrí la puerta ella ya estaba arrancando el coche. Ni siquiera me oyó cuando le grité. Ya les he dicho que jamás le haría daño. Después me fui a dar un concierto.

—¿Intentó hablar con ella después por teléfono? —pregunta Gabriel, que quiere saber si les va a seguir ocultando algo.

—Sí, la llamé, pero tampoco me cogió ni me devolvió la llamada. Ahora, si no les importa, ¿por qué no me dejan en paz de una vez?

Ángela abandona el apartamento casi a la carrera. Le revuelve las tripas la imagen desnuda del interrogado. Gabriel sale tras ella.

—Voy a tener pesadillas esta noche —dice cuando entran en el coche.

—Hay pesadillas e imágenes peores, créeme —responde Gabriel mientras se sujeta de nuevo con fuerza por el acelerón con el que arranca Ángela.

—¿Hay algo que te atormenta por las noches?

—Más bien… Alguien. Un recuerdo de mi pasado que se vino conmigo desde mi anterior destino.

—Puedes contármelo si quieres…

—Está bien —dice Gabriel ante lo que considera un primer paso de acercamiento de su nueva compañera—. Mi anterior destino era Algeciras. Allí trabajaba en el S.I.V.E, vigilando el tráfico de drogas en el estrecho. Una noche recibimos una llamada de la central. De manera inmediata, subimos a la lancha fueraborda y fuimos al encuentro de las dos embarcaciones. No tardamos en divisar a lo lejos una motora que cruzaba a gran velocidad y se acercaba a las costas. Más al fondo divisé una lancha neumática repleta de inmigrantes que avanzaba a escasa velocidad. Como jefe de la embarcación, decidí enviar un aviso al Centro de Mando informando de la lancha neumática y seguir a la lancha motora. Atrapar a los contrabandistas era nuestra misión.

»Atrapamos la lancha cuando desembarcaba un alijo de droga. Se incautaron casi cincuenta kilos de cocaína. La operación fue un éxito. Una vez incautada la droga, convencí a mis compañeros para regresar a auxiliar a la lancha neumática. Era posible que no todos los ocupantes de la misma hubieran podido ser rescatados tras mi aviso al Centro de Mando. Cuando regresamos al lugar se me congeló el corazón.

»La lancha no había aguantado el peso de las decenas de pasajeros que se congregaban en sus escasos metros. Todos los inmigrantes estaban intentando mantenerse a flote. Ninguna embarcación había llegado todavía a su rescate. Dos mujeres gritaban desconsoladas mientras braceaban sobre el agua. Yo llevaba el tiempo suficiente destinado en el estrecho para saber que ese grito era el de una madre buscando desesperada a su hijo. No pudimos encontrarlos.

»Cuando desembarcamos, varios de los rescatados aseguraban que habían partido de África ochenta y tres personas. En el recuento solo pude contar hasta sesenta y siete. Las otras dieciséis personas, incluidos los dos niños que buscaban sus madres, son las que se me aparecen en mis pesadillas cada noche. No puedo quitarme de la cabeza la idea de que si, en lugar de ir tras la lancha de los narcotraficantes, hubiera ido a rescatar la embarcación neumática, ahora esas dieciséis personas seguirían con vida.

»Al fin y al cabo, los narcotraficantes detenidos salieron en libertad en seis meses y seguirán traficando droga entre ambos países. Las dieciséis vidas son irrecuperables. Por eso pedí el traslado a la sierra, para alejarme todo lo posible del mar.

El resto del camino lo hacen sin hablar. Gabriel silenciado por su recuerdo y Ángela porque no sabe qué decir. Recuperan el habla cuando llegan al plató. La directora de informativos acaba de llegar y deciden hablar con ella antes de volver a la sala de cámaras de seguridad.

—Buenos días, señora…

—Mayoral, ¿qué desean, agentes?

—Hacerle un par de preguntas y asegurarnos de que no prepara ninguna sorpresa «desagradable» para los informativos de hoy.

—¡Ah! Sargento Abengoza, ¿verdad? Un placer hablar con usted en persona. ¿Puede responderme a un par de preguntas?

Ángela le lanza una mirada a Gabriel que responde con un gesto de negación.

—No soy yo quien tiene que responder a preguntas. Díganos, ¿sabe si Vanessa tomaba algún tipo de medicamento?

—No, que yo sepa. Nunca la vi tomarse ninguno. En realidad, no recuerdo haberla visto ni siquiera enferma. En los dos años que llevaba trabajando en la cadena no faltó ni un solo día.

—¿Ni siquiera ahora que tenía una vida tan estresante? —pregunta Ángela.

—Desde la popularidad de su libro se la veía más estresada, menos habladora y risueña, pero nada fuera de lo normal. Usted es…

—La inspectora jefe Casado de la Policía Nacional. ¿Es posible que tomara somníferos para poder conciliar el sueño?

—Claro que es posible. No hay nada de raro, ni ilegal, en ello. ¿Por qué lo preguntan?

—Encontramos restos de somnífero en la autopsia y nos preguntábamos en qué momento pudo tomarlo.

—Aquí, en la redacción, imposible. Salió casi a la carrera cuando terminó el informativo. No tendría sentido que lo tomara si iba a conducir.

—Eso mismo pensamos nosotros. Una cosa más. El registro en la sede del PSOE de ayer se produjo por una investigación paralela a la del asesinato. Implica a la víctima y a otro miembro del partido, pero no tiene nada que ver con la muerte o, al menos, eso pensamos por ahora. Por favor, no lo mezcle en sus informativos. Déjenos trabajar.

—De acuerdo. No lo relacionaré por ahora, siempre y cuando ustedes me mantengan informada de primera mano para dar noticias veraces. No queremos confundir a la gente, solo informar.

—¿Veraces? —replica Ángela—. Se conforma con que sean exclusivas que le hagan ganar televidentes y dinero. La veracidad le da igual, no nos tome por idiotas.

—No es mi intención —replica la señora Mayoral ante el ataque directo de la inspectora—. ¿Desean alguna cosa más?

—Revisar las cámaras del aparcamiento. Si nos disculpa...

Ángela y Gabriel vuelven a la sala de cámaras, donde les atienden con la misma amabilidad que la vez anterior. En esta ocasión, piden ver las imágenes del interior del aparcamiento.

Durante los diez primeros minutos no se ve entrar ni salir a nadie, pero a las diez menos cinco la puerta se abre y se ve a Vanessa entrar con mucha prisa. Se acerca a la papelera más cercana a la puerta y arroja algo en su interior. Después, se encamina directa al coche y sale del garaje a toda velocidad.

—Eso es todo —dice el guarda tras ver salir el coche de Vanessa por la puerta y detener la imagen.

—Deje unos instantes más a ver si alguien sale tras ella.

Pero no sale nadie por la puerta hasta pasados diez minutos. Después empiezan a salir, uno tras otro, todos los compañeros de informativos.

—¿Puede pasar las imágenes otra vez? —interroga Gabriel.

—¿Has visto algo? —pregunta Ángela girándose hacia su compañero.

—Ponga el momento en el que Vanessa sale con el coche. Ahora avance a cámara lenta. Un poco más... ¡Ahí! —Gabriel señala en la cámara una sombra que se vislumbra en una de las paredes—. ¿Tiene imágenes de esa zona del aparcamiento?

El vigilante de seguridad cambia de cámara. Esta no enfoca directamente a la puerta, pero sí a la zona en la que ha aparecido la sombra. En el momento en el que se oye el ruido del motor del coche de Vanessa, se ve entrar a Ricardo por una de las puertas de acceso. Corre intentando alcanzarlo, gesticula y grita, pero el coche no se detiene. Da una patada a una de las columnas del garaje y sale caminando.

—Ricardo no mentía. No habló con ella en ningún momento. Parece que Vanessa ni siquiera llegó a verle. Creo que no vamos a encontrar nada en estas imágenes.

—Solo una última pregunta. ¿Cuándo recogen las papeleras? —interroga Gabriel.

—Los jueves. Mañana por la mañana vendrán a recogerlas —responde el guarda de seguridad.

—Hemos tenido suerte. Vamos Ángela, tenemos trabajo.

La inspectora sigue a Gabriel, que baja las escaleras de tres en tres hasta llegar a la segunda planta del aparcamiento.

—¿Se puede saber qué has visto en el vídeo y qué buscamos? Ya hemos visto que Ricardo no habló con ella, como nos ha dicho, y sabemos que después se fue al concierto.

—Sí, pero no sabemos en qué momento tomó Vanessa el somnífero, y en la imagen del vídeo se la ve arrojando un vaso de café a la papelera. Si encontramos el vaso, podremos analizarlo.

—¿Crees que Vanessa tomó el somnífero antes de conducir? ¡Sería una locura!

—Lo que no tengo tan claro es que lo tomara de manera voluntaria —replica Gabriel abriendo la puerta de acceso al aparcamiento—. ¿Te caen mal los periodistas?

—No te haces a la idea. ¿Por qué lo preguntas?

—Por tu *pulla* a la directora.

—He sido bastante comedida. Si le dijera lo que pienso de verdad, no nos dejaría volver a este lugar sin una orden.

A la derecha de la puerta está la papelera que ha visto en el vídeo. Gabriel echa un vistazo en su interior y tuerce el gesto.

—Nuestros compañeros del laboratorio van a tener trabajo, me temo. —La bolsa de basura de la papelera está llena de papeles y vasos casi hasta la mitad. Gabriel la cierra con cuidado procurando no moverla mucho—. El vaso que tiró Vanessa debe estar al fondo. Vamos a llevar esta bolsa a analizar, ¿te parece?

Ambos agentes se montan en el coche en el mismo momento que la puerta del aparcamiento se vuelve a abrir.

Una joven morena los ve marcharse y, con gesto preocupado, saca el móvil del bolso. Con los dedos temblorosos busca un número en su agenda.

—La policía ha estado aquí. Han revisado el camerino de Vanessa —dice con el tono de voz entrecortado—. Sí, ya sé que su muerte no tuvo nada que ver conmigo, pero me dijiste que estaban investigando en otra dirección y resulta que acabo de verlos llevándose una bolsa de basura del aparcamiento. —A cada palabra que sale de su boca se va poniendo más nerviosa—. Sí, sé que me dijiste que me librara de las pruebas y ya lo hice. No, no sé qué hizo Vanessa con él. Pero ¿y si es lo que están buscando? Estoy preocupada. Vale, no diré nada mientras no me pregunten directamente. Voy arriba que tenemos la reunión ahora. Sí, yo también te quiero. Adiós.

19

Ángela y Gabriel llegan a comisaría con la bolsa de basura para analizar. Ella le dice que la espere en su oficina mientras va al laboratorio. Cuando se queda solo en el despacho, comienza a dar paseos por la habitación, observando las cosas que Ángela tiene en su lugar de trabajo.

Lo primero que le llama la atención es que, al contrario que en la casa de Vanessa, Ángela no tiene ninguna foto suya en las estanterías de la oficina. Le sorprende porque, aunque no puede negar que Vanessa era una mujer atractiva, la belleza de la inspectora le resulta mucho más fotogénica.

Por lo que ha podido investigar, la víctima utilizaba su físico para alcanzar sus metas. Era exuberante y coqueta, y le gustaba resaltar sus encantos con vestidos escotados y ajustados. Ángela, en cambio, no necesita más que su mirada y la confianza en sí misma para resultar atractiva. Está seguro de que Vanessa madrugaba solo para ponerse guapa delante de un espejo y Ángela, en cambio, es de esas mujeres que ya se levanta guapa.

«Es una teoría que no me importaría poder comprobar».

Después se percata de que las únicas fotos que hay en la estancia son de paisajes. Ninguna persona sale retratada en ellas. Ni familiares, ni amigos, ninguna pareja o novio, ni siquiera compañeros de trabajo. Solo playas, montes, edificios y algún que otro atardecer.

La mesa ordenada le muestra otro rasgo del carácter de la

inspectora que no conocía. Las personas ordenadas suelen tener unas cualidades en común: son puntuales, metódicas y poco dadas a la improvisación lo que para un policía son buenas cualidades. También tienden a ser maniáticos y sin sentido del humor lo que explica la cara seria de la inspectora desde que la conoce.

Un cuadro en la pared de detrás de la mesa de la ciudad de Roma y una reproducción de la torre Eiffel sobre el escritorio hacen que se pregunte si a Ángela le gusta viajar.

Está a punto de acercarse a mirar una estantería con libros para conocer algo más sobre sus gustos, cuando ella regresa.

—¿Qué haces?

—Esperarte.

—¿Mirando mis cosas? —El gesto contrariado de Ángela hace que Gabriel se ponga a la defensiva.

—Deformación profesional, lo llaman. No puedo entrar en ningún sitio sin analizarlo.

—Pues deja de analizar mi despacho y pongámonos a analizar las cartas que hemos recogido en el camerino de la señorita Rubio, ¿te parece? Además, tengo nuevas pruebas forenses y tendremos un interrogatorio en menos de una hora que te va a encantar.

—¿A quién vamos a interrogar?

—A Bárbara Latorre.

—¿No la interrogamos ayer? Ya sabemos que no es nuestra asesina. No pudo matar a Vanessa.

—Sí, pero el análisis forense certifica que el señor García tuvo relaciones sexuales antes de morir. Velázquez ha encontrado restos de fluidos en sus pantalones. Los hemos cotejado con la muestra que le tomamos ayer a la señora Latorre y coinciden. Ambos tuvieron sexo en el coche esa noche. Teniendo en cuenta que no nos dijo nada al respecto, creo que será interesante volver a hablar con ella y preguntarle por qué no nos lo comentó ayer. Ahora tenemos una hora para revisar las cartas. A ver si encontramos algo que nos llame la atención.

Se enfundan las manos en unos guantes de látex antes de

repartirse las cartas. Solo hay seis en el fajo encontrado en el camerino. Ángela le da tres y se queda con el resto. Se sientan uno enfrente del otro sin levantar la vista del papel.

Ninguna de las tres cartas que tiene Gabriel le dice nada. Todas ellas son de admiradores que hablan maravillas de Vanessa y la halagan de manera pomposa y zalamera. Son cursis y aburridas, pero Gabriel está seguro de que Vanessa las conservaba porque alimentaban su ego. En menos de quince minutos da por terminada la infructuosa revisión.

Levanta la cabeza y ve a su compañera con la segunda carta abierta entre las manos.

—¿Te gusta viajar? —pregunta bajando la mirada hacia una de las cartas, a la que no presta atención.

—¿Cómo?

—Que si te gusta viajar. Me he fijado que en el despacho solo tienes fotos de paisajes y el cuadro es de la ciudad de Roma. Además, tienes una torre Eiffel sobre la mesa.

—Lo que no me gusta es que se metan en mis cosas.

—Vamos, inspectora, somos compañeros. Yo te he contado el motivo de mis pesadillas y el porqué de mi traslado. Dame una tregua. Solo quiero saber algo más de la persona con la que trabajo. Tener algo de qué hablar además de las pruebas o de los sospechosos. A mí, por ejemplo, me gusta viajar, pero no he tenido la suerte de hacerlo mucho. Prefiero la montaña al mar, por lo que te he contado, y mi último traslado fue mi cambio de destino. Tendré que plantearme hacer un próximo viaje. Cuéntame tú algo.

—Está bien —dice Ángela guardando un corto silencio antes de continuar—. Creo que te lo debo después de tu historia en el Estrecho. Me gusta viajar, pero no me gusta hacerlo sola. Desde que ascendí a inspectora jefe no he tenido la oportunidad de hacer ningún viaje largo y estoy deseando escaparme un tiempo, pero los casos no dejan de acumularse sobre mi mesa. Quizás, cuando consiga resolver estos dos asuntos mediáticos, pueda tomarme unos días libres y planteármelo. Así que deberíamos centrarnos en las cartas, ¿no crees?

—¿Tienes con quién hacer ese viaje?

—¿Qué? ¿Y a ti que te importa?

—¿Qué te he dicho de dar una tregua, inspectora? No es que me importe o me deje de importar, es que quiero conocerte un poco más para saber con quién trabajo. Me has dicho que estás deseando irte al terminar este caso, pero que no te gusta hacerlo sola. En tu despacho no hay fotos de ninguna persona, ni familiares, ni compañeros de trabajo, ni amigos. No llevas anillo de casada. Así que, ¿tienes con quién hacer ese viaje? —insiste Gabriel erguido en su silla para no perder detalle de la reacción de su compañera. A veces, un gesto da más información que una respuesta.

—¿Cómo puedes ser tan cotilla?

—Observador, inspectora, soy observador. No confundas una cualidad con un defecto —replica al comprobar que el gesto de la inspectora no parece contrariado.

—Está bien. Responderé solo si después me dejas terminar de revisar estas cartas sin interrumpirme antes de que llegue Bárbara. No tengo marido, no tengo novio, no tengo hermanos ni hermanas y ya te dije que no me llevo bien con mis padres. Los compañeros no dejan de hablar de mí a mis espaldas porque no les hace ninguna gracia tener a una mujer como superior. Todos piensan que no me merezco el puesto y tengo que estar demostrando cada día mi valía. Así que no, no tengo fotos de parejas, familiares ni compañeros en la oficina. Pero si tu idea es proponerte como candidato para acompañarme en el viaje te diré que espero tener con quién hacerlo. No te preocupes.

—¿Qué te pasó con tu familia para no llevarte bien? —pregunta Gabriel, intentando mantener viva la conversación.

—¿No habíamos quedado en que si te respondía, me dejarías revisar las cartas tranquila?

—Yo no he llegado a responder afirmativamente.

—No sé por qué empiezo a pensar que este caso se me va a hacer más largo de lo esperado —dice Ángela mientras descuelga el teléfono que acaba de sonar—. Por fortuna para mí, Bárbara Latorre acaba de llegar. Espero que guardes alguna pregunta para ella, sargento.

Gabriel esboza una sonrisa. Su compañera tiene un carácter fuerte y una coraza forjada con el tiempo. Si quiere ganarse su confianza va a tener que perseverar como las olas del mar moldean las rocas de los acantilados, con paciencia.

Bárbara Latorre espera en la sala de interrogatorios. Le han ordenado que tome asiento, pero le cuesta mantenerse sentada. Cruza y descruza las piernas en varias ocasiones, antes de dar golpes en el suelo con sus zapatos de tacón. Se coloca el vestido subiéndose el tirante que le resbala por su hombro y se atusa el cabello. Intenta relajarse enredando los dedos entre los rizos.

Cuando la puerta de la sala se abre, apoya sus manos sobre la mesa y sonríe fingiendo estar tranquila.

—Buenas tardes, señora Latorre. Un placer volver a verla —dice Gabriel al entrar en la sala.

—Buenas tardes, sargento…

—Abengoza.

—Eso. Que apellido más curioso. Es la primera vez que lo oigo. Un apellido poco convencional para una persona poco común —dice Bárbara, sin dejar de jugar con su pelo y mirando a los ojos al sargento, que empieza a sentirse intimidado por su mirada seductora.

—Tenemos una nueva prueba que nos hace sospechar que usted no nos contó toda la verdad en nuestra anterior charla —interrumpe Ángela.

—¿A qué prueba se refiere, inspectora Casado? —responde Bárbara girando la cabeza hacia el otro lado de la habitación.

—Tenemos pruebas forenses de que el señor García tuvo relaciones sexuales antes de morir. Y las muestras coinciden con las que nos cedió gentilmente ayer.

—¡Ah! Eso… Sí. Bueno, ya saben que soy una mujer casada. Yo y mi marido somos muy populares y damos la imagen de pareja perfecta ante las cámaras. Pero solo ante las cámaras y en público. Hace tiempo que nuestra relación no tiene nada de perfecta. En realidad, podría decir que no somos ni pareja. Simplemente, compañeros de piso. No dormimos en la misma habitación desde hace tiempo. Solo ante la imagen pública, y en unos papeles firmados en el juzgado, seguimos estando casados.

»Creo que ambos mantenemos relaciones fuera del matrimonio. No creo que mi marido esté libre de pecado. Alguna que otra vez le he pillado mirando páginas de Internet, de esas de citas y vídeos. No voy a mentirles. Esa noche Pablo y yo tuvimos sexo en su coche. El sexo me ayuda a relajarme antes de mis presentaciones en público y añade un rubor a mi piel que me hace brillar ante las cámaras. Es un maquillaje perfecto. Pablo era una buena pareja en ese aspecto.

—¿Por qué nos lo ocultó en nuestra anterior conversación? —interroga Gabriel acercándose a Bárbara.

—No lo creí oportuno. —Ella se gira y le mira con una sonrisa pícara—. Creí que investigabas su asesinato y, como te dije, cuando me marché yo le dejé bien vivo. Como mucho, agotado y con una sonrisa en los labios.

—¿Mantenían una relación? —pregunta Ángela.

—Nadie mantenía una relación con Pablo, inspectora. Era un alma libre. Un cuerpo sin ataduras. Si me pregunta si he tenido sexo más veces con él la respuesta es sí, pero creo que a esa pregunta no soy, ni de lejos, la única persona que respondería afirmativamente.

—¿Y eso no le molesta? —pregunta Gabriel.

—En absoluto, sargento. —Bárbara empieza a sentirse como en un partido de tenis. Girando la cabeza de un lado a otro, siguiendo la pelota que cruza por encima de la red. Pero le gusta ser el centro de atención y el cosquilleo por la espalda que eso le hace sentir—. Los dos sabíamos a qué juego jugábamos. Solo sexo. Buen sexo. Casi siempre en lugares poco comunes y con ese morbo que le añade el poder ser descubiertos. Pero sin apego, sin sentimientos. Solo por diversión. Disfruto mucho de una buena sesión de sexo sin compromiso —añade sin dejar de mirar a

Gabriel a los ojos—. Pablo era como «la tabla del uno». Un hombre fácil, sin complicaciones. Me gustan los hombres sencillos que están dispuestos a dar lo que una mujer como yo quiere de ellos.

—¿Cree que su marido pudo llegar a descubrir ese juego que se traían usted y el señor García? —Ahora es Ángela la que golpea la pelota al otro lado de la red.

—¿Mi marido? Alejandro no se daría cuenta de nada ni aunque me hubiera acostado con Pablo en mi casa estando él. Sinceramente, dudo que le importe. Si algún día me descubriera, creo que se limitaría a cerrar la puerta y seguir con sus cosas por Internet. Le gusta encerrarse a solas en su despacho.

—Ha comentado que cree que su marido también tiene amante o amantes, ¿le ha descubierto usted a él?

—No, pero no soy tonta. ¿Conoces el libro *El Lazarillo de Tormes*, sargento?

—Algo me suena, sí. Pero ¿qué tiene que ver? —Cada vez que Bárbara fija en él su mirada siente como si le estuvieran desnudando, como si con sus ojos le desabrochara los botones. Se siente incómodo y halagado por igual.

—¿Recuerdas los párrafos en los que el ciego y el lazarillo comen un racimo de uvas? —A Bárbara se le ha vuelto a bajar el tirante del vestido, pero no hace ningún gesto para colocarlo en su sitio mientras mira al sargento.

—Sí, los recuerdo. El ciego empieza a comer uvas de dos en dos y, el lazarillo, viendo que le hace trampa, decide comerlas de tres en tres. Finalizado el racimo, el ciego le acusa de tramposo y él no entiende cómo se ha dado cuenta si no puede ver. Entonces el ciego le dice: «Sé que has hecho trampas porque yo comía las uvas de dos en dos y tú callabas».

—Muy bien, sargento. Veo que además de guapo tienes cultura general —dice Bárbara sonriendo—. Por lo mismo que sabe el ciego que el lazarillo hacía trampas es por lo que yo sé que mi marido se acuesta con otras. Yo lo hago y él calla. Seguramente, una de sus amantes fuera la chica esa que han encontrado muerta en su casa. Su compañera de trabajo, Vanessa Rubio.

—Vaya, sabe que eso juega en su contra ¿verdad? De estar en lo cierto, la relaciona con ambos casos.

—No me preocupa en exceso, sargento. Como le digo, mi relación con mi marido lleva tiempo rota. No siento nada por él. Ni siquiera celos de que pueda estar acostándose con otras. Además, tengo una coartada perfecta para esa noche, así que no me importa que me relacionen con ambos casos. Yo no pude matar a Vanessa aunque su relación con mi marido me hubiera importado.

»Soy infiel a mi marido. Sí. Tuve sexo con Pablo aquella noche. Sí. Soy una mujer apasionada, sargento, muy apasionada.

—Bárbara se muerde el labio inferior—. Pero estuve toda la noche en la presentación de mi película. Y ahora, si no les importa, tengo que irme a casa a descansar. Tengo que grabar unas escenas de exteriores para la serie esta tarde. Inspectora Casado, sargento…—Bárbara guiña un ojo y se coloca el tirante del vestido al levantarse de la silla—. Si me disculpan…

—Manténgase localizable, señora Latorre —dice Ángela cuando sale por la puerta.

—Para ustedes siempre, inspectora.

Gabriel y Ángela se quedan a solas en la sala de interrogatorios. Ella tiene el gesto serio.

—¿Qué te pasa?

—Que seguimos como al principio. Ricardo Robles no habló con Vanessa en el aparcamiento. Bárbara tuvo relaciones con Pablo, pero no se movió de la fiesta en toda la noche y asegura que Pablo estaba vivo cuando ella se marchó. No tenemos ningún sospechoso.

—Tenemos unas cartas por terminar de revisar, una bolsa de basura en el laboratorio, las huellas del coche de Pablo y a otra persona por interrogar.

—¿A quién?

—A Alejandro Soto. Si Bárbara estaba relacionada con

ambas personas, él también. Vanessa podría haber sido su amante según su esposa, y Pablo era uno de los amantes de su mujer. No perdemos nada por ir a hablar con él.

—Cierto. Ahora vamos a terminar de revisar las cartas. Y a ver si ahora, después de coquetear con Bárbara, te dejas de preguntas personales y puedo terminar el trabajo sin interrupciones.

—Vaya, ¡tú también te has dado cuenta! Pensé que eran cosas de mi imaginación. Sube la moral que una mujer como Bárbara Latorre tontee con uno. ¿Celosa, inspectora?

—Más quisieras.

Vuelven al despacho de Ángela, quien recoge las cartas que tiene sobre la mesa. En las dos primeras no ha encontrado nada significante. Simple palabrería. Solo le queda una por revisar. En cuanto lee las primeras líneas algo la detiene. El autor de la carta se dirige a Vanessa de una forma más directa, como si la conociera de antes. No es la carta de un admirador que se desvive por conocerla.

Palabras como «me traicionaste» o «esto no es un juego del que te puedas aprovechar» llaman su atención. Que la carta termine con un «no deberías darme la espalda» la lleva a mirar el remitente de la misma.

«Víctor Acosta Rodríguez
Calle de Bordadores nº5
28013 Madrid».

—Parece que tengo algo. Aquí tengo la carta de una persona que no parece ser muy admirador de Vanessa y que parece conocerla.

—Déjame verla. —Gabriel extiende la mano y echa un vistazo a la carta—. La letra es muy parecida, por no decir idéntica, a la de la carta que me llevé de casa de Vanessa. ¿Qué te parece si pedimos ya la orden para su casa y vamos juntos a recoger la carta? Nos pasamos por la casa con la orden, metemos la carta en un sobre de pruebas y las llevamos juntas al laboratorio de la policía para que nos confirmen con un estudio de caligrafía

si han sido escritas por la misma persona.
—De acuerdo. Vayamos a por esa carta.

20

—La carta no se va a ir a ninguna parte —dice Gabriel, agarrándose con fuerza al asiento mientras Ángela conduce esquivando coches.

—Lo siento, Gabriel. No sé conducir de otra manera.

—Que no sabes conducir es evidente…

—¿Y por qué no vienes con tu coche en lugar de dejar que conduzca yo?

—Debe ser porque el aire, después de tantos días seguidos en la capital, me está afectando a la cabeza. Por eso o porque he dejado de tenerle aprecio a mi vida. No lo sé.

—Está bien, iré más despacio. Pero cuando tengamos que perseguir a un sospechoso me agradecerás la manera de conducir, ya lo verás.

Ángela quita la sirena y desacelera. Gabriel puede soltar una de sus manos de la puerta, que ya empezaba a entumecérsele. Su semblante se relaja y, tras un par de minutos de silencio, intenta acercarse de nuevo a su compañera.

—¿Qué te parece si retomamos esa conversación sobre tus gustos que teníamos en tu despacho? — pregunta sin mirarla por si decide no responder.

—No te cansas, ¿eh?

—No soy de los que da el brazo a torcer a la primera, inspectora —dice esbozando una sonrisa.

—Está bien. A esta velocidad de tortuga a la que me haces ir tenemos veinte minutos hasta llegar al laboratorio. ¿Qué es lo que quieres saber?

—¿Qué te pasó con tu familia? ¿Por qué no te llevas bien con ellos?

Ángela guarda silencio durante unos segundos. Gabriel piensa que ha tocado el tema del que a ella menos le apetece hablar. Está a punto de cambiar la pregunta cuando empieza a hablar en voz baja.

—No estaban de acuerdo con mis decisiones en la vida. No respetaban mis gustos ni mis opiniones, y me dijeron que si me iba de casa hiciera el favor de no volver nunca. Y eso hice.

—¿A qué edad te marchaste de casa?

—Con diecisiete años.

—¿Y no has vuelto a hablar nunca con tus padres en todo este tiempo? ¿Cuánto ha pasado? ¿Quince años?

—Dieciséis. Y no, por una vez he sido la hija obediente que ellos querían que fuera. Me fui de casa y les hice el favor de no volver nunca.

—Deberías hablar con ellos, aunque sea una vez —dice Gabriel en voz baja, como si le estuviera hablando a sus pensamientos en lugar de a ella.

—¿Y a ti que te importa si hablo o no con mis padres?

—A mí me da igual, inspectora. Te lo digo porque yo me arrepiento de no haber hablado una última vez con mi padre. Tú todavía estás a tiempo. Yo ya no puedo hacerlo.

—¿Qué pasó? —pregunta Ángela con un tono de voz más cordial.

—Mi padre cayó enfermo estando yo destinado en Algeciras. Mi madre me pidió que fuera a verle, pero ese día tenía una redada de droga importante en el Estrecho. Hablé con los médicos. Me dijeron que no me preocupara, que mi padre estaba grave pero estable, que había posibilidades de que se pusiera bien. Decidí retrasar un día el viaje. Solo un día. Llevamos a cabo la redada antidroga y pedí permiso para ir al hospital. Cuando llegué mi padre estaba en coma y ya no despertó. Mi madre me dijo que había entrado en coma solo un par de horas antes y que sus últimas palabras habían sido para preguntar dónde estaba su hijo. Ni siquiera pude despedirme.

—Lo siento —dice Ángela cuando ve que Gabriel, con la cabeza agachada, ha dejado de hablar.

—No importa. Ya han pasado unos años. ¿Te das cuenta de que siempre que te pregunto por tu vida acabo hablando yo de la mía? Pero creo que no deberías dejar de intentar hablar con tus padres.

—Dudo que alguno de los míos preguntara por mí…

En el laboratorio no les esperan buenas noticias. La carta no presenta ningún dato relevante. Cualquier huella dactilar que pudiera haber en ella se ha degradado con el paso del tiempo. Ni siquiera hay huellas de la víctima. El papel es un folio común. Gabriel se la guarda en el bolsillo del abrigo para llevarla a la casa de Vanessa y compararla con la carta encontrada en el camerino.

El viaje de vuelta lo hacen en silencio. En el tiempo que llevan juntos, Gabriel ya sabe que Ángela no es muy habladora. Además, el recuerdo de su padre le ha quitado las ganas de hablar a él. Es la segunda vez que abre sus sentimientos y ella sigue mostrándose hermética.

Con la orden para registrar la casa y con el juego de llaves que aún no ha devuelto a la familia, vuelven al apartamento de Vanessa.

—Como puedes ver, Vanessa estaba encantada consigo misma. Tanto el camerino como la casa están llenos de fotos de ella.

—Desde que se hizo famosa se codeaba con gente importante… —dice Ángela con el marco de una de las fotos de Vanessa en la mano, en la que aparece junto al Presidente del Gobierno.

—Tengo la sensación de que para ella la persona más importante en todas estas fotos es ella misma. Mira, este es el ordenador que quiero que revisen a ver que podemos encontrar.

—Voy a echar un vistazo. Tú ve a por el resto de las cartas y métalas en un sobre de pruebas junto con la que te llevaste. Luego iremos al laboratorio para que nos las analicen.

Gabriel se dirige al dormitorio de Vanessa mientras Ángela se queda en la habitación del ordenador. Va a la mesilla donde encontró la carta y coge el resto. Coloca la que lleva en el bolsillo del abrigo encima de todas procurando no dejar ninguna huella en el sobre. Después las mete en una bolsa de pruebas y sale al pasillo.

—¿Consigues algo en el ordenador? —pregunta mientras se aproxima a la otra habitación.

—Nada, tiene contraseña. He probado con un par de claves, pero nada. Pensé que con lo que se gustaba a sí misma utilizaría su nombre como contraseña, pero ni Vanessa, ni Rubio, ni Vanessa Rubio me han servido para entrar. Tendremos que llevarnos también el ordenador.

Tras dejar las cartas y el ordenador en el laboratorio, Gabriel le pregunta si le apetece ir a comer algo mientras esperan los resultados. Para su sorpresa, Ángela acepta. Parece que contarle sus problemas hace que se muestre más receptiva. Son casi las cuatro de la tarde y ninguno de los dos ha probado bocado desde el desayuno.

Están a punto de salir por la puerta de la comisaría cuando uno de los oficiales se acerca corriendo por el pasillo.

—Inspectora jefe, el señor Elizalde se ha decidido a colaborar. Al parecer no le hace ninguna gracia terminar en una cárcel sin ningún tipo de seguridad. La advertencia de que a los «maricones» como él los reciben en la cárcel con los brazos y las piernas abiertos no le ha hecho ninguna gracia. Disculpe, inspectora. Quería decir gay.

—Me temo, Gabriel, que tendremos que conformarnos con un sándwich de máquina si queremos comer algo hoy.

Gabriel asiente con gesto resignado mientras se encaminan hacia la sala de interrogatorios.

El aspecto de Gorka Elizalde dista mucho del aire distinguido con el que se presentó los primeros días. La noche en el calabozo no parece haberle sentado bien.

—Buenos días, señor Elizalde. Me dicen mis compañeros que hoy se encuentra con ganas de hablar. Hay que ver lo que estimula el habla una noche encerrado a solas.

Gabriel esboza una sonrisa. Por un momento se le ha pasado por la cabeza encerrar a Ángela una noche, a ver si así se vuelve más habladora.

—No me hace ninguna gracia que me amenacen, inspectora. Y menos que me traten de «maricón».

—Disculpe el lenguaje de alguno de mis compañeros. Son «policías neandertales» que no entienden lo ofensivo que puede resultarle a un homosexual que le avisen de que en la cárcel van a destrozarle el culo. Solo querían que supiera con lo que se va a encontrar en prisión. ¿Qué tiene para nosotros?

—Creo que sé cuál es el motivo para que mataran a Pablo, y puedo darle un par de nombres.

—Ah, ¿sí? Adelante, le escucho.

—Pablo y yo cobrábamos comisiones de los empresarios a cambio de que sus proyectos fueran los elegidos para la construcción de obra pública. En un principio, no hubo ningún problema. Los empresarios estaban contentos y nosotros nos ganábamos un dinero extra. El problema surgió cuando Pablo empezó a no conformarse con el porcentaje acordado. Quería más tajada del pastel, sus gustos y nivel de vida eran caros. Yo le decía que no era bueno ahogar a la gallina de los huevos de oro, pero él insistía en que nosotros éramos los que corríamos el riesgo y que merecíamos sacar más beneficios. Este cambio de actitud no le sentó bien a alguno de los empresarios.

—¿Quiénes fueron los empresarios más beligerantes? — pregunta Ángela.

—El señor Pérez, de industrias de la construcción Pérez y la señora Bejarano, de Bejarano Construcciones S.L.

—¿Bejarano? ¿Ese no es el apellido del banquero desaparecido? —pregunta Gabriel desde una de las esquinas de la habitación.

—Andrea Bejarano es su hermana —responde Gorka—. Es la que más se enfrentó a Pablo cuando este le mencionó las nuevas condiciones.

Gabriel, sentado de nuevo en el asiento de copiloto, intenta dar un mordisco al bocadillo vegetal que ha cogido con prisas en la cafetería antes de salir.

—No voy a poder comer ni así, ¿verdad? —pregunta cuando, tras un giro brusco del vehículo, la mitad del contenido se le cae a la alfombrilla.

—Te he dicho que no lo cogieras. No me dirás que no te avisé. Espero que luego me limpies las alfombrillas del coche.

—Sí claro, con la lengua. Será la única forma de llevarme algo a la boca si antes no me he muerto de hambre.

—A buen hambre todo pan es tierno.

Ángela aparca el coche frente a la puerta de las oficinas centrales de Bejarano Construcciones. Gabriel da dos bocados grandes al bocadillo antes de tirar el resto a la papelera de la entrada. Cruza la puerta con la boca llena de mahonesa y lechuga.

El conserje de la entrada les deja subir después de preguntar si la señora Bejarano estaba disponible y tras recibir la aceptación por parte de la empresaria.

—Buenas tardes, agentes. ¿En qué puedo ayudarles? —pregunta Andrea tras dejarles entrar en su oficina.

—Tenemos entendido que usted conocía personalmente al señor Pablo García, ¿no es así? —pregunta Gabriel.

—No nos andemos por las ramas. Todos sabemos por qué están ustedes aquí. La muerte del señor García, la detención ayer del señor Elizalde… Y ahora su visita a mi despacho. No es difícil de relacionar. Ustedes son los que se encargan de la investigación de los asesinatos del señor García y de la señorita Rubio y vienen a preguntarme si tengo algo que ver con este asunto.

—¿Y lo tiene? —pregunta Ángela tras acercarse a la mesa de la empresaria y tomar asiento frente a ella en una de las sillas. Gabriel hace lo propio en la silla de al lado.

—Por supuesto que no. Ni siquiera conozco a la señorita

Rubio en persona, solo de verla por las noticias. Y mi relación con el señor García era meramente una cuestión de negocios.

—Unos negocios de los que el señor García quería llevarse una mayor tajada, ¿verdad?

—Eso son solo conjeturas por su parte. No tengo nada que decir a ese respecto por ahora. Solo puedo decirles que el señor García y la señorita Rubio murieron el viernes en la tarde-noche y que yo, ese día, estaba en Bruselas por viaje de negocios. Regresé ayer. Pueden comprobarlo cuando quieran.

—¿Y dónde estaba el día que desapareció su hermano? —pregunta Gabriel intentando encontrar una grieta en el muro de la interrogada.

—Mi hermano no ha desaparecido. Al menos no de forma voluntaria. Él nunca huiría como un vulgar criminal. Si no estaba en su casa cuando fue a detenerle la policía es porque le ha pasado algo, algo grave. No sería mala idea, por su parte, que se pusieran a investigarlo.

—Yo me encargo de investigar asesinatos, señora Bejarano. Y no sabemos si su hermano está muerto o no. ¿Acaso sabe algo sobre el caso que pueda esclarecer ese punto?

—¿También me van a intentar acusar de lo que le haya pasado a mi hermano? Solo les digo que mi hermano no ha huido. Los Bejarano no huimos. Mi hermano está secuestrado o está muerto. No hay más opciones, inspectora.

—No ha respondido a mi compañero. ¿Dónde estaba el fin de semana que desapareció su hermano?

—Esquiando en Baqueira, a unos cientos de kilómetros de Madrid. En invierno vamos mi marido, mis hijas y yo todos los fines de semana que los negocios nos lo permiten. Es un lugar magnífico para limpiar los pulmones, mantenerse en forma y tener coartada. Todo el mundo allí me conoce. Este fin de semana volveremos a esquiar por sus pistas.

Salen de la oficina de la empresaria con la sensación de encontrarse en otro callejón sin salida, un nuevo paso hacia delante que termina por no llevar a ninguna parte. El asesino sigue igual de lejos de ser atrapado que antes de la visita.

—Odio a la gente que se cree superior, odio que me hablen por encima del hombro y que se crean intocables —protesta Ángela cuando llegan a la calle.

—No te preocupes. Creo que los días en libertad de la señora Bejarano llegarán pronto a su fin. No tardaremos en relacionarla con los sobornos a los diputados socialistas.

—¿Y? ¿Cuánto tiempo crees que estará encarcelada por eso? ¿Un año? ¿Seis meses? Dudo que llegue a poner los huesos en una celda. Le pondrán una fianza testimonial que no tendrá problema en pagar y seguirá yendo a esquiar cada fin de semana. Esta gente se sabe la ley al dedillo. ¿Has visto con que seguridad ha dicho que este fin de semana volverá a irse a esquiar? De la cárcel los únicos que no salen son los pobres.

—¿Qué te parece si regresamos a comisaría, esperamos a que nos den el resultado al análisis de la carta, y nos vamos a cenar algo? —sugiere Gabriel intentando calmar los ánimos de su compañera.

—Me parece bien hasta lo de esperar el resultado de la carta. Después iré al gimnasio a desahogar mi mal genio y a mi casa. Hoy tengo una cita.

Gabriel se queda inmóvil en medio de la calle mientras su compañera se monta en el coche.

—¿Has dicho una cita? ¿Pero una cita de trabajo o una cita personal? ¿Qué tipo de cita, inspectora?

—¿¡Cuando aprenderás que esquivo las preguntas personales mejor que las balas!? —pregunta Ángela esbozando una sonrisa.

La sintonía del telediario resuena. Jessica y Alejandro se sientan en sus respectivas sillas entrando cada uno desde un lado mientras el plató se ilumina.

—Buenas noches. Hoy las noticias del día vuelven a centrarse en los recientes casos de asesinatos. Tenemos novedades y una exclusiva que ofrecerles —dice Jessica en la presentación—. Un anuncio de treinta segundos y empezamos.

El piloto rojo de la cámara se apaga. Jessica se aclara la voz y bebe un sorbo de agua. Alejandro, a su lado, ordena los papeles.

—Espero que hoy no intentes pisarme —dice sin mirarla.

—Siempre que a ti no te tiemble la voz y te comportes como un profesional. No sé qué demonios te pasa últimamente —replica Jessica que tampoco le mira.

La luz roja vuelve a encenderse indicándoles que están en directo.

—Las últimas noticias dan un vuelco al caso. Las informaciones obtenidas por esta cadena aumentan aún más el misterio que rodea a los asesinatos. Las investigaciones policiales se adentran en lugares insospechados. —Alejandro lee lo que sale en pantalla. En la reunión previa su jefa no ha querido darles el guion y no sabe en qué consiste la exclusiva que van a dar. Dice que dar la noticia sin conocerla añade un factor de sorpresa real en el presentador que atrapa al televidente. En situaciones peores se ha visto—. Tenemos imágenes de la detención de Gorka Elizalde ayer por la noche. Al parecer, el señor Elizalde y el señor García eran algo más que compañeros de partido. Eran amantes. Y no solo eso, ambos prevaricaban con obra pública llenándose los bolsillos con dinero de todos los contribuyentes. La policía sospecha que esto pudiera estar relacionado con el asesinato del señor García y, esta misma tarde, ha acudido a una de las empresas que puede estar implicada, Bejarano Construcciones S.L., la empresa de la hermana del banquero desaparecido. Esto confirma que todos los casos están relacionados.

»Pero eso no es todo. Nuestros compañeros han podido descubrir, en exclusiva, que la policía ha interrogado a otra persona esta mañana presuntamente relacionada con el caso.

Cuando la siguiente frase aparece en la pantalla del teleprónter, Alejandro se queda sin voz. Las letras suben por la pantalla, pero él no reacciona. Ahora entiende a que se refería su jefa con la sorpresa del presentador.

—¿Alejandro? —habla por el pinganillo la jefa de informativos—. Jessica haz el favor de seguir tú —ordena al ver que Alejandro ni pestañea.

—Esta mañana hemos visto saliendo de la comisaría a Bárbara Latorre. La actriz más famosa de la actualidad y esposa de mi compañero aquí presente. —La última parte de la frase no aparece en el teleprónter, pero considera oportuna añadirla de su propia cosecha—. Tenemos sus declaraciones a la salida de la comisaría. Las escuchamos.

«No, no tengo nada que ver con el asesinato de Pablo García. La policía quería hablar conmigo porque Pablo me acompañó al estreno de mi última película la noche que lo asesinaron. Pobre, era un buen amigo.

»Mis huellas estaban en el coche y por eso querían hablar conmigo. Nada más. Querían saber a dónde había ido Pablo después de dejarme en el estreno de mi película. Una magnífica obra que cuenta la historia de una guapa mujer en apuros en una España posapocalíptica. Está ahora en los cines y espero que todos vayan a verla. Muchas gracias por su interés».

21

Trece días, han pasado casi dos semanas enteras y el cadáver del cretino banquero sigue sin aparecer. No entiendo cómo pueden ser tan inoperantes. ¡Qué demonios ha podido ocurrir con su cuerpo! ¡No debería ser tan difícil encontrarlo! ¡No ha podido desaparecer!

Los días pasan tan rápido, y los avances son tan lentos, que cada vez se me hace más complicado esperar. ¡Se me agota la paciencia! Necesito que los acontecimientos se sucedan de manera inmediata. No quiero que esto se acabe complicando más. Quiero que se resuelva cuanto antes. No estaba planificado que se alargara tanto.

Cuanto más se dilate en el tiempo, más fácil será cometer un error o que el plan se termine torciendo. Cuanto más tiempo transcurre, más difícil se hace acertar con los acontecimientos que se iban a suceder tras los asesinatos y más sencillo que alguien termine inmiscuyéndose. Todo marcha según lo planeado, pero si no se encuentra pronto el primer cadáver, se acabará estropeando. Y lo planifiqué tan cuidadosamente…

La prensa, por fin, habla de mí, pero todavía no lo suficiente. Sabía que ocultar los siguientes asesinatos como supuestos accidentes iba a demorar mi presencia en los medios, pero no imaginaba que la espera se me hiciera tan larga. Pensé que sería capaz de controlar mejor mi impaciencia. Era parte del plan para que coincidieran en el tiempo las pesquisas policiales con el hallazgo del primer cadáver. ¡Pero el primer cadáver todavía no aparece!

Siento la necesidad de que el caso cobre mayor notoriedad, que llene todas las portadas de la prensa y sea motivo de debate en tertulias y telediarios, y para eso, necesito que encuentren de una vez el gordo cuerpo del banquero. ¡Joder, que pesaba más de cien kilos! No debe ser tan difícil de encontrar un cadáver de cien kilos putrefacto. Su hedor tiene que poder ser detectado a kilómetros después de trece días muerto.

Su asesinato es el único que no está camuflado como un accidente. Lo hice a propósito. Ese cadáver oculta la clave para que se solucione el caso. Para que se vuelva más mediático, para que centre toda su atención. Para que se solvente como yo quiero que se resuelva.

Está todo tan bien planeado, tan meticulosamente pensado… Y resulta que lo único que quedó, de forma voluntaria, al azar, deshacerse del primer cadáver, puede que lo termine complicando todo.

Tengo que hacer algo, acelerar el caso, algo se me tiene que ocurrir, porque estoy empezando a perder la paciencia y es esencial que no pierda los nervios. Todo tiene que salir bien. Todo tiene que terminar como está planeado. Me lo merezco, hace muchos años que me he ganado lo que este caso me va a conseguir y nada puede fallar estando tan cerca.

22

Ángela no ha podido conciliar el sueño en toda la noche. Le ocurre siempre que se va a la cama con la cabeza en plena ebullición de ideas. Intenta dormirse, pero no puede. Intenta dejar la mente en blanco, pero solo consigue pensar en que tiene que dejarla en blanco. La sensación de angustia aumenta con cada vuelta que da en la cama. Ninguna postura le resulta cómoda y la sucesión de pensamientos acuden a su cabeza como moscas que se estrellan contra la ventana una y otra vez.

Desesperada, se levanta. Bebe agua, leche o en los peores días, una copa de vino. Pero esta noche ni eso le ha funcionado. Cuando las preocupaciones son varias y de tan diversa índole, no hay manera de que se vayan a dormir todas al mismo tiempo. Cuando el camión de la basura recorre las calles, da la noche por perdida. Se sienta en el borde de la cama y observa por la ventana abierta las calles vacías.

Que Bárbara Latorre concediera una entrevista a la salida de comisaría, explicando los motivos por los cuales había sido llamada a declarar, le fastidió la noche. Ahora tendría también a la prensa del corazón implicada en el caso.

Por fortuna para ella, a su nuevo compañero no le cuesta madrugar. También tiene dificultad para conciliar el sueño. A pesar de que se les hizo tarde esperando la confirmación de que las dos cartas habían sido escritas por la misma persona, había sido el primero en sugerir encontrarse a primera hora de la mañana.

Hay algo en Gabriel que le gusta. Pese a su aspecto altanero y su facilidad para coquetear con la mujer que tenga delante, sus ojos transmiten nobleza. Además, hace bien su trabajo. Ni la mujer más atractiva le impedirá mantenerse firme en sus convicciones. Gabriel no parará hasta llegar al fin del asunto.

Cuando entra por la puerta de la comisaría le recibe con una sonrisa algo forzada.

—Buenos días, Gabriel. Qué mala cara me traes, ¿no has dormido?

—Buenos días, inspectora. La verdad es que poco, tirando a nada. Tú, en cambio, tienes la misma buena cara seria de siempre.

—¿Otra vez coqueteando conmigo? —pregunta Ángela levantando la cabeza de los papeles de su mesa.

—Solo es una apreciación irónica, inspectora. ¿Tú has podido dormir algo?

—Después de lo de ayer no he sido capaz de pegar ojo en toda la noche. Vamos a tener la puerta de la comisaría llena de periodistas. ¿La gente no sabe que si no abres la boca no entran mosquitos?

—«En boca cerrada no entran moscas» —la corrige Gabriel.

—Eso. ¿Por qué ese afán por salir en la tele? Tendremos que tener cuidado cuando traigamos a alguien a interrogar si no queremos que abra el telediario de esta noche.

—Bárbara Latorre es la actriz del momento. Su vida consiste en salir por la tele. No podíamos esperar que hiciera otra cosa. Bastante me sorprendió que no saliera corriendo a dar una entrevista cuando fuimos a hablar con ella al plató de televisión. Ser interrogada por estar implicada en el caso de asesinato más popular del país solo aumenta su fama. Todos saben que no pudo asesinar a Vanessa Rubio. Estaba en la presentación de su película, de la que no perdió oportunidad de hacer promoción.

—Pues me encantaría que la gente supiera tener la boca cerrada.

—¿Qué tal tu cita de anoche? —pregunta Gabriel cambiando de tema.

—¿Otra vez tu lado observador? —responde Ángela con voz amable—. Te diré que no solo las noticias de la noche me quitaron horas de sueño —añade mirándole.

—Vaya, vaya con la inspectora. ¿No descargaste suficiente tensión en el gimnasio?

La inspectora se queda unos segundos en silencio mirando hacia el techo como si estuviera recordando lo vivido la tarde noche anterior.

—Pues mira, ahora que lo dices, fue en el gimnasio donde descargué todas mis tensiones ayer.

—Mejor no me des más detalles, inspectora. —Gabriel estalla en una carcajada.

—¿Celoso?

—Más quisieras —responde, conservando la sonrisa devolviéndole el comentario que ella le hizo en el camerino de Bárbara—. ¿Por dónde vamos a empezar hoy? ¿Marido cornudo o escritor de cartas?

—Creo que lo primero será una visita al escritor. Por la tarde nos acercaremos de nuevo al plató de televisión para hablar con el marido cornudo si te parece. Así damos tiempo para que analicen la bolsa de basura que trajimos ayer. Y si hacemos los interrogatorios fuera de la comisaría nos libraremos de las entrevistas a la salida. Tenemos que evitar que la prensa nos siga.

—Perfecto, en marcha. ¿Hoy conduces tú otra vez?

—Por supuesto, el coche es mío. Cuando vayamos en tu coche de la Guardia Civil conducirás tú. Además, a mí es más difícil seguirme.

A Gabriel no le importa no conducir. Igual que la mañana anterior, cuando iban al plató, las calles de Madrid están infestadas de coches. Prefiere viajar de copiloto antes de perder los nervios al volante, aunque las formas de conducir de Ángela le mantengan en tensión todo el trayecto.

La calle del remite está lejos de la comisaria, pero solo

tardan media hora en llegar. Una vez allí se llevan la primera desagradable sorpresa de la mañana.

En la calle Bordadores número cinco no vive ningún Víctor Acosta. Al menos en ninguno de los timbres aparece su nombre. Tampoco en ninguno de los buzones del interior del edificio. Ángela pulsa al azar uno de los timbres del interfono.

—¿Sí? —responden al otro lado con voz somnolienta.

—Buenos días. Soy la inspectora jefe Casado de la Policía de Madrid. ¿Sabe si vive en el edificio algún vecino que se llame Víctor Acosta?

—¿Víctor Acosta? No me suena. ¡Ah, espere! Sí, coño. El Colau. Ya no vive aquí.

—¿El Colau?

—Sí, le llaman así porque está muy involucrado con la PAH, la Plataforma de Afectados por la Hipoteca, como la alcaldesa de Barcelona. Es por eso que ya no vive aquí. Le desahuciaron del edificio hará un par de meses. Él ya estaba involucrado con la asociación desde mucho antes, pero desde que le desalojaron de su vivienda se puede decir que vive para la asociación. Lo mejor que pueden hacer es intentar localizarle allí. Pueden llamar por teléfono a la asociación, seguro que es él quien les atiende.

Mientras Ángela se despide de la señora, Gabriel busca en Internet la página de la PAH en Madrid. Apunta el número de teléfono de contacto y llama. Al tercer tono, una voz masculina contesta a la llamada.

—PAH Madrid, ¿en qué puedo ayudarle?

—Buenos días, buscamos a Víctor Acosta. Tenemos entendido que trabaja ahí.

—Soy yo. ¿Quién es?

—Soy el sargento primero Abengoza, de la Guardia Civil de Miraflores. Mi compañera, la inspectora jefe de la Policía Nacional, y yo quisiéramos hablar con usted.

—No recuerdo ninguna intervención de la PAH en Miraflores de la Sierra. ¿Por qué quieren hablar conmigo? —

responde Víctor con voz cansada. Gabriel tiene la sensación de que está aburrido de atender llamadas de las fuerzas de seguridad.

—El motivo de la conversación no tiene nada que ver con su actividad en la PAH. Quisiéramos hablar con usted por sus cartas a la señorita Rubio.

—¿Qué señorita Rubio? Mando muchas cartas al cabo de la semana, sargento.

—Vanessa Rubio. Seguro que la recuerda, era la presentadora de las noticias que ha sido encontrada muerta el pasado lunes.

—¡Ah sí! Ya sé quién es. Pues no tengo ningún inconveniente en hablar con ustedes. ¿Quieren que lo hagamos por teléfono o prefieren hacerlo en persona?

—Mejor en persona. Hay un par de cosas que queremos enseñarle.

—Ustedes dirán. Yo estoy en la calle Francisco Silvela. Al lado de los cines Victoria hay una cervecería. Puedo esperarles allí, si quieren.

—Nosotros estamos en su antigua vivienda. Tardaremos unos veinte minutos en llegar. No se mueva de allí.

Ángela vuelve a encender la sirena del coche patrulla y se dirigen hacia la dirección que les ha dado el «Colau». Gabriel, a su lado, desea que el señor Acosta no se encuentre en el lugar que han quedado. Sería la primera vez en su pertenencia a la Guardia Civil que un sospechoso de asesinato se queda esperando a que llegue la policía. Si ha salido corriendo será un claro síntoma de culpabilidad. Sin embargo, un hombre les levanta la mano desde una de las mesas cuando entran en el bar. El «Colau» no tiene la imagen de okupa que Gabriel se esperaba encontrar.

Víctor va bien vestido, pero se nota que la ropa es vieja y bastante usada. Lleva el pelo corto y aseado. Las ojeras y el gesto serio de su cara al recibirles le dan la apariencia de un hombre aburrido de la vida que le ha tocado vivir.

—Buenos días, agentes. ¿Quieren un café? Es de los pocos placeres que todavía me puedo permitir. Gracias a la amabilidad de otros, eso sí.

—Buenos días —dice Gabriel tomando asiento—. Yo ya he desayunado.

Ángela va a la barra y pide un café al camarero. Con la taza humeante entre las manos se sienta enfrente de Víctor.

—¿Y bien? ¿Qué querían enseñarme?

—¿Ha visto o leído usted información sobre el caso?

—Leí algo en los periódicos. A Vanessa la asesinaron en su casa de la sierra, ¿no?

—Así es. ¿Conocía usted a la víctima?

—Sí, ambos estudiamos periodismo en la misma universidad, aquí en Madrid. Cuando terminamos la carrera dejamos de vernos. No volvimos a vernos hasta años más tarde. Tras el 15M, los actos de la PAH empezaron a tener relevancia en la televisión. Ella fue la periodista encargada de cubrir alguno de esos actos en los que intentábamos evitar el desahucio de una familia. Yo estaba sentado frente a la vivienda para evitar que la policía entrara. No tardé en reconocerla. Ella también me reconoció.

—¿Cómo fue el reencuentro?

—Cuando se marchó la policía, ella se acercó a mí para hacerme unas cuantas preguntas. Quería organizar una entrevista para la televisión. Dar visibilidad a nuestras actividades nos venía muy bien a la plataforma, así que mis compañeras y yo no dudamos en aceptar. Cuanta más gente conociera lo que hacemos, más gente acudiría a pedir ayuda, o a ofrecerla. Lo malo es que la entrevista no fue como pensábamos.

—¿Qué pasó? —pregunta Ángela, que no ha soltado todavía la taza de café.

—Vanessa tergiversó la entrevista, malinterpretó mis palabras. Las sacó de contexto e hizo un reportaje que nos dejaba en mal lugar ante la opinión pública. En realidad, la culpa fue mía, tuve que verlo venir. Demasiada amabilidad fingida, pero uno tiene tendencia a confiar en las personas. Así me va.

—¿Por qué confió en Vanessa, señor Acosta?

—Ella se mostró muy amable desde el principio. Nos dio todo tipo de facilidades para la entrevista. Incluso me invitó a su casa a comer una tarde para poder preparar las preguntas que me iba a hacer. Me dijo que era un favor entre antiguos compañeros. No le voy a negar que el hecho de que Vanessa fuera atractiva, y yo soltero, influyó bastante en que yo bajara la guardia.

—Pensó que ella quería algo más que una entrevista con usted —apostilla Ángela tras dar el primer sorbo al café.

«Los hombres siempre pierden la cabeza ante la sonrisa de una mujer guapa».

—No sé si llegué a pensarlo. En la universidad ya me parecía una mujer muy atractiva, pero corrían rumores de que se había ido a vivir con una chica. En aquel momento ni me propuse acercarme a ella, pero su actitud cariñosa y zalamera en el reencuentro me sorprendió. Luego me di cuenta de que solo se aprovechó de mis intenciones para lograr lo que ella quería.

—¿Cómo se sintió usted?

—Defraudado, engañado, confundido. En realidad, llevo sintiéndome así con el mundo los últimos años. Desde que me uní al movimiento de los indignados en la puerta del Sol.

—¿Qué hizo después de que Vanessa emitiera la entrevista? —pregunta Gabriel mientras Ángela entra en calor dando pequeños sorbos a su café, con los cuellos de la chaqueta en alto para cubrirse del frío.

—Intenté hablar con ella, pero no me cogió el teléfono. Le fui a ver a su casa, pero tampoco me abrió la puerta. Incluso la esperé un par de veces en su barrio para hablar con ella, pero me dijo que solo hacía su trabajo. Yo le dije que su trabajo era informar, no manipular y ella me contestó que su trabajo era hacer lo que mejor le convenía para seguir en la televisión, que con ética y valores solo se llegaba a donde estaba yo, a la cola del paro.

—Eso tuvo que enfadarle mucho. —Gabriel apoya los brazos en la mesa para estar más cerca del interrogado.

—Lo que más me enfadó es que no le faltaba razón. En

aquel momento decidí escribir una serie de cartas y correos electrónicos. Mandé cartas a la cadena, a su jefe y a ella misma, pero no sirvió de nada.

—¿Cartas como estas? —Ángela saca del abrigo una carpeta con las dos cartas.

—Sí, cartas como esas. Las escribí yo. Una se la dejé en su casa unas semanas después de la entrevista y la otra en el trabajo hace unos meses.

—Entre ambas cartas han pasado casi seis años. ¿Qué le hizo volver a escribirla, señor Acosta?

—En la primera carta, en la que le mandé a casa, solo quería que me diera explicaciones y volver a verla. Seguía teniendo la esperanza, ya que no podía arreglar lo de la entrevista, de empezar una relación. En la segunda carta, mi interés era otro. Entre ambas cartas he tenido otras preocupaciones que atender. Tras sobrevivir con pequeños contratos y artículos, me he quedado de forma definitiva sin trabajo y mi vida es una mierda. Quería que supiera que era culpa suya. O al menos así me sentía yo cuando la escribí. Culpa de la gente como ella que se aprovecha de los demás. Me sentí con la necesidad de decírselo y, como no hacía caso a mis llamadas, le escribí al trabajo.

—En esa carta usted escribe frases amenazantes como: «No deberías darme la espalda».

—Estaba enfadado. Acababan de desahuciarme de mi casa. Hemos conseguido mejorar muchas cosas en los últimos años en el tema de las hipotecas y los desahucios, pero aún siguen produciéndose más de cuarenta mil ejecuciones hipotecarias al año en España. Una ha sido la mía. El trato que dan a la plataforma algunos medios, como el de Vanessa, en lugar de beneficiarnos parece intentar criminalizarla.

—Curiosamente, la señorita Rubio apareció muerta de un golpe en la cabeza que le dieron por la espalda.

—Yo no tuve nada que ver con eso. No soy una persona violenta.

—Pues tengo información de que ha sido detenido en varias

ocasiones por resistencia a la autoridad.

—Resistirse no es lo mismo que violentar. Yo no agredo, evito que me agredan a mí y a mis compañeras. Resistencia pacífica que ahora con la ley mordaza se ha convertido también en delito.

—¿Conoce la residencia de la señorita Rubio en Miraflores? —pregunta Gabriel.

—No tenía ni la menor idea de su existencia hasta que lo leí en la prensa. No la mencionó nunca durante las entrevistas. Parece que venderse sale rentable.

Durante todo el interrogatorio, Gabriel no deja de observarle. Apenas ha cambiado de postura en la mesa. No se ha inmutado al hablar del asesinato de una persona a la que dice conocer desde joven y con la que pretendía iniciar una relación. Tampoco ha mostrado ningún tipo de reacción al hablar de su desahucio. Se comporta como si todo le importara una mierda.

—¿Dónde estuvo el viernes pasado por la noche?

—En el local de la PAH. El viernes es el día que hacemos las asambleas colectivas aquí al lado. Una vez terminada la asamblea, me suelo quedar a tomar notas y a organizar informes.

—¿Se quedó alguien con usted esa noche?

—No, me quedé solo.

Ángela, viendo que el señor Acosta no tiene coartada para la noche del viernes, decide preguntar por el otro asesinato.

—¿Conoce usted al diputado del PSOE Pablo García?

—Sí, le conozco.

—Vaya. Así que también conoce a la otra víctima. ¿De qué le conoce? —pregunta Ángela entre sorprendida e interesada.

—El señor García vino a la plataforma en un par de ocasiones. Tuve un par de encuentros con él para hablar de la reforma de las leyes referentes a los desahucios. Estaba interesado en ver qué cosas pedíamos y en mostrar su apoyo al movimiento. Al menos de cara a la galería y ante las cámaras de televisión.

—¿Qué quiere decir?

—Que después de las reuniones y de salir sonriendo en la

prensa durante la campaña electoral apoyando al movimiento y las actuaciones de la PAH, al contrario de lo que hace el partido en el Gobierno, el señor García no hizo nada de lo que prometió hacer. Una vez en el Congreso no presentó ninguna de las medidas que le sugerimos desde la plataforma.

—Así que el señor García también le dio motivos para enfadarse con él.

—Sí, me los dio. Pero tampoco tengo nada que ver con su muerte. He leído en la prensa que su muerte fue unas horas antes que la de Vanessa. Como le digo, el viernes estuve toda la tarde, desde las cinco, en la asamblea de la plataforma y después organizando papeles y tomando notas.

—¿A qué hora terminó la asamblea?

—A las siete.

—¿Y no hay nadie que pueda confirmar que usted se quedó organizando papeles?

—Una compañera se quedó hasta las siete y media. Después me quedé solo.

—Vamos, que tampoco tiene coartada para el asesinato del diputado García.

—No tengo coartada y no la necesito. Yo no me moví de la sede en toda la noche. Yo no he hecho nada.

A Gabriel le vuelve a llamar la atención la falta de emociones en las reacciones de Víctor. Ni siquiera para negar su implicación en los asesinatos le cambia el tono de voz.

—Eso, señor Acosta, lo decidirán las pruebas. ¿Le importa si le tomamos las huellas y una muestra de ADN?

—No, para nada. Hagan lo que tengan que hacer —responde estirando las manos y abriendo la boca.

—Manténgase localizable —dice Gabriel al terminar de recoger las pruebas.

—Por eso no se preocupen, agentes. Siempre estoy localizable en la sede de la PAH. Gracias a personas como el señor García y Vanessa es el único techo que tengo bajo el que dormir.

23

Ambos agentes regresan a comisaría. Ángela observa por la ventana las calles mojadas. Gabriel espera sentado en el despacho el informe del laboratorio de la bolsa de basura que recogieron en el aparcamiento. Como siempre, es él el primero en romper el silencio.

—¿Tú qué opinas?

—¿De qué?

—De que va a ser mujer, del interrogatorio con Víctor Acosta.

—Hay algo que no me cuadra —contesta Ángela levantando la mirada de los papeles de la mesa—. Lo primero que hace todo buen asesino es inventarse una coartada para el día del asesinato y no dejarse tomar las huellas sin oponer resistencia.

—Quizás Víctor Acosta no sea un buen asesino.

—Quizás, pero hasta los más torpes saben que tienen que tener una coartada. Me desconcierta que haya reconocido tan fácilmente que conocía a Pablo García y que no tenía una buena opinión de él. Tenemos las cartas que le relacionan con Vanessa, pero no teníamos nada que le relacionara con Pablo. ¿Por qué ponérnoslo tan fácil si es el culpable? Hasta los sospechosos con coartada sólida, como Gorka Elizalde o Bárbara Latorre, nos ocultaron información en el primer interrogatorio. ¿Por qué Víctor Acosta no lo ha hecho?

—Puede que diga la verdad y no tenga nada que ocultar.

También puede que sea tan listo como para saber que íbamos a pensar eso o tan tonto como para no pensar nada. Puede creer que ha ocultado tan bien sus huellas que no le importe que las tengamos. El caso es que es la primera persona que tenemos relacionada con ambas víctimas con motivos para odiarlas que no tiene coartada para el viernes. Además, piensa que es una persona que lo ha perdido todo. No tiene trabajo, le han desahuciado de su casa y vive casi de la buena voluntad de la gente. Este tipo de personas no tiene ya nada que perder. Quizás nos lo haya puesto tan fácil porque quiere que le detengamos y así tener un techo y comida que llevarse a la boca todos los días. Para mí, es un claro candidato a ser nuestro asesino. No me ha gustado nada su forma de comportarse durante el interrogatorio.

—¿A qué te refieres? A mí no me ha llamado nada la atención.

—A que no mostraba ningún tipo de reacción. No parecía que estuviera hablando de su desahucio o del asesinato de una antigua compañera de universidad por la que dice haberse sentido físicamente atraído. Parecía no tener sangre en las venas. No ha perdido los nervios con nada, y saber controlar las emociones es muy de asesinos en serie. ¿Te has fijado con que mano agarraba la taza de café? Víctor Acosta es zurdo.

—Pues no me había fijado, es una posibilidad, pero… Si quisiera ponernos tan fácil su detención, ¿para qué se esforzó tanto en hacer que los asesinatos parecieran accidentes? No tiene sentido. Habrá que investigar más a Víctor Acosta. Mientras no podamos situarle en los escenarios del crimen no podemos hacer nada en su contra. Lo primero que voy a hacer es pedir que comparen sus huellas con las encontradas en el coche de Pablo, a ver si nos da alguna coincidencia. Mientras tanto, veremos qué nos dice el informe del laboratorio. Y nos queda interrogar a la otra persona relacionada con ambas víctimas, a Alejandro Soto. A ver qué nos depara la entrevista con él.

El análisis del contenido de la basura aumenta el optimismo de los agentes. Aunque el estudio preliminar deja muchas interrogantes, al menos saben dónde ingirió Vanessa la dosis de somnífero. El informe del laboratorio dictamina que hay restos de café en el fondo de la bolsa con la misma sustancia que se encontró en el cuerpo de la fallecida. Vanessa tiró a la papelera casi todo el contenido del vaso.

Por fortuna para ellos, no era mucha la gente que había tirado vasos de plástico con restos de café en la papelera los días antes de recogerla. La mayoría eran papeles o recortes de prensa, y el resto de los vasos mostraban pocos rastros de café. No tardaron en localizar el vaso que había arrojado la víctima y en encontrar sus huellas. Además de las de Vanessa, había otras huellas, pero no habían encontrado coincidencias. La degradación por el paso del tiempo impedía que fueran fáciles de cotejar sin tener con que compararlas. Tendrían que preguntar en el plató o pedir que les entregaran los allí presentes las huellas de forma voluntaria. Aprovecharían su visita de la tarde para ello.

Alejandro da paseos cortos por su pequeño camerino mientras espera la llegada de los agentes de policía. La jefa de informativos le ha comunicado que están a punto de llegar y que tienen intención de hablar con él.

El reducido tamaño del camerino no le permite dar más de tres pasos antes de llegar a la siguiente pared. En varias ocasiones se detiene a mirar los papeles que están sobre la mesa e intenta memorizar las notas que tiene apuntadas. Siempre es más fácil seguir el ritmo del teleprónter cuando se conoce la información de antemano. Sin embargo, tener que esperar a la policía no le ayuda a concentrarse.

Desde el día anterior, cuando saltó la noticia de que su esposa había sido interrogada, tuvo claro que el siguiente sería él.

Da un sorbo del té que tiene sobre la mesita al lado del sillón cuando llaman a la puerta. Abre con la misma sonrisa fingida con la que aparece en pantalla.

—Buenas tardes, les esperaba. Un placer conocerlos. ¿En qué puedo ayudarlos?

—Queríamos hablar con usted de su relación con su compañera Vanessa Rubio. ¿Cómo se llevaban?

—Mejor al principio que últimamente. Conectamos muy bien cuando nos conocimos y eso se notaba en antena. Vanessa se dejaba asesorar y absorbía conocimientos como una esponja. Ella era la imagen de la inteligencia y la belleza, y yo la de la seriedad y profesionalidad. Ha sido la mejor compañera de informativos que he tenido. Al menos lo fue hasta que publicó su primera novela —responde Alejandro sorprendido. Esperaba que la primera pregunta fuera sobre el interrogatorio a su mujer.

—¿Qué pasó entonces? —pregunta Gabriel.

—Que, como las ballenas cuando se desorientan, terminó varando en la playa y muriendo aplastada por su propio peso. Y como las ballenas, terminó explotando por dentro.

—¿Qué quiere decir?

—Tras el éxito de su primera novela perdió el norte. Triunfó en poco tiempo. Su cabeza, hasta ese momento bien amueblada, se llenó de pájaros y de fantasías. Se desorientó, y ofuscada, eligió un mal camino.

—¿Cree que fue su éxito el que le aplastó la cabeza de un golpe? —Ángela se acerca a Alejandro según formula la pregunta para ver la reacción en sus ojos.

—Creo que fue el éxito lo que le hizo ganarse enemigos capaces de darle un golpe en la cabeza. Al principio, no me pude creer que hubiera muerto asesinada. La noticia de su muerte ya me pilló por sorpresa, pero pude asimilar que se tratara de un accidente. En cambio, pensar que alguien pudiera haberla asesinado no entraba en mi cabeza. Entonces empecé a pensar en los cambios que había sufrido su personalidad en los últimos meses y logré comprenderlo.

—¿Tiene algún nombre que darnos de los posibles enemigos? —pregunta Ángela, sacando una libreta del bolsillo.

—¿Nombres? No, ninguno. Pero cuando alguien empieza a mirar a los demás por encima del hombro siempre se encuentra con gente a la que no le gusta sentirse inferior. No sé si me explico. Vanessa dejó de comportarse como una compañera que lo aprendía todo de los demás y empezó a comportarse de manera déspota. Quería que los demás aprendieran todo de ella. Y eso no le gusta a la mayoría de las personas.

—¿Incluido usted, señor Soto?

—Yo ya estoy de vuelta de todo, inspectora. El mundo de la comunicación y de la prensa en general cada día me decepciona más. Me dolió su cambio de comportamiento porque creí que entre nosotros se estaba forjando una buena amistad, pero me equivoqué. De todos modos, no es ni la primera ni será la última vez que una persona me decepciona.

—¿Su relación con Vanessa se limitaba a una buena amistad? —interroga Gabriel desde la puerta del camerino.

—A una relación de compañeros de trabajo, nada más. ¿Por qué lo pregunta?

—Su esposa, sin embargo, no opina lo mismo.

—¿Quién? ¿Bárbara? Hablando de personas que terminan por decepcionarle a uno… A ella hace años que solo le importa su carrera cinematográfica. Dudo que sepa donde tiene guardada la ropa si no se lo escriben en un guion.

—Pues hemos hablado con ella y ha insinuado que entre usted y Vanessa podía haber existido algo más que una simple amistad.

—Ella que se preocupe de sus amantes y me deje en paz. Entre Vanessa y yo no hubo nunca nada. Ni cuando nos llevábamos bien ni cuando la relación se enfrió. Pueden hablar con cualquiera de la redacción y les confirmará, punto por punto, lo que les estoy diciendo. —Alejandro eleva el tono de voz cuando contesta. La insinuación de relaciones con su compañera no le hace ninguna gracia.

—¿Por qué no presentaron juntos las noticias del viernes?

—Eh… No me encontraba bien. No vine a trabajar ese día.

—Su esposa nos ha dicho que salió de casa esa tarde para venir a trabajar, que cuando ella se marchó al estreno de su película usted no estaba en casa.

—Sí... yo salí de casa..., pero no me encontré bien por el camino y decidí regresar. Estuve todo el fin de semana en la cama. Pueden preguntarle a mi esposa.

—Ya lo hicimos. Nos dijo que, cuando regresó en la madrugada del sábado de la fiesta, usted ya estaba en la cama y que no se movió de allí en todo el fin de semana. Pero no nos puede decir dónde estuvo el viernes por la noche. Había quedado con ella en acudir a la fiesta y no lo hizo.

—Ya le he dicho que me encontraba mal. Regresé a casa cuando ella ya se había ido y me metí en la cama.

—¿A qué hora regresó a casa?

— Eh... no lo recuerdo. No miré la hora. Serían sobre las ocho, imagino.

—¿Conocía usted la relación de su mujer con la segunda víctima, el diputado Pablo García? —pregunta Gabriel aprovechando el corto espacio del camerino para presionarle.

—No llevo un listado de las relaciones de Bárbara. No tendría memoria suficiente en el móvil.

—Así que la conocía.

—Sí, pero como le digo, la del político no es la única relación que mantiene mi esposa. Algunas las conozco, otras no.

—A ningún hombre nos resulta agradable que nuestra mujer nos ponga los cuernos —apunta Gabriel.

—Mi relación con Bárbara hace tiempo que está rota, sargento. Puede que me resultara doloroso al principio, pero con el tiempo a todo se acostumbra uno.

—¿Y por qué no se divorcian? —pregunta Ángela

—Porque nuestro matrimonio favorece nuestra imagen pública; a ella porque estar casada con un periodista conocido le quita la imagen de mujer frívola y, a mí, porque estar casado con ella me da notoriedad y fama, lo que eleva el índice de audiencia y evita que me despidan y pongan en mi lugar a un presentador más joven. Ambos salimos ganando. Yo no quiero divorciarme de ella, y ella sale perdiendo si se divorcia de mí.

—¿Qué es lo que pierde ella? —pregunta Gabriel.

—Cuando nos casamos yo era el famoso y Bárbara solo una actriz emergente. Yo estaba muy enamorado y a ninguno de los dos se nos ocurrió firmar la separación de bienes. Ahora que ella es la famosa y la que más ingresos aporta al hogar yo me quedaría con parte de ese dinero en caso de divorcio.

—¿Conocía usted al señor García personalmente? —pregunta Ángela.

—Por supuesto. Es un miembro destacado de uno de los partidos más importantes del país. Le he entrevistado en varias ocasiones.

—¿Y qué opinión tiene de él?

—Obviando el dato de que se follaba a mi mujer, no muy buena. Mentiroso, narcisista y algo pendenciero. Raro era el evento social en el que coincidíamos que no acabara armando jaleo. Le gustaba ser el centro de atención, alardear, y si no lo conseguía con su presencia, lo hacía con su forma grosera de comportarse o derrochando dinero.

—Y aun así, le robó la mujer —replica Gabriel, hurgando en la herida.

—Le insisto en que el señor García no tenía nada que robar. Para que te roben algo debes considerarlo tuyo. Nadie te puede robar algo que no tienes y yo hace tiempo que dejé de considerar que Bárbara y yo tuviéramos algo que romper o robar. Además, creo que ambos hacían buena pareja. Mi mujer comparte con el señor García varias de sus «cualidades».

—Muy bien. Una última pregunta, señor Soto. —Ángela vuelve a tener el gesto serio—. ¿Está usted dispuesto a dejar que le tomemos las huellas y una muestra de ADN?

—Creo que para eso necesitan una orden y yo un abogado.

Terminada la charla, Ángela y Gabriel acuden a hablar con la jefa de Informativos en busca de respuestas para la interrogante que les queda: las otras huellas encontradas en el vaso de café de

Vanessa.

—Buenas tardes de nuevo, señora Mayoral.

—Buenas tardes, agentes. Espero que hoy no me necesiten por mucho tiempo. Saben que estoy dispuesta a ayudarles en lo que pueda para resolver el caso, pero en breve tenemos la reunión previa a la emisión del telediario y, como podrán comprender, es importante.

—No le robaremos mucho tiempo esta vez. Solo serán un par de preguntas que esperemos nos pueda ayudar a resolver.

—Díganme —responde la directora tomando asiento en su sillón de cuero tras la mesa de su despacho.

—El viernes, tras la emisión del último informativo de la señorita Rubio, nos dijo que ella se marchó con mucha prisa. Comprobamos en las cámaras del aparcamiento que ella fue la primera en salir. Sabemos que en ese corto espacio de tiempo alguien le sirvió un café. ¿Sabría decirnos quién pudo ser?

—No estoy segura. Cuando termina el informativo hay bastante movimiento en la redacción. Sí puedo decirles que, habitualmente, al terminar el informativo solían ser Jessica y Arantxa las que ofrecían un café a los presentadores. Pero no puedo asegurarles que la noche del viernes alguna de ellas le sirviera el café a Vanessa.

—La otra pregunta es fácil. ¿Quién ha sido la persona más favorecida con la muerte de la señorita Rubio?

—No creo que haya nadie que se haya sentido favorecido con la muerte de la pobre Vanessa. Todos la apreciábamos y su pérdida ha sido un duro golpe para todos.

—Lo imaginamos. —Ángela pronuncia esas palabras con un tono de escepticismo. Si algo le han enseñado los años es que nadie es querido y apreciado por todos los compañeros de trabajo. Nadie—. Pero tenemos entendido que Alejandro Soto no se llevaba bien con ella y que otra persona ha ocupado su puesto, ¿no es así?

—Sí, es cierto. Pero Alejandro seguía apreciándola como profesional. Su mensaje de despedida fue muy emotivo. Y sí, no hay informativo en antena que no sea presentado por una pareja. Le asigné el puesto a la señorita Granada, Jessica Granada.

—¿La misma Jessica que pudo servirle el café el viernes?

—Sí. ¿Pueden decirme qué importancia tiene en el caso quién le sirviera el café?

—A la señorita Rubio le administraron un somnífero antes de asesinarla. Intentamos averiguar quién lo hizo.

—¡Oh, dios! ¿Y sospechan que fue alguien de la redacción?

—No lo sospechamos, estamos seguros. Hemos encontrado restos de ese somnífero en la papelera donde Vanessa tiró el café antes de salir. Ahora solo necesitamos saber quién se lo suministró. Si nos disculpa, quisiéramos hablar con la señorita Granada lo antes posible.

—Estará en su camerino. A estas horas tiene que estar preparando el informativo antes de la reunión de escaleta. Sargento, recuerde que tenemos un trato.

—No se preocupe. Si detenemos a alguien será la primera en enterarse.

24

Jessica da un sorbo de agua de la botella que tiene encima de la mesita del camerino. Se desnuda frente al espejo y busca entre los vestidos que le han dejado en el burro de la ropa los de estilismo para esa noche y elige uno de color azul celeste con tirantes. Se viste y se mira en el espejo. El resultado no termina de convencerla. Prueba con uno de color verde enebro y escote palabra de honor. Al mirarse en el espejo queda satisfecha. Ese color resalta el de sus ojos.

Da otro sorbo de agua y se atusa el cabello. No está muy conforme con el peinado que le han hecho en peluquería y medita imponer su criterio un poco más en días posteriores. Cierra los ojos y coloca sus manos en el pecho. Inhala aire por la nariz ensanchando los pulmones y lo exhala de forma lenta. Repite la acción varias veces hasta sentir que los latidos del corazón recuperan el ritmo normal. Intenta quitarse el estrés antes de la reunión. Después, quince minutos antes de empezar a presentar el informativo, volverá a repetir el ejercicio. Tiene que controlar los nervios en su primera semana.

Relajada, se dispone a salir del camerino cuando alguien llama a su puerta de manera reiterada.

—Señorita Granada, somos la inspectora Casado de la Policía Nacional y el sargento Abengoza de la Guardia Civil. Si es posible, quisiéramos hablar con usted un minuto.

Todo el esfuerzo por relajarse no le sirve de nada. Nada más oír la enérgica voz de la inspectora al otro lado de la puerta el corazón se le acelera hasta casi salírsele del pecho.

—Pasen —responde con la voz entrecortada.

Los agentes entran en su pequeño camerino y siente la necesidad de sentarse en el sillón que está en uno de los rincones. Las piernas han empezado a temblarle por los nervios.

—Buenas tardes, señorita Granada. Sabemos que tiene usted que ir a la reunión previa al informativo, no le robaremos mucho tiempo. Solo queremos hacerle un par de preguntas.

—Sí, ahora mismo estaba a punto de ir hacia allí. Me han pillado saliendo por la puerta. Es mi primera semana como presentadora de las noticias y no quiero llegar tarde. Quiero dar buena imagen ante mi jefa para agradecerle la confianza otorgada al dejarme sustituir a Vanessa.

—De eso queríamos hablarle precisamente, de su ascenso tras la trágica muerte de su compañera. ¿Cómo se llevaban ustedes en el trabajo?

Ángela la interroga mientras Gabriel observa el camerino, que tiene menos cosas que el de Vanessa. Se nota que Jessica no ha tenido tiempo de personalizarlo y en sus estanterías casi no hay cosas personales.

—¿Vanessa y yo? Bien, nos llevábamos bien. Éramos amigas —responde Jessica con voz dubitativa.

—¿Buenas amigas?

—Solo amigas. Fuera del trabajo apenas nos veíamos, solo en un par de ocasiones y en comidas de trabajo.

—¿No coincidieron nunca en alguna comida familiar? —interviene Gabriel con una foto entre las manos.

—¿Cómo dice?

—Si no me equivoco, el que sale en esta foto en el Parque del Retiro con usted, en actitud cariñosa, es Rubén Rubio, el hermano de la víctima.

—Esto... Bueno... Sí. Rubén y yo salimos juntos desde hace un tiempo. Le conocí un día que vino a la redacción para hablar con su hermana. Me fijé en él. Cuando volvimos a coincidir empezamos a charlar y me invitó a cenar. Desde entonces salimos juntos, pero Rubén tampoco se relaciona en exceso con su hermana. No hacen muchas reuniones familiares.

—¿Y sabe por qué Rubén y su hermana no se llevaban bien?

—Sí, lo sé, pero lo estaban arreglando. Entre hermanos siempre surgen peleas, pero suelen terminar solucionándose.

—Bueno, en este caso Rubén la acusa de haberse apropiado de la novela que él había escrito y de quedarse con los beneficios de la misma —dice Gabriel, acercándose al asiento donde está sentada Jessica. Puede sentir su nerviosismo y decide presionarla.

—Como le digo, estaban arreglándolo. Eran cosas entre hermanos. Yo procuraba mantenerme al margen de sus disputas. No quería verme en medio de ambos. Ella era mi compañera en el trabajo y él mi novio.

—Pero no me negará que a usted le ha favorecido mucho su muerte. Su novio va a recuperar todo lo que su hermana le había robado y usted ha pasado de ser una mera redactora, encargada de hacer los recados en la redacción, a ser la presentadora de las noticias.

—No estará insinuando que yo pude matarla, ¿verdad? Tengo entendido que el asesino la golpeó con fuerza en la cabeza y que arrastró su cuerpo hasta el cuarto de baño. Míreme, soy quince centímetros más baja que Vanessa y peso como diez kilos menos que ella. ¿Cree que yo pude hacer algo así? Además, esa noche estuve en un concierto con Rubén —se justifica Jessica irguiéndose en el sillón y apoyando las manos en los reposabrazos.

—El famoso concierto de la noche del viernes. Tres de nuestros sospechosos tienen la misma coartada; usted, su novio Rubén Rubio, hermano de la víctima, y Ricardo Robles, el exnovio.

—Sí, Ricardo toca en el grupo que fuimos a ver. Rubén y Ricardo se llevan muy bien, aunque su hermana y él ya no salgan juntos.

—Y los tres se sirven de coartada mutua.

—Además de nosotros, había más gente en el concierto. Seguro que alguien puede decirle que no nos movimos de allí hasta terminar. Como le digo, Ricardo y Rubén se llevan bien y nos quedamos a tomar algo con ellos cuando terminó el concierto hasta altas horas de la noche.

—El caso es que sabemos que usted no mató a Vanessa, pero creemos que pudo haberlo intentado. ¿Le sirvió usted el café esa noche, señorita Granada?

—No lo recuerdo —dice Jessica dando un nuevo trago de agua sintiendo cómo se le estaba secando la boca.

—Qué raro… ¿Solía hacerlo normalmente?

—Sí, alguna que otra vez le llevé el café, pero no soy la única de la redacción que se encargaba de ello finalizado el informativo. La noche del viernes no recuerdo si fui yo u otra compañera.

—¿Le importa si le tomamos huellas para comprobarlo?

—Ahora mismo tengo algo de prisa. La reunión ya ha debido de empezar y tengo que asistir. Ya les he dicho que quiero dar buena imagen en mi primera semana. Si quieren mis huellas consigan una orden o algo así. Si me disculpan…

Ángela, que está colocada frente a la puerta, deja pasar a Jessica, que sale a toda prisa, apretando la carpeta que lleva en las manos contra su pecho y encogiéndose de hombros ante la mirada intimidatoria de la inspectora. A Ángela le cabrea que los sospechosos se escuden en la ley para no colaborar.

—Qué rabia me da que esta gente vea tantas series de policías en la tele. Desde que dan series como *CSI* o *Caso abierto* todo el mundo sabe cómo escabullirse de la policía. Pierdo horas muy valiosas de mi tiempo pidiendo órdenes para conseguir unas huellas que antes se conseguían solo con apretar las tuercas un poco a los sospechosos.

—Estate tranquila. En esta ocasión no la vamos a necesitar —dice Gabriel poniéndose unos guantes y metiendo una botella de agua de plástico en una bolsa hermética—. Nos ha dejado a mano la obtención de las huellas sin necesidad de pedir órdenes.

25

Ignacio pasea por la habitación de su casa mientras intenta tranquilizar a su prometida, que alterada al otro lado del teléfono, no deja de recordarle su anterior promesa y de pedirle que abandone sus planes.

—Tranquila, no va a pasar nada. Sí, ya sé que te prometí que era el último, pero las cosas no han salido del todo bien y necesitamos el dinero para organizar la boda. Sí, te prometo que este año lo dejo, pero ahora nos hace falta. La boda, el niño... Necesitamos una buena cantidad para todo eso. Sí, cariño, te prometo que tendré cuidado y esta vez voy a cumplir mis promesas. Ahora voy a salir a correr un rato. Entre unas cosas y otras, hoy no he podido ir al entrenamiento, y si quiero jugar el próximo partido tengo que convencer al entrenador. Sí, ya sé que si le ofrezco una parte va a ponerme de titular, pero tampoco quiero que se note mucho que no aguanto los noventa minutos. Descansa amor, nos vemos mañana.

Ignacio cuelga el teléfono y se termina de poner el chándal. Su novia Beatriz le ha llamado justo cuando estaba a punto de salir. Necesita despejar la cabeza y salir a correr a última hora de la noche siempre le ayuda. Correr por el parque cuando ya no hay gente le es útil para pensar y le mantiene en forma. Además, el parque es el lugar perfecto para la última cita del día. Un lugar tranquilo y discreto en el que poder llevar a cabo sus negocios.

Las cosas iban estupendamente hasta unas semanas atrás.

Con la decisión tomada de que iba a ser su último año como jugador de fútbol, tenía claro que quería aprovecharlo al máximo. Se había cansado de tener que trabajar por las mañanas para complementar la miseria que ganaba al mes como jugador de fútbol de tercera división. Conocía a rivales suyos viviendo mucho mejor que él y esforzándose bastante menos.

La necesidad de ganar más dinero había llegado cuando su novia le comunicó que iba a ser padre. Quiso poder ofrecerle a su hijo algo más de lo que había sido capaz de conseguir hasta entonces.

Se informó de cómo hacían otros para ganar ese dinero del que tanto fardaban. Cuando descubrió lo fácil que podía llegar a ser, decidió intentarlo. Al principio lo dejó caer en el vestuario como una broma para ver la reacción de sus compañeros, pero cuando vio que había bastante interés por parte de la mayoría se atrevió a llevarlo a cabo.

En los primeros partidos del año fueron pequeñas tonterías y poca cantidad de dinero. Por probar. Nadie veía mal que en un partido se sacaran diez o quince córneres, si total eso no afectaba al resultado. Qué importancia tenía.

Poco a poco, con las primeras ganancias, él y sus compañeros habían crecido en sus pretensiones. Pasaron de amañar los córneres a apostar cuántas tarjetas amarillas iban a sacarles durante el partido. Eso tampoco afectaba al resultado. No tenían que venderse para eso, solo protestar de más al árbitro cuando se acercaba el final del encuentro.

El importe de las apuestas también se iba haciendo más grande y los beneficios aumentaban. Todos estaban contentos y felices en el equipo. Con esas pequeñas cosas ya ganaban más de lo que les pagaban de sueldo.

Entonces llegó el partido contra el líder de la categoría. Las apuestas en su contra se pagaban muy poco, pero había un resultado que podía darles mucho dinero. Si perdían por más de siete goles podían multiplicar por veinte la inversión. Y total, no tenían nada que hacer en el partido. ¿Qué más daba perder tres a cero que ocho a cero si iban a perder igual y con el último resultado iban a ganar mucho dinero?

Para vergüenza de algunos, los gritos de júbilo al final del partido llegaban más de su propio vestuario que del que había ganado el partido.

Con el dinero obtenido ese día, y con la seguridad de ir a ganar mucho más en los partidos que quedaban para finalizar la temporada, había comprado un anillo de oro y diamantes para pedir matrimonio a la que sería la madre de su primer hijo. Ella aceptó entusiasmada.

Pero las cosas empezaron a torcerse dentro del vestuario. Algunos de los compañeros que más eufóricos celebraban la derrota por el dinero obtenido, se empezaron a sentir culpables por la imagen dada. Tenían remordimientos. Alentados por aquellos que nunca habían querido involucrarse, decidieron echarse atrás. Había perdido muchas oportunidades de ganar dinero hasta que decidió hablar con el entrenador.

Este, viendo que el equipo iba último en la tabla y que no tardarían en despedirlo, decidió que era un buen momento de ganar algún dinero. A partir de ese instante cualquier jugador que no quisiera amañar el resultado era relegado al banquillo.

Ignacio, consciente de que la temporada había cruzado el ecuador y que necesitaba ganar más dinero, decidió apostar fuerte. No solo apostó todo lo que tenía ahorrado después de comprar el anillo a su novia, también pidió dinero prestado. En ese partido no apostaría cien, ni quinientos euros como solía hacer normalmente. Apostaría diez mil y con los beneficios podría retirarse con tranquilidad y montar un negocio con su novia. De forma incomprensible, la apuesta salió mal.

Ahora necesita dinero para poder apostar en el siguiente partido y recuperarse. Ha quedado en el parque con quien puede ayudarle.

La noche es fría. La luna brilla en el cielo y ninguna nube impide que el frío de la meseta se clave en los huesos. Ignacio, impaciente, da paseos por los alrededores del banco en el que ha quedado. Se cubre el pecho con los brazos y se frota para entrar en calor. El sudor tras correr siete kilómetros empieza a congelarle la piel. Unos pasos lentos le ponen alerta.

—Ya era hora. Pensé que no llegabas. Me estoy muriendo de frío —dice al ver una sombra que se detiene a su lado.

—Después de tu última cagada, el frío no es lo que te debería preocupar.

—Sí, ya sé que fue una cagada. A veces hay cosas que no puedes controlar. Estoy seguro de que no es la primera vez que te pasa. Tenía todo controlado menos al árbitro. ¿Quién se iba a imaginar que anularía el último gol? Ahora necesito pasta para hacer una apuesta que me permita recuperarme.

—Eso me dijiste la última vez. Una última apuesta. Una fuerte inversión. Ganar muchísimo dinero. Te vi tan convencido que creía que lo tenías todo bien atado. No solo tú perdiste dinero esa tarde, ¿sabes? Me lo hiciste perder a mí y a muchos de mis inversores. No nos gusta la gente que nos hace perder dinero.

—Sí, lo sé. Pero puedo hacer que lo recuperéis en el siguiente partido. Sé que podemos ganar. Te he hecho ganar mucha pasta otras veces. Es un amaño sencillo, algo fácil para poder recuperar algo de lo perdido.

—¿Y de dónde piensas sacar el dinero? Lo apostaste todo en el último partido.

—Pensaba que podrías prestármelo tú. Otra vez, un adelanto…

—¿Te crees que yo soy un jodido banco? ¿O tú madre? Ya me debes dinero de la última apuesta. Y estoy deseando ver cómo me lo vas a pagar.

—¡Pero lo necesito! ¡Me hace falta! —exclama Ignacio abalanzándose sobre la oscura silueta—. No me puedes dejar colgado ahora. ¡Necesito el puto dinero!

—¡Se puede saber qué coño haces! ¡Suéltame hijo de puta!

La sombra se aleja a la carrera. Unos metros más adelante frena en seco. Mira a su alrededor y ve que el parque está desierto. Nadie ha podido ver nada. Recuerda que venía de una partida de póker con unos amigos y rebusca en los bolsillos de su chaqueta. Se sonríe al comprobar que lleva la baraja en uno de ellos.

«Siempre he sido una persona rápida de reflejos e ideas brillantes. Por eso nunca me ha pillado la pasma».

Regresa donde ha quedado el cuerpo tendido. La pelea se les ha ido de las manos. Él no tenía la culpa, el otro se había vuelto loco. Quería pegarle, quería robarle el dinero que llevaba encima. Viendo que no podía detenerle había sacado la navaja para asustarle, pero sin intención de usarla. Solo pretendía librarse de él. Si se hubiera soltado no habría sido necesario defenderse.

Limpia el mango de la navaja con un pañuelo y la tira. Después saca una de las cartas y la mete dentro del bolsillo del muerto.

26

Tras dejar a Ángela en su casa, que se ha negado a acompañarle a tomar una copa, Gabriel vuelve caminando a su bar favorito en Madrid después de cenar en el restaurante del hotel. La noche anterior las pesadillas apenas le han dejado dormir y necesita conciliar el sueño.

Tiene la certeza de que las huellas encontradas en el vaso coincidirán con las de Jessica Granada y que la podrán acusar de intento de homicidio, pero hasta primera hora de la mañana no van a tener el resultado. Vanessa no bebió mucho del café que le dio la sospechosa, de lo contrario se hubiera quedado dormida por el camino y hubiera sufrido un accidente. De haber sucedido así, nadie se habría extrañado y Jessica y su novio Rubén se habrían salido con la suya. Pero a Vanessa la muerte no le esperaba en la carretera, sino en su propia casa.

Gabriel está seguro, también, de que Jessica no la había asesinado finalmente. Su coartada es buena, había estado en el concierto. Además, Jessica no tiene nada que ver con Pablo García ni con su muerte, dado que todavía estaba en la redacción cuando el político sufrió el infarto.

Gloria le saluda con una mezcla de alegría y de malestar en su voz cuando entra en el bar.

—¡Hola guapo! ¿No habíamos quedado que no quería volver a verte hasta el viernes?

—Y viernes es. Hace rato que pasaron las doce de la noche

—dice Gabriel tomando asiento en uno de los taburetes frente a la barra.

—Eso es hacer trampa —responde Gloria con una sonrisa mientras le sirve un *whisky* sin necesidad de que se lo pida—. ¿Qué tal va la investigación? —pregunta acercándose a él para evitar que alguien los oiga.

—No muy bien. Se nos está complicando. No tenemos ninguna buena pista a la que agarrarnos, solo conjeturas. Ahora mismo solo tenemos a dos personas relacionadas con el caso sin coartada, pero no podemos poner a ninguna de las dos en las escenas de los crímenes.

—Seguro que terminas por resolverlo. Tú y esa guapa inspectora que te acompaña. Os he visto en las noticias de esta noche —dice Gloria, sonriendo y dándole un codazo en el brazo.

—Guapa es, no te lo voy a negar —responde Gabriel con gesto contrariado.

—¿Algún problema con ella?

—Es buena y muy profesional, pero es más difícil acercarse a ella que llegar al Polo Norte.

—¿Lo has intentado?

—No me está dando ni opción. Ni a una copa me ha dejado invitarla esta noche. Siempre está ocupada o pone alguna excusa. Además, creo que tiene una relación, ayer me contó detalles de una de sus citas.

—Bueno, cuando una puerta se cierra puede que se abra una ventana. Parece que viene una chica a la que puedes invitar —dice Gloria, viendo como desde una de las mesas una mujer se acerca a la barra.

—Hola, buenas noches. ¿Te importa si te acompaño?

Una mujer rubia, de apariencia algo mayor que él, se ha sentado a su lado e intenta entablar conversación. Gloria se va al otro lado de la barra.

—Gracias, pero hoy no es un buen día. Prefiero beber solo.

—Podrías compartir tus penas conmigo. Dicen que las penas compartidas son menos penas —insiste la rubia, sonriendo de forma sensual.

—Yo creo que las penas compartidas se convierten en carga para dos personas. Prefiero lidiar con las mías yo solo. No quiero terminar por amargarle la noche a nadie más —responde sin levantar la mirada del fondo del vaso.

—Yo en cambio, creo que podrías endulzarme la noche y puedo hacer que tu día termine mejor —recalca la mujer, acariciando con suavidad la mano del sargento.

Gabriel la mira con una leve sonrisa. De aspecto elegante y buen gusto al vestir, la mujer rondará los cuarenta años. Su pelo rubio, largo y rizado, y unos grandes ojos verdes acompañan a una bonita sonrisa. Las mujeres con iniciativa siempre le han llamado la atención. Le gusta que sean ellas las que den el primer paso y no se anden por las ramas con sus intenciones. Siempre se le ha dado fatal interpretar las señales del sexo opuesto.

«Muchos hombres siguen solos, no por falta de oportunidades, sino por no ver esas señales».

—¿Cómo te llamas? —pregunta Gabriel, girándose en su taburete.

—Aurora, ¿y tú?

—Gabriel, ¿Qué quieres tomar?

Tras las presentaciones y, entre sorbo y sorbo, hablan de temas sin transcendencia. Aurora no muestra excesivo interés en conocer los pormenores de la vida de Gabriel, y él tampoco siente la necesidad de contárselos. Su conversación es solo la decoración del plato principal de miradas y gestos entre ellos. Tres copas más tarde, Gabriel la invita a su habitación de hotel y ella acepta sin pensárselo dos veces.

«Si mi compañera alivia tensiones en el gimnasio puede que me venga bien a mí hacer lo mismo en mi habitación».

Se besan por primera vez en el callejón que hay entre el bar y el hotel. Es un beso pasional, sin preámbulos, los dos consideran que tienen que recuperar el tiempo perdido conversando en el bar.

Aurora empieza a desabrocharle los botones de la camisa en

cuanto entran por la puerta de la habitación. Recorre su torso con la boca, dejando marcas de su pintalabios. Gabriel agradece que en las habitaciones de hotel no haya que recorrer pasillos desde la puerta hasta llegar a la cama. Le baja la cremallera del vestido y juntos caen sobre la cama en ropa interior.

Con una pasión desbocada, ella se coloca sobre él mientras continúa besándole y abrazándole con las piernas.

El teléfono de Gabriel empieza a sonar. Lo lleva en el pantalón que ha quedado tirado en el suelo de la habitación.

—No lo cojas —pide Aurora, que sigue besándole y le sujeta impidiéndole levantarse.

—Un segundo, por favor. Tengo que mirar quién es. Puede ser importante.

—¿Más importante que follar conmigo? —protesta Aurora, moviendo sus caderas sobre su torso desnudo—. No creo que se haya muerto nadie.

—Ese es el problema. Sí que puede haber muerto alguien. Por eso tengo que coger el teléfono.

Aurora se echa a un lado de la cama y permite que Gabriel se levante de un salto. Rebusca el móvil en los bolsillos del pantalón y cuando ve el nombre de Ángela suspira resignado.

—¿Qué horas son estas de llamar?

—¿Te he pillado dormido? ¿Por qué has tardado tanto en contestar? Los asesinos no entienden de horarios. Han encontrado un tercer cadáver relacionado con el caso. También tiene un as escondido en la ropa. Yo voy hacia allí en estos momentos. Si quieres puedes acompañarme. Te doy la dirección, parque Juan Carlos I, junto a la escultura de *Manolona Opus 397,* de Miguel Berrocal.

Para Gabriel no es el mejor momento para ponerse a investigar un asesinato, pero, como dice la inspectora, los asesinos no entienden de horarios y casi todos ellos se refugian en la oscuridad de la noche para cometer sus delitos. Se disculpa con Aurora mientras se viste a toda prisa.

—Lo lamento, tengo que marcharme. Es urgente. Puedes

quedarte si quieres —dice mientras sale corriendo de la habitación.

Coge su coche para llegar hasta el parque. Desde que está en la capital es la primera vez que le toca conducir. Por fortuna, ninguna patrulla le detiene para realizarle un test de alcoholemia. No sería la primera vez que se libra de uno de esos controles aprovechando su rango dentro de la Guardia Civil, pero no es cuestión de tentar a la suerte.

El parque Juan Carlos I está cerrado a esas horas de la noche. Un agente de la policía le espera para llevarle hasta el lugar donde se halla el cadáver.

—Lo encontró el guarda que vigila las instalaciones. Estaba dando un paseo de control rutinario, tras cerrar las puertas a las doce de la noche, cuando se encontró el cuerpo entre los matorrales que rodean la escultura. Inmediatamente llamó a la policía. Cuando llegaron los agentes y revisaron la ropa del cadáver para ver si tenía identificación encontraron la carta del as de diamantes. Llamaron a comisaría y se pusieron en contacto con la inspectora jefe Casado. Ella ha llegado hace cinco minutos. Le está esperando.

Cuando Gabriel llega hasta la peculiar escultura que decora el parque se encuentra a Ángela arrodillada ante el cuerpo.

La víctima parece un hombre de unos treinta y pocos años. Atlético, de apariencia deportista. Pelo largo y tatuajes en su brazo izquierdo. Lo más destacado en su aspecto es la sangre que le sale del pecho.

—¿Sabemos quién es, inspectora?

—¡Hombre! Gabriel… Menuda cara traes. ¿Qué andabas haciendo? —pregunta Ángela al verle llegar.

—Mejor nos centramos en el caso.

—La víctima lleva la documentación encima. Su nombre es Ignacio Lagos, treinta y cuatro años. Tiene su residencia aquí cerca. La causa de la muerte parece evidente, una puñalada en el pecho. Cuando venga el forense sabremos más. Llevaba un as de diamantes en el bolsillo interior de la chaqueta.

—¿No ves nada raro en esto, inspectora? —pregunta Gabriel mientras se frota los ojos con la palma de la mano.

—Si te refieres a la manera que traes abrochados los botones de la camisa te diré que es bastante peculiar.

—Me refiero a la víctima, inspectora —aclara Gabriel, mientras comprueba que una de las partes de su camisa queda más baja que la otra—. En los dos casos que teníamos entre manos el asesino simuló un accidente. Intentó camuflar el asesinato de Pablo García en un supuesto accidente de coche y el de Vanessa Rubio en uno doméstico. ¿Acaso debemos pensar que la víctima se ha clavado un objeto punzante en el pecho por accidente y que antes de morir se lo ha arrancado y arrojado en otro lugar?

—Cierto. Aquí el asesino no se ha molestado en camuflar sus intenciones. El caso es que tenemos un nuevo asesinato que investigar. Voy a llevar ahora mismo la carta a analizar a ver si el asesino nos ha dejado también otro mensaje escrito y, mientras tanto, vamos a ver si conseguimos averiguar algo más del fallecido. Ordenaré que miren en los alrededores por si encuentran el arma.

—Otra cosa que difiere de los dos casos anteriores. La víctima no es nadie famoso. Bueno… al menos no tan famoso como las dos anteriores —añade Gabriel con el móvil en la mano—. Es un jugador de fútbol de tercera división.

—¿Cómo sabes eso? —pregunta Ángela sorprendida.

—Porque he buscado su nombre en la mayor base de datos del mundo, en Facebook.

—¡Vaya! Qué buena idea. ¿Y qué tenemos?

—Que Ignacio Lagos era jugador de fútbol del Parla. Tiene cientos de fotos suyas con la camiseta del equipo en su perfil, cerca de trescientos amigos en la red social y mantiene, o mantenía, una relación con una tal Beatriz. Y en sus últimas fotos alguien parece estar bastante enfadado con él. —Gabriel le enseña a su compañera una serie de comentarios que tildan a Ignacio de traidor, ladrón y cobarde.

—Iremos a comisaría y buscaremos la manera de contactar

con la persona de los mensajes. Tendremos que hablar con él.

—Inspectora, son las tres de la mañana. Deberíamos descansar antes de ponernos a buscar a nadie.

—Descansa tú, si quieres. Mi jefe me va a poner la cabeza como un bombo en cuanto se entere de este último asesinato si no tengo algo que decirle.

—Está bien. Vayamos a comisaría, pero tendrás que invitarme a un buen café si quieres que sea útil.

—Puedes contar con ello —responde Ángela dándole un par de palmadas en la espalda—. También puedes pasarte por el baño para quitarte el carmín.

A las cinco de la mañana, y tras haber tomado dos tazas de café, Gabriel lucha por mantener los ojos abiertos mientras que Ángela busca más información sobre la persona que dejó los mensajes en el perfil de la red social. Le resulta curioso cómo funciona el cuerpo humano. Cuando se va a la cama no consigue dormir, pero ahora que debe mantenerse despierto se le cierran los ojos.

Ángela teclea en la pantalla de su ordenador y niega con la cabeza.

—La gente no aprende. Sigue colgando su vida en las redes sociales sin preocuparse por su seguridad. Si supieran la de información que van dejando a su paso no serían tan descuidados...

—¿Has encontrado algo?

—¿Algo? Casi te podría decir la talla de calcetines que usa. Tengo su dirección, sus relaciones personales y una coincidencia con la víctima. La persona que dejaba los mensajes en el perfil juega también en el Parla.

Un agente de policía con cara somnolienta llama a la puerta.

—Inspectora jefe, le traigo el análisis de la carta encontrada en el escenario del crimen. No hay ningún mensaje escrito en su parte trasera.

—¿Ningún mensaje? ¡Maldita sea! Creo que al final vas a tener razón, Gabriel. No hay nada en este asesinato que se asemeje a los dos anteriores. Creo que estamos ante un imitador, y bastante malo.

—El dato de que las cartas llevan un mensaje en la parte de atrás no lo hemos filtrado todavía a la prensa y, por eso, este asesino ha metido la pata. Creo que este caso no tardaremos en resolverlo. ¿Vamos a hablar con su compañero?

A las seis de la mañana están llamando a la puerta. Al otro lado no se oye ningún ruido. Ángela insiste de nuevo. Unos pasos por el pasillo de la casa le anuncian que no van a tardar en abrir. Ángela muestra su placa por la mirilla.

Un joven de unos veinte años abre la puerta. Está a medio vestir y lleva el pelo revuelto. Con los ojos entornados, bosteza antes de hablar.

—¿Qué quieren? Son las seis de la mañana.

—¿Se ha acostado hace poco, señor Trujillo?

—Por favor, llámame Gonzalo —dice echando una ojeada a la inspectora de arriba a abajo—. Eso de señor Trujillo me suena a mi padre. Me acosté sobre las dos de la mañana, pero ¿a ustedes qué les importa?

—Nos importa porque esta noche hemos encontrado muerto a su compañero de equipo, Ignacio Lagos.

—¿A Nacho? ¿Qué le ha pasado a Nacho?

—Eso es lo que te queríamos preguntar, Gonzalo. —El tono de voz de Ángela oculta cierta ironía al pronunciar su nombre.

—¿A mí? ¿Y qué coño sé yo lo que le ha pasado a Nacho? Hace días que no le veo. Ni siquiera fue al último entrenamiento del equipo.

—¿Qué tal os llevabais Nacho y tú?

—Pues no muy bien, la verdad. Él era uno de los veteranos en el equipo y yo acabo de llegar al Parla este año. La verdad es que la temporada no nos está yendo nada bien y creo que es culpa de Nacho y de otros como él. —Gonzalo baja el tono de voz en la última parte de la frase al caer en la cuenta de que opinar mal de la víctima puede perjudicarle.

—¿Culpa suya? ¿Por qué?

—Por la mierda de las apuestas deportivas. La tercera división da asco verla. Yo diría que uno de cada tres partidos está amañado de alguna manera. La mayoría de los jugadores de la categoría viven de las apuestas más que de lo que nos pagan los equipos.

—¿Y dices que Nacho estaba metido en las apuestas? —pregunta Gabriel.

—Hasta las trancas. Creo que ha intentado amañar todos los partidos que llevamos jugados este año. Él ya tiene una edad y estaba pensando en retirarse. Quería sacar el mayor beneficio posible a su último año de fútbol.

—¿Qué tipos de amaños hacía?

—De todo tipo. Todos los partidos, antes de empezar, él y alguno más nos hablan a los nuevos de cuántos *corners* teníamos que provocar o cuántas tarjetas debían sacarnos. Si el partido era contra algún rival fuerte y en el descanso se veía que íbamos a perder, hablaban de los goles que teníamos que recibir en la segunda parte. Ese tipo de cosas —puntualiza intentando dar todos los detalles posibles y gesticulando en exceso con las manos.

—¿Y el entrenador o el club no decían nada?

—¿Decir? Mientras ellos también pillen un cacho del pastel les da igual. Con mantenerles informados para que ellos también pudieran hacer sus apuestas, todos contentos.

—¿Y tú por qué no estás contento? ¿Tú no apuestas?

—Mire, inspectora, yo tengo veinte años recién cumplidos y mi intención no es terminar mi carrera en Tercera. Hay clubs de Segunda B, incluso de Segunda, que están interesados en contratarme para la próxima temporada. Pero para eso tengo que hacer un buen año y con gente como Nacho en el equipo me está costando. Me jode que mi futuro como futbolista pueda estar en manos de unos tramposos. Que mi equipo pierda partidos por cinco a cero o seis a cero no me ayuda en nada. Y si le planto cara, el entrenador me deja en el banquillo, y eso tampoco ayuda.

—Así que por eso insultaba a Nacho en las redes sociales.

—Quería que toda la gente viera el tipo de persona que es. Que era. En las últimas semanas, sus apuestas se le han ido de las manos. Quiere apostar a todo: *corners*, tarjetas, resultado… Algunos de los compañeros empezaron a asustarse tras una de las últimas derrotas. Fue tan escandaloso que hasta salimos en prensa.

—¿Qué paso?

—Nacho propuso amañar el partido contra el líder. Lo daban por perdido, así que casi todos los compañeros aceptaron. El partido fue escandaloso. Nos dijeron a los demás que íbamos a perder por más de siete goles y que no podíamos marcar ninguno. Al descanso perdíamos cinco a cero. En la segunda parte el árbitro nos pitó un penalti a favor y yo, que acababa de saltar al campo, quise chutarlo. Se abalanzaron todos sobre mí hasta que me quitaron el balón, ante el asombro del escaso público asistente. Al final, fue el mismo Nacho el encargado de mandar el balón a las nubes. Con siete a cero en el marcador y a falta de cinco minutos, y viendo que el equipo contrario se daba por satisfecho con el resultado obtenido, mis compañeros decidieron marcarse un gol en propia puerta para alcanzar el resultado fijado. Olía a tongo a distancia y alguno se asustó.

—¿Cree que alguno de los compañeros pudo tener motivos para querer asesinar al señor Lagos? —pregunta Ángela

—¿Los compañeros? No creo. Muchos han ganado bastante dinero gracias a él. Aunque ahora no estén dispuestos a hacer tantas trampas, no creo que hayan llegado a ese extremo. Tal y como están las cosas las últimas semanas, veo más probable que alguna de las apuestas le saliera mal a Nacho y a alguien no le haya hecho gracia perder su dinero.

—¿Y dónde estaba esta noche para acostarse a las dos de la mañana? —interroga Gabriel mientras toma notas.

—Aquí en casa, señor. Estaba con mi novia. Se marchó pasada la una de la mañana. Luego me quedé despierto hasta que ella llegó a su casa y me mandó un *WhatsApp*. Yo no quiero líos, yo solo quiero jugar al fútbol.

Dejan que el joven vuelva a la cama y regresan a comisaría

en el coche de Ángela.

—¿Es qué no hay nada en esta mierda de sociedad que no esté podrido? —exclama Gabriel cuando el coche se pone en marcha.

—A perro delgado, todo son bichos. En el tipo de sociedad en el que vivimos ya ni siquiera quedan manzanas, ahora solo hay gusanos en el cesto.

—Te juro que algún día me voy a ir a un monte perdido y me quedaré allí sin nada ni nadie alrededor que lo estropee.

—Tendrías que llevarte una buena provisión de café —replica Ángela estallando en una carcajada.

—¡Eso también es verdad!

Ángela pierde el buen humor nada más llegar a comisaría. La ha llamado el comisario Medrano. Quiere hablar con ella lo antes posible.

—Te dije que en cuanto se enterara me iba a poner la cabeza como un bombo.

Se deja caer con muy pocas ganas en la silla de su despacho y marca el número de la oficina de su jefe.

—Comisario, soy la inspectora jefe Casado.

—Buenos días, inspectora. ¿Qué tenemos del tercer asesinato del caso?

—Me temo, señor, que el caso de esta noche no tiene nada que ver con los dos anteriores. El sargento Abengoza y yo estamos convencidos de que se trata de un mal imitador.

—¿Imitador? ¡Explíquese!

—Alguien ha aprovechado las noticias en la prensa sobre el asesino de las cartas de póker para intentar encubrir su crimen. Tenemos pruebas que confirman que el asesinato de Ignacio Lagos no tiene nada que ver con los del señor García y la señorita Rubio.

—No podemos permitirnos más incidentes de este tipo, inspectora. La prensa me está soplando en la nuca todo el día. Necesitamos darles algo que les tranquilice. Tendrá que hablar con ellos de manera inmediata para aclarar este aspecto. No quiero que ningún medio publique que los tres casos están relacionados.

—Así lo haré, comisario. Convocaré a los medios de inmediato para informarles.

Cuelga el teléfono con gesto de resignación y vuelve a descolgar el auricular para ordenar que convoquen a los medios a primera hora. No va a poder evitar que algún medio ya haya publicado durante la noche el asesinato en el parque Juan Carlos I en sus medios digitales, pero cuanto antes dé la rueda de prensa antes modificarán la noticia.

—Si me disculpas ahora... Tengo que enfrentarme a mi peor enemigo.

—¿Qué te pasa con los medios?

—Los odio. Son otra parte de esa sociedad podrida que intentas eludir yéndote a vivir a una isla desierta. Si yo pudiera deshacerme de los gusanos del cesto los periodistas serían los primeros a los que arrojaría a la basura.

—A un monte perdido. No iría a una isla ni loco. ¿Qué te han hecho para tenerles tanta manía?

—Fue en uno de mis primeros casos. La muerte de una niña que encontramos en la orilla del río Manzanares, cerca del Puente de Segovia. La prensa metió tanto las narices en el asunto que contaminó varias de las pruebas que encontramos. No pudimos detener al culpable por su culpa. Yo estoy segura de quién cometió el asesinato, pero la prensa tenía otro culpable. Alguien a quien tirarse al cuello y hundirle la vida sin que a nadie le importara. Publicaron decenas, cientos de noticias, reportajes, crónicas y artículos de opinión sobre lo ineficaz que era la labor que estaba realizando la policía en el caso. Fueron testigos, jueces y verdugos hasta condenar, al menos ante la imagen pública, a su culpable sin dar ninguna importancia a las pruebas. Cuando el caso llegó a los tribunales el acusado fue puesto en libertad por falta de pruebas, evidentemente porque no era el asesino. Y el verdadero culpable quedó libre porque las pruebas que lo inculpaban fueron declaradas nulas por el juez al estar contaminadas. La víctima se quedó sin recibir justicia.

»Para desgracia de la pobre niña, fue un periodista quien encontró el cadáver y, en lugar de llamar primero a la policía, decidió llamar a sus compañeros. La prensa llegó al lugar de los hechos antes de que la policía pudiera acordonar la zona. Desde aquel día mi relación con ellos no es muy cordial. Procuro hablar con ellos lo estrictamente necesario, y, casi siempre, por orden de mi superior. Por desgracia, desde mi ascenso a inspectora jefe tengo que dar la cara ante ellos más a menudo.

Ángela, acompañada por Gabriel en un segundo plano, se limita a dejar claro a la prensa que solo los casos del señor García y de la señorita Rubio están relacionados. Que el asesinato perpetrado esa misma noche se trata de un suceso aislado.

Cuando los medios le preguntan por los avances en el caso *Killer Cards*, nombre con el que la prensa ya bautiza al asesino, se limita a contestar que siguen buscando pruebas.

—¿La señora Latorre está implicada en el caso? —pregunta uno de los periodistas de la prensa rosa.

—La señora Latorre ya concedió una entrevista a los medios al salir de comisaría y os comunicó que estaba en la presentación de su última película cuando se cometió uno de los asesinatos. No tengo nada más que añadir al respecto.

—Los medios queremos informar de primera mano a nuestros lectores y espectadores, inspectora jefe.

—Limítense a decir la verdad y, a ser posible, a no entorpecer la labor policial. —sugiere Ángela con cara de pocos amigos—. Podrían ayudar más en lugar de hacer preguntas absurdas.

—¿En qué quiere que le ayudemos, inspectora? —replica con sorna el periodista del corazón.

—Podrían ayudar a encontrar una alfombra que desapareció de la escena del crimen de Vanessa Rubio. Una alfombra de algodón y yute que, con toda seguridad, presenta manchas de sangre de la víctima. Ustedes son buenos en eso.

Tras el revuelo que provoca su respuesta responde al resto

de preguntas con evasivas y con mensajes del tipo «pueden estar tranquilos que les mantendremos informados». Después regresa al despacho.

—Una rueda de prensa corta —dice Gabriel cuando se sientan.

—A mí se me ha hecho eterna —responde Ángela dejándose caer sobre la silla y cerrando los ojos—. A ver si encontramos pronto a alguno de los dos asesinos para tener algo con que contentar a esos buitres. Odio que les pongan nombre a los asesinos. *Killer Cards*, ¡qué coño de nombre es ese!

—¿Por qué les has dicho lo de la alfombra?

—Porque me han hecho perder los nervios y porque necesitamos encontrarla, y nadie mejor para revolver mierda en los basureros que la prensa.

27

Jessica sabe, desde que la policía la visitase la tarde anterior, que no tardaran en incriminarla. En la vida siempre ha tenido que conseguirlo todo con esfuerzo. Nunca ha sido una chica con suerte y, en esta ocasión, la diosa Fortuna tampoco ha estado de su lado.

Guarda en un par de maletas la ropa del armario. Rubén la espera fuera, en el coche. Pese al esfuerzo que le ha costado llegar donde ha llegado, ahora tiene que renunciar a todo e intentar empezar de nuevo en otra parte. No puede creer que hayan tenido tan mala suerte.

Desde que se enamoró de Rubén hasta que decidieron dar un paso adelante en sus planes, habían pasado meses de locas ideas más o menos absurdas. Cansados de los abusos de Vanessa decidieron agarrar la sartén por el mango.

Ella siempre tan engreída, mirándola por encima del hombro en la redacción, imponiendo sus ideas, por muy estúpidas que fueran, alegando que la famosa era ella y que los demás se tenían que callar y aprender. Vanagloriándose de llegar a lo más alto empezando desde abajo cuando el único esfuerzo que había hecho para conseguirlo era enseñar las tetas más que sus compañeras.

Sus notas en la universidad eran tan ridículas que Jessica no soportaba que la tratara como una mierda cuando su currículum era impecable. Ella, que ni siquiera había escrito la novela que la consagró como escritora. Se la había robado a su propio hermano.

Habían decidido echarle un somnífero en el café. A nadie le iba a extrañar que Vanessa sufriera un accidente de tráfico a esas horas de la noche por las carreteras que llevan a Miraflores de la Sierra. Solo se tenía que tomar el café y quedarse dormida mientras conducía.

Pero no solo no había sufrido el accidente, sino que después la habían asesinado, lo que había hecho que realizaran la autopsia y descubrieran los restos del somnífero. De lo contrario ¿por qué se iba a llevar la policía la basura del aparcamiento? Y, ¿por qué le iban a preguntar si le había servido el café? La habían descubierto.

Por desgracia, no sabía que Vanessa había tirado el vaso de café en la papelera. Esperaba que se lo hubiera llevado en el coche. Lo había buscado con la ayuda de Rubén, pero la policía lo encontró antes.

Hasta en sus últimos momentos de vida Vanessa se había encargado de amargarle la existencia.

Cierra las maletas, echa un último vistazo a su apartamento y después coge el ascensor que le lleva al garaje, donde Rubén la espera. Cuando las puertas del ascensor se abren, las luces azules que se reflejan en las paredes le hacen perder la esperanza. Deja caer las maletas al suelo. Ni siquiera intenta escapar.

Los agentes de policía la suben en el coche patrulla y la llevan, junto a su novio, a comisaría. El sargento primero les espera.

—Buenas tardes de nuevo, señor Rubio. Desde el primer momento que nos vimos en casa de su madre supe que íbamos a volver a vernos. Señorita Granada, por favor, tome asiento —dice Gabriel cuando entran en la sala de interrogatorios.

—¿Dónde está la inspectora? —pregunta Jessica mirando hacia el espejo tintado, al comprobar que es solo el sargento de la Guardia Civil quien entra en la sala.

—Está ocupada intentando resolver unos asesinatos. Su caso es tan pueril que me dan hasta algo de pena. ¡Hay que tener mala suerte! ¿Verdad, señorita Granada?

—Todo nos ha salido mal. Si hubiera tenido el accidente nadie se habría dado cuenta. Si hubiera llegado a su casa y no la hubieran asesinado esa misma noche nadie se habría enterado de nuestros propósitos. Si hubiéramos pospuesto un día más nuestros planes, como habíamos hecho ya una decena de veces, nos habríamos librado de ella sin terminar en comisaría —responde Jessica, mascando con rabia sus palabras.

—¿Qué haces? —replica Rubén a su lado—. No digas nada hasta que venga nuestro abogado.

—¿Y qué va a hacer? —protesta Jessica, mirándole con la rabia reflejada en sus ojos—. Lo saben todo. Nos han pillado porque tu hermana, hasta para morirse, ha tenido que dar la nota. Siempre siendo el centro de atención. Estamos jodidos, con o sin abogado.

—Me temo que su novia tiene razón. Ella no iba a devolverle el dinero, ¿verdad?

—No, no iba a hacerlo. Prefería usarlo para pagar a alguien que le escribiera el libro que suplicar ante nadie. Pero le dije la verdad en algo. A mí me daba igual el dinero, yo solo quería verla hundirse.

—Pero a su novia no le daba igual. Ella no podía soportar que su hermana se saliera con la suya y tener que servirle café todos los días. ¿Verdad, señorita Granada?

—Ella no se merecía nada de lo que tenía, nada. Sin la novela de su hermano seguiría siendo una vulgar cara bonita que acompañaba a Alejandro Soto en los telediarios. Un adorno caro en pantalla. ¡Qué se había creído para ir despreciando a la gente! ¡Ni siquiera se acordaba de mi nombre! Y eso que salgo con su hermano.

—Eso le molestaba. Le hacía odiarla —matiza Gabriel.

—Sí. Ese viernes por la noche fui a llevarla el café y me llamó Janire. ¿Se lo puede creer? Dos años trabajando con ella, medio año saliendo con su hermano y me llama Janire. ¡Janire! Me alegré de haberle echado el somnífero en ese momento. Se lo merecía.

—Pero la suerte no estuvo de su lado. Ustedes se fueron a un concierto para celebrar que se habían librado de ella, pero sin saber que ella había llegado viva a su casa.

—Así es —asevera Rubén—. Fuimos a ver a Ricardo, su exnovio y amigo mío. Él también tenía algo que celebrar. Mi hermana le había hecho mucho daño. Pensamos que sería bueno compartirlo con él. Pero nosotros no la matamos, sargento.

—Lo sabemos. Pero por el intento de homicidio pueden caerles entre dos y cinco años. Con un buen abogado, si colaboran, y con un juez comprensivo, puede que eviten entrar en prisión. Háganse un favor y a partir de ahora colaboren en todo lo posible, y no muestren ese odio hacia Vanessa. Les vendrá bien mostrarse arrepentidos en el juicio.

—¿Y en qué podemos colaborar, sargento?

—En decirme quién más de la redacción podría estar igual de enfadado que ustedes con su hermana.

—Alejandro Soto —responde Jessica sin dudar—. Vanessa le había hecho algo porque ya casi ni se miraban.

—El caso del asesinato de nuestra compañera Vanessa se complica. Como pueden observar, hoy vuelvo a presentar las noticias en solitario. Nuestra redacción no puede mostrarse más convulsa y sorprendida con las noticias que han ocurrido en la jornada de hoy. Estamos todos impactados.

Alejandro está todavía conmocionado. Cuando se ha enterado de que han detenido a Jessica por el intento de asesinato de Vanessa no se lo podía creer. Está tan confundido que no recuerda ni como ha terminado frente a la cámara. Ha llegado hasta el plató como un autómata programado para hacer lo mismo que el resto de los días, pero sin voluntad de hacerlo. Lee las noticias por inercia.

—Al parecer, Jessica Granada y su novio Rubén Rubio, hermano de nuestra compañera, suministraron una dosis de somníferos a Vanessa con intención de que esta sufriera un accidente camino a su casa esa noche. Que nuestra compañera llegara viva a su casa y allí la asesinaran ha sido la fatal coincidencia que ha permitido que estas dos personas pasen a disposición judicial.

»Aunque se sabe que no pudieron ser los causantes finales de la muerte de nuestra compañera serán acusados de intento de homicidio. En la rueda de prensa ofrecida esta mañana por la policía se pide la colaboración de los medios y de los ciudadanos para intentar resolver los casos de asesinato. Piden colaboración para…

Alejandro se queda en silencio. No puede articular palabra.

—Para encontrar la alfombra que desapareció de la casa de Vanessa. —Le apunta su jefa por el pinganillo— ¡Alejandro! La alfombra… ¡Maldita sea! ¡Qué coño te pasa! ¡Metan un anuncio!

28

Gabriel y Ángela vuelven a encontrarse en el despacho cuando ella regresa de hacer sus investigaciones en la calle. En cuanto la ve entrar por la puerta, Gabriel se levanta de la silla en la que esperaba sentado, se coloca bien la camisa y los pantalones y, sin otro tema de conversación al que recurrir para hablar con ella, le hace un comentario sobre el caso.

—Estos crímenes no dejan de sorprenderme, inspectora. A cada paso que damos para descubrir al asesino acabamos encerrando a alguien por otro motivo y seguimos sin acercarnos a encontrar al culpable.

—Cierto, ya tenemos a Gorka Elizalde por prevaricación y a Jessica Granada y Rubén Rubio por intento de asesinato y cómplice de intento de asesinato. Pronto la señora Bejarano tendrá que declarar por sus sobornos a políticos. Pero seguimos sin tener ni idea de quién es el asesino.

—¿Dónde has estado durante el interrogatorio?

—Intentando encontrar alguna de esas pistas, buscando la forma de localizar la alfombra que descubriste que faltaba en la casa y haciendo preguntas sobre el señor Bejarano y sus delitos. Yo también empiezo a pensar que su desaparición puede estar relacionada con el caso, es una persona mediática, y quería informarme de los detalles de la investigación antes de que su caso termine encima de mi mesa. Jessica y Rubén, y su intento de asesinato, eran cosa tuya.

—Pero yo trabajo muy a gusto contigo, inspectora.

—¿Ya estamos otra vez, Gabriel?

—Venga, compañera. Que llevamos toda la semana trabajando juntos y todavía no me has dejado ni invitarte a una copa. Esta noche no me puedes poner excusas. Vayamos a celebrar las detenciones que hemos realizado.

—Ya veremos —responde Ángela mientras revuelve un montón de papeles en la mesa—. Depende de cómo terminemos el día. Además, ¿tú no prefieres retomar tu cita de ayer por la noche?

—No era una cita, fue más bien un afortunado encuentro fortuito. De todos modos, dudo que quiera volver a verme después de dejarla plantada.

El oficial Borbolla aparece en la puerta con gesto contrariado.

—Inspectora, ha aparecido otro cadáver. Y este sí que parece estar relacionado con el caso.

—¿Otro? ¡Joder! ¿No se tratará de otro imitador?

—No lo creemos, inspectora. Este tiene pinta de haber sido el primer asesinato cometido. Es el banquero que lleva dos semanas desaparecido. Le han encontrado en un barranco. Al parecer lleva muerto desde el día que desapareció. Y lleva un as de diamantes en el bolsillo interno de la chaqueta. Hay una patrulla interrogando a la persona que le ha encontrado. Si quiere, puedo decirles que le entretengan allí hasta que lleguen ustedes. Le dejo la dirección sobre la mesa.

—Hágalo. —Ángela recoge la nota—. Tardaremos quince minutos en llegar. Me temo que te vas a quedar sin copa —dice, mirando a Gabriel que sale tras ella de la oficina—. Antes te digo que pienso que el caso está relacionado y antes lo confirman los hechos.

—Quizás encontremos en este cadáver la pista que nos hace falta para resolverlo, inspectora. No daré nada por perdido todavía.

Con ella al volante Gabriel duda que tarden más de diez

minutos en llegar a la dirección que figura en el papel. Ángela se maneja con habilidad y un toque de temeridad e imprudencia. Cada vez que se monta con ella en el coche, termina con dolor en pies y manos. En la mano, de agarrarse con fuerza a la puerta, y en los pies, por la tensión que le supone frenar por instinto cada vez que se pegan al coche de delante o que toman una curva.

—El banquero ya está muerto. No va a pasar nada porque tardemos cinco minutos más en llegar —protesta cuando Ángela evita a un coche que se ha detenido delante de ella.

—Siempre estás quejándote de mi forma de conducir, pero nunca te pones tú al volante.

—Odio el tráfico de la capital. Perdería la paciencia entre tanto coche, ya te lo comenté. Yo estoy acostumbrado al escaso tráfico de la sierra —dice Gabriel, agarrado con fuerza al salpicadero.

—Pues no me la hagas perder a mí. Con este ya son cuatro los asesinatos sin resolver y me temo que ya no me va a servir de nada dar largas a mis jefes. O encontramos una pista firme a la que aferrarnos o mi cabeza al frente de la comisaría empieza a pender de un hilo. Salvo el asesinato del imitador, los otros tres son de gente conocida. Una famosa y admirada periodista embustera y ladrona, un político líder de la oposición en el Congreso implicado en corrupción y el director de una sucursal bancaria del Banco Santander acusado de robar a sus clientes. Menudas tres piezas. Casi admiro al asesino. Tenemos que resolver este caso cuanto antes, Gabriel, si quiero conservar mi puesto.

—Lo sé. Pero si tenemos un accidente con el coche, no vamos a resolver nada, y olvídate de mantener el ascenso salvo que sea al reino de los cielos —replica.

—Disculpa. Intentaré ir más despacio.

Al llegar a la altura de la carretera donde han encontrado el cadáver, a Gabriel le parece que Ángela tiene que esforzarse más en sus intentos. Cuando el coche se detiene agradece seguir entero.

El lugar es de difícil acceso. La carretera es una vía poco transitada por la que casi no circulan vehículos, con árboles a ambos lados de la calzada. La carretera fue construida en medio de una ladera. A la derecha, árboles y una cuesta empinada que sube hasta el alto de un cerro. A la izquierda, lo mismo, un terraplén lleno de maleza y árboles hasta donde alcanza la vista. A Gabriel no le extraña que hayan tardado tantos días en encontrar el cadáver.

Ángela tiene que poner la sirena para intentar apartar a la prensa que se arremolina alrededor del cordón policial. El efecto es el contrario al deseado. Cuando los periodistas la ven llegar empiezan a dar golpes en la ventanilla con los nudillos y a asediarla con sus micrófonos. Las luces de las cámaras y los *flashes* la ciegan y le impiden avanzar.

—¡¿Cómo cojones se han enterado ya?! Si supieras las ganas que tengo de pisar el acelerador en estos momentos… —protesta, mirando a su compañero.

—Paciencia, inspectora —aconseja Gabriel, poniéndole la mano sobre el hombro—. ¿Qué te parece si vamos a hablar con la persona que ha localizado el cadáver? Tengo curiosidad por saber cómo lo ha visto desde la carretera.

—Me parece bien. La única opción de que me acerque yo a ese precipicio es para empujar a alguno de estos periodistas por él —responde Ángela, mientras lanza una mirada por la ventanilla del coche que hace dar un paso atrás al periodista que golpea su ventanilla.

Traspasado el cordón policial se acercan al hombre que está esperando apoyado en su vehículo mientras dos agentes hablan con él. El coche tiene pinta de estar agotando sus últimos kilómetros de vida y la imagen del hombre, pese a que en apariencia es joven, no dista mucho de la de su coche. Ambos presentan un estado deplorable.

—Quisiera hacerle un par de preguntas si no le importa —dice Gabriel tras hacer las presentaciones y ante la mirada perdida de la persona, perdida en el infinito, que ha encontrado el cadáver.

—Buenas noches, agente. Ya he respondido a las preguntas de sus compañeros. Les he dicho todo lo que he visto. Si llego a saber que me van a tener aquí tanto tiempo me hubiera ido sin llamar a nadie. Tengo prisa, ¿sabe? Me han ofrecido una entrevista con esos periodistas.

—Sargento primero, nada de agente. Solo será una pregunta. ¿Cómo vio el cadáver desde la carretera?

—Ya se lo he dicho a sus compañeros. Las luces del coche lo iluminaron cuando bajaba. Me pareció ver algo raro y detuve el coche. Cuando vi lo que era, llamé a la policía. Me pidieron que esperara a que llegara la patrulla y aquí sigo. Me han dicho que tenía que quedarme hasta que llegaran ustedes. Ya han llegado, ¿me puedo marchar ya? ¿Hay recompensa por encontrar el cadáver?

—Nada de recompensas, esto no es una película de cine, y podrá marcharse cuando no intente engañarme —responde Gabriel.

—¿Engañarle? ¿Por qué iba yo a mentirle?

—Eso no lo sé todavía. Lo que sí sé es que es imposible que las luces del coche iluminaran el cadáver desde la carretera. Desde la curva hasta donde tiene el vehículo estacionado no hay ningún ángulo que permita que las luces incidan sobre el cadáver. Así que se lo volveré a preguntar. ¿Cómo vio el cuerpo desde la carretera?

—Le digo que me pareció ver algo raro mientras conducía y que por eso me detuve.

Ángela se acerca al coche del testigo mientras Gabriel sigue hablando con él. Es un Opel Vectra del noventa y siete, matrícula de Madrid. Presenta óxido en algunas partes de la carrocería y el interior tiene los asientos con quemaduras.

—¿Tiene algún porro en el coche ahora? —pregunta al testigo de pronto.

—¿Cómo dice? —La pregunta le pilla por sorpresa.

—Las quemaduras en los asientos…

—Son de cigarrillos.

—Gabriel, este tío sigue mintiéndonos. Eso, o se cree que somos idiotas. ¿Tú crees que será tan tonto de considerarnos idiotas?

—Yo solo he cumplido con mi deber de ciudadano al avisar a la policía. No entiendo por qué me registran el coche y me interrogan como si fuera un sospechoso de algo. ¿Qué es? ¿Por mi imagen? No todos tenemos dinero para llevar uniformes o vestir bien y comprar coches nuevos —responde nervioso el interrogado.

—Con su deber de informar a la policía y de llamar a la prensa, ¿no es así? Solo queremos la verdad. Las chinas de los porros dejan marcas más profundas en los asientos que las colillas. Esas marcas en su coche no son de cigarrillo. Además, es imposible que los focos iluminaran el cadáver desde la carretera. Si nos dice la verdad, podrá marcharse o quizá prefiera pasar un test de drogas y alcohol y contarnos la verdad en comisaría.

—¡Joder! Está bien. Luego protestan porque la gente no colabora. ¡Me *cagüen* la puta, si lo sé no digo nada y que se pudra el cadáver del banquero ese de mierda! Me meaba ¿vale? Paré el coche en medio de la carretera porque no me aguantaba más. He bebido un par de cervezas con unos amigos y me ha dado el achuchón a mitad de camino.

—Así que se paró a hacer pis y entonces vio el cadáver.

—Sí, eso es. Paré el coche junto al arcén. Me acerqué al barranco y me puse a hacer mis necesidades. Entonces vi la cabeza de ese tío entre los árboles. ¡No vean que susto! Se me cortó hasta la meada.

—¿Y ha llamado directamente a la policía? —Gabriel mira con incredulidad al sospechoso.

—Sí, exacto. He llamado a la policía y me han pedido que espere aquí para indicarles el lugar y eso he hecho.

—¿Me asegura que, cuando busquemos huellas, no vamos a encontrar ninguna suya?

—¿Mía? ¡No pensará que soy tan imbécil como para haberlo matado yo y llamarles!

—No, pero sí pienso que puede haber sido tan imbécil como para haberse acercado al cadáver, aprovechando que no venía nadie, y mirar si podría sacarle algo de valor antes de llamar a la policía. Y después ha llamado a la prensa para ver si alguno le pagaba algo por la exclusiva.

—¡Putos polis de mierda! Son todos iguales. Sí, el poco dinero que tengo me lo gasto en cervezas y fumar algún que otro porro de marihuana para hacer más llevadera esta asquerosa vida. Sí, estoy en paro y visto con ropas de segunda mano y conduzco un coche de veinte años que ha pasado por más manos que una prostituta del Retiro, pero soy un tío legal. No le he robado nunca nada a nadie. Bueno, al puto Estado de mierda sí que le he robado alguna vez, cobrando en negro y no pagando impuestos. ¡Qué se joda! Bien merecido se lo tiene. Y, seguramente, ese puto banquero del barranco también se merezca terminar donde ha terminado. Seguro que no se lo han cargado por ser buena persona. Pero yo no me he acercado a él, se lo juro. Lo único que van a encontrar cerca del cadáver que me pertenezca es la meada que estaba echando. Y sí, he llamado a la prensa. El caso de *Killer Cards* no deja de salir en los medios. Pensé que me podría sacar algo de dinero si les llamaba.

—Espero que no encontremos huellas suyas en el cadáver. Si no, volverá a tener noticias nuestras. Y espero que sea la última vez que conduce bajo los efectos del alcohol y las drogas. Lo lamento, pero no voy a dejarle hablar con la prensa por ahora. Un agente le llevará a casa en una patrulla. El coche se lo acercará una grúa. Esta vez se libra de la multa por haber colaborado con nosotros.

—No… ¡Si encima tendré que darle las gracias al *lechugino*! ¡Vamos hombre, no me jodas! —Se monta en el coche patrulla sin dejar de maldecir y cierra la puerta de un portazo.

El agente que le acompaña se lo recrimina. Los periodistas agolpados tras el cordón policial se arremolinan alrededor del coche y al agente le cuesta trabajo abandonar el lugar.

Gabriel baja con pequeños pasos, apoyando las manos en el

suelo para no resbalar, hasta la altura donde se encuentra el cadáver. En uno de los resbalones que sufre puede comprobar que el interrogado no le ha mentido cuando ha dicho que estaba meando antes de encontrar el cuerpo.

«Joder, qué asco».

Ángela le espera al borde del mismo iluminando la zona con una linterna. Dos agentes, que están terminando de acordonar la zona y de recoger pruebas, le saludan. Gabriel les devuelve la cordialidad antes de arrodillarse frente al cadáver.

El cuerpo no presenta señales de armas, ni golpes ni heridas. El rostro azulado indica que ha sido asfixiado. Laceraciones y magulladuras propias de la caída por el barranco en cara y manos. Seguro que debajo de la ropa tiene el cuerpo lleno de moratones, pero eso lo deja en manos del médico forense. Él se limita a buscar en los bolsillos.

—¿La víctima llevaba todos los bolsillos vacíos? Tenía entendido que habían encontrado una carta de la baraja de póker en uno de los bolsillos interiores de la chaqueta.

—Así es, señor. Encontramos la carta dentro del bolsillo derecho. También encontramos la cartera con la identificación. Está claro que no fue víctima de un robo. También lleva puesto el reloj, y es de los caros.

—¿Dónde está la carta?

—La metimos en una bolsa de pruebas junto con el resto de objetos encontrados. Imagino que irán ya camino de comisaría. En cuanto llegue el forense levantaremos el cadáver.

Gabriel se sacude el polvo de las manos y la tierra de los pantalones antes de volver a la carretera junto a Ángela.

—¿Es otra víctima de nuestro asesino? —pregunta su compañera en cuanto llega a su lado.

—La víctima salía mucho en prensa últimamente por su reciente relación con la justicia. Podemos decir que en eso coincide con nuestras anteriores víctimas, es un personaje popular. En este caso nos enfrentamos a una muerte por asfixia y parece que no han querido hacernos creer que es un accidente. Esa es la nota discordante. Quizás por ser el primer asesinato. Las primeras veces suelen ser más impulsivos, después se vuelven más creativos. Si encontramos el mensaje en su parte de atrás de la carta como en las otras dos, podremos asegurar que estamos ante la primera víctima. La carta ya va camino de comisaría. No necesito ningún forense para saber que el señor Bejarano lleva más de una semana muerto.

—Voy a llamar al comisario antes de que se entere por otras fuentes. Aunque me temo que nada me va a librar de un sermón policial sobre mis capacidades para el puesto.

—Nos conocemos hace pocos días, pero creo no tienen motivos para dudar de tu profesionalidad. Pasas el día trabajando y no te das nunca un descanso.

—No necesitan motivos. Llevan años buscando excusas para menospreciar mi trabajo. Soy una mujer en un mundo de hombres. A cada paso que doy en mi carrera, no solo tengo que demostrar mi valía por encima de mis compañeros, sino que además tengo que aguantar los rumores, las habladurías y las malas caras de algún que otro imbécil que siente su ego masculino dañado cuando una mujer le pasa por encima. Muchos están esperando el más mínimo error por mi parte para recordar a mis superiores que ellos ya habían avisado de mi incompetencia, aunque nunca hayan tenido otro motivo que la envidia para poner en duda mi capacidad.

Gabriel está a punto de responder, pero Ángela ya ha marcado el número de su jefe mientras hablaba con él. Por sus gestos y las palabras sueltas que llegan a sus oídos, intuye que ella tenía razón. Está haciendo un gran esfuerzo por contenerse y no mandar a su jefe a paseo.

—¿Te apetece que nos vayamos a cenar? —sugiere cuando Ángela cuelga el teléfono.

—Debería regresar a comisaría. O resuelvo pronto este caso o conseguirán que me estallé la cabeza.

—Lo que deberías hacer es relajarte, comer algo y dejar que tu cabeza piense con mayor claridad. Esperemos a que el forense analice el cuerpo, a que nos llegue nueva información del caso. A mí hace horas que me rugen las tripas.

—No creo que irnos a cenar juntos sea una buena idea.

—Ni buena ni mala. Las cenas alimentan igual se coma solo o acompañado. Pero a veces es más divertido tener con quien hablar. Inspectora, no es una cita. Ya nos pasamos casi todo el día juntos. Esto es solo ir a comer algo.

—Está bien, pero conduzco yo. —En realidad, a ella también le suenan las tripas hace rato, aunque el comisario se esfuerce en quitarle las ganas de comer.

29

Cuando llegan al centro de Madrid, Gabriel tiene las piernas entumecidas y las uñas clavadas en las palmas de la mano. Su piel presenta un tono blanquecino y las ganas de comer casi se le han quitado. Al bajarse del coche, Ángela se da cuenta.

—¿Estás bien? —pregunta, mirándole con cara de asombro.

—Hay que ver lo que me toca sufrir para que bajes un poco la guardia, inspectora. A partir de mañana conduzco yo o viajamos en coches separados —responde esbozando una sonrisa, no sin esfuerzo.

—Estás hecho un blando, Gabriel —replica Ángela mientras caminan hacia un restaurante cercano.

Tras el corto paseo, la cara de Gabriel va mejorando. En cuanto siente que su vida ya no corre peligro la sensación de mareo desaparece y recupera el color de sus mejillas, y el hambre.

Ángela, mayor conocedora de los restaurantes del centro de Madrid, elige una pequeña taberna bastante concurrida de gente y en la que tienen que esperar tomando un vino en la barra antes de poder sentarse en una mesa. A Gabriel el sitio le resulta acogedor, aunque estrecho y sencillo. La mesa es un poco baja para su altura, pero la comida tiene un buen aspecto y el *risotto* que ha pedido le sabe a gloria.

—Bonito sitio. No lo conocía.

—Yo he venido un par de veces. Siempre está lleno, pero la comida es económica, está buena y compensa la espera. Son muy amables en el trato y la música suele gustarme. Aunque a veces la ponen demasiado alta e impide hablar con tranquilidad.

—Bueno… Seguro que tú eso también lo agradeces— ironiza Gabriel.

—¿Por qué dices eso?

—Porque no sueles ser muy habladora. Llevamos varios días trabajando juntos y tengo que sacarte las frases con sacacorchos. Si no es del caso no sueles hablar mucho. Apenas se nada de ti todavía. Aún me sorprende que hayas aceptado venir a cenar.

—Si no lo hacía, ibas a seguir insistiendo. Y ya me dolía bastante la cabeza tras hablar con el comisario. —La sonrisa de Ángela le hace intuir que bromea—. Es cierto. No me gusta hablar mucho de mí misma. No creo que mi vida sea del interés de nadie.

—Abrirse un poco a la gente que te rodea no es malo, inspectora.

—Abrirse a la gente, aunque sea un poco, termina haciéndote daño —afirma Ángela perdiendo momentáneamente la sonrisa.

Gabriel da un bocado a su cena para no decir nada inapropiado. No quiere que Ángela se cierre en banda como suele hacer habitualmente. Mastica despacio y degusta la comida mientras piensa en lo siguiente que va a decir. Da un sorbo de vino tinto y suspira antes de aventurarse a preguntar de nuevo.

—¿Tanto daño te han hecho, inspectora? —pregunta finalmente, seguro de que, a partir de ese momento, va a limitarse a cenar sin mayor conversación.

—Dejémoslo en que no he tenido una vida fácil.

—Qué tal si te desahogas con un casi desconocido al que, con seguridad, no vas a volver a ver en cuanto terminemos de resolver el caso. Yo te conté qué me atormenta por las noches y mi historia familiar. De ti solo sé que te emancipaste muy joven.

Ángela piensa si es buena idea o no contarle su vida a alguien a quien apenas conoce hace una semana. Ni siquiera sabe si eso puede beneficiarle. Tampoco siente la necesidad imperiosa de hacerlo. Sin embargo, cuando termina de masticar una croqueta de boletus empieza a hablar.

—¿Sabes de qué estoy harta? De tener que ser perfecta en todo momento. De no poder permitirme equivocarme ni una sola vez. De que mi valía para el puesto siempre esté en duda. A mis compañeros eso no les pasa. A mí, por ser mujer, no me quitan ojo.

—A tus compañeros no les hace gracia que su superior sea una mujer. Ya me lo has contado.

—A mis compañeros hay varias cosas de mí que no les hacen ninguna gracia, pero yo he llegado al puesto que he llegado con mi sacrificio y esfuerzo. Nadie me ha regalado nada por mucho que algunos se empeñaran en insinuar lo contrario.

—¿Qué es lo que insinuaban?

—Que me habían ascendido porque entre el comisario y yo había algo más que una relación de trabajo. Algunos inspectores y oficiales se consideran tan superiores, tienen un ego tan grande que apenas les cabe por la puerta. Que una mujer sea mejor que ellos no les entra en la cabeza y tienen que buscar una justificación, por absurda que sea, del por qué me dieron el puesto en lugar de a ellos. El comisario podría ser mi padre.

—¿Conseguiste aclarar que entre el comisario y tú no había nada?

Ángela suelta una sonrisita traviesa acompañada de un «ja» que sale de lo más profundo de su garganta. Da un trago largo a su copa de vino y se limpia los labios con la servilleta.

—No tardaron mucho tiempo en darse cuenta de que mis gustos no cuadraban con esa hipótesis.

—¿Tus gustos?

—Soy lesbiana, Gabriel. Eso terminó con los rumores sobre el comisario y yo de forma drástica.

—Bueno, al menos la situación en la comisaría mejoraría, digo yo —añade Gabriel, intentando disimular que con la confesión de su compañera casi se atraganta.

—No te creas. En lugar de mejorar las cosas las empeoró…

—¿Qué pasó?

—Para un hombre, y más dentro de la policía, un mundo lleno de machos alfa, solo hay una cosa peor que una mujer sea su jefa…. No poder seducirla. Si además de ser tu jefa no puedes conquistarla pierdes cualquier esperanza de demostrar tu autoridad sobre ella. Ligártela es la última bala de esos machos para recuperar la confianza en sí mismos. «Está bien, ella es mi jefa, pero en la cama mando yo». Si les quitas eso ya no tienen nada a lo que aferrar su herido orgullo.

—¿Intentaron ligar contigo?

—Con más insistencia de lo que lo has estado intentado tú.

—¿Y cómo se enteraron de que eras lesbiana? —pregunta Gabriel sin mirarla sintiéndose avergonzado y descubierto en sus intenciones.

—Con otra patada en el orgullo. Una más dolorosa aún que si hubiera sido en las «pelotas». Empecé a salir con una de las agentes por la que media comisaría babeaba. Fue una relación relativamente corta, pero suficiente para dejarles claro que ninguna de las dos estábamos a su alcance. Como te he dicho, mis compañeros tienen varios motivos para que no les caiga bien.

A Gabriel le entra la risa. No puede dejar de imaginar las caras de los oficiales y las conversaciones que, con seguridad, tuvieron en los vestuarios. En los cuarteles en los que había estado durante su carrera militar ya había sido testigo de alguna de esas conversaciones entre hombres heridos en su orgullo.

—¿Te hace gracia?

—Me hubiera hecho más vivir ese momento. Pobres, no dejaste de darles bofetadas en el orgullo.

—A mí no me dan ninguna pena.

—Te entiendo. No te lo tuvieron que poner fácil —subraya Gabriel, recuperando la compostura.

—Y siguen sin hacerlo. Son como leones esperando una debilidad en su presa para lanzarse sobre ella y devorarla. Todos están esperando a que cometa un error, a que me muestre débil para escupir toda esa rabia contenida sobre mí. Y hay días en los que termino agotada de aparentar. Días en los que las cosas no me van bien y en los que me gustaría irme a casa y llorar sin miedo a parecer frágil.

—Creo que te entiendo. Yo refugio mis debilidades en el alcohol para poder conciliar el sueño. Es duro, a veces, guardarse los problemas para uno mismo y no tener una válvula de escape. Te comprendo, inspectora.

—¿Por qué siempre me llamas inspectora? Yo siempre te llamo Gabriel.

Gabriel vuelve a estallar en una carcajada.

—¡Es cierto! No sé el porqué. Me sale de manera natural, no sé. Quizás sea porque, desde el primer momento, tu nombre no me pega con la mujer que tengo delante.

—¿A qué te refieres?

—Ángela Casado. No das… Pese a ser muy atractiva, —Ángela le mira intentando averiguar cómo va a terminar la frase y él se esfuerza por explicarse—, una imagen angelical. Eres fuerte, seria. No sé explicarme mejor y tu mirada empieza a asustarme. Y tampoco das imagen de una mujer casada. Se te ve independiente.

—No te puedes imaginar lo que puedo llegar a ser capaz de hacer por amor.

—¿En serio? La verdad es que no me imagino a la Ángela enamorada.

—La Ángela enamorada fue capaz de enfrentarse a sus padres e irse de casa con diecisiete años, solo por amor.

—No me habías dicho que el motivo de tu marcha era el amor. Te escucho.

—Te haré un resumen de mi infancia y adolescencia. Yo era una niña encantadora y feliz hasta que mis hormonas despertaron. Fue entonces cuando me di cuenta de que había algo diferente en mí en comparación con mis amigas. Ellas no dejaban de hablar de chicos y de lo guapo que era uno o de lo que les gustaba el otro. A mí esos chicos no me llamaban nada la atención. Yo no podía dejar de mirarlas a ellas.

»Con catorce años me enamoré, por primera vez, de la que era hasta entonces mi mejor amiga. Se llamaba Paola. Compartíamos juegos y confidencias. Estábamos siempre juntas. Pasaba tanto tiempo en mi casa que mi madre la consideraba una más de la familia. Un día me armé de valor y le robé un beso en los labios. Cuando al separarme de ella vi su cara algo dentro de mí se rompió. Intenté disimular y hacerle pensar que había sido una broma y que tendría que haber visto su cara. Ella empezó a reír, pero yo lloraba por dentro.

»Entonces intenté comportarme como ellas, como hacían mis amigas. Solo quería ser una chica normal. No quería que volvieran a mirarme con aquella cara mezcla de sorpresa y asco. Al año siguiente me eché novio. Fueron los dos meses más horribles de mi vida. La gente me trataba normal y yo, en cambio, me sentía podrida por dentro. Cuando el chico intentaba besarme no sentía nada. Era yo la que ponía cara de asco.

»Decidí romper con él y mostrarme tal y como era. Le confesé a mis amigas que a mí no me gustaban los hombres, que me gustaban las mujeres y, aunque en un principio todas parecieron entenderlo, luego empezaron a alejarse de mí. Se sentían incómodas cuando nos teníamos que cambiar en el mismo vestuario en clases de gimnasia. No dejaban que las mirara por si pudiera sentirme atraída por ellas. Ya no querían quedarse a dormir conmigo en mi casa. Paola entendió entonces el beso que le robé y ya nunca volvió a quedarse a solas conmigo. Mis padres no dejaban de preguntarme por ella y yo ya no sabía que excusa inventarme.

»Pero aún en esos días, me sentía mejor conmigo misma que cuando intentaba aparentar lo que no era. A finales de ese mismo año, cuando tenía quince años, encontré a una chica a la que no le importaba que yo la mirara o que quisiera invitarla a mi casa a dormir. Ella era un año mayor que yo. Estuvimos saliendo juntas hasta que ella fue mayor de edad. Entonces decidí presentársela a mis padres como mi novia y no como mi amiga. No les hizo ninguna gracia. No entendían que su hija fuera lesbiana. Mi padre me dijo de todo, mi madre se echó a llorar.

»No lo dudé. Recogí mis cosas y me fui de casa con ella. Ella trabajaba de camarera en un bar por la noche mientras terminaba su carrera y yo repartía publicidad a la vez que estudiaba para pagarnos una habitación de alquiler. Cuando me hice mayor de edad empecé a trabajar también de camarera por las noches mientras cursaba mis estudios por el día. Fueron tres años agotadoramente maravillosos.

La mirada de Ángela se había entristecido al recordar el momento en el que se fue de casa de sus padres.

—¿Qué pasó con esa chica?

—Que me dejó. Con veinte años me hice una mujer fuerte e independiente… Bueno, creo que ya he hablado suficiente de mí. Hora de irse a casa, que mañana hay que ir pronto a la comisaría. A ver si tenemos noticias del forense. ¿Quieres que te lleve al hotel?

—Después de lo rica que estaba la cena prefiero volver caminando, si no te importa. No estamos muy lejos y me gustaría conservar la comida en el estómago.

Ángela recupera el humor y se echa a reír.

—Muy bien. Como tú quieras, blandengue. Nos vemos mañana en la comisaría.

Cuando Ángela dobla la esquina Gabriel se detiene en un bar cercano para tomar un par de copas antes de regresar al hotel.

—*Killer Cards* ha vuelto a actuar. Hoy abrimos el informativo con nuevas noticias sobre el asesino en serie que tiene en vilo a todos los habitantes de Madrid. Esta tarde noche ha sido encontrado el cadáver de Francisco Bejarano, que fue dado por desaparecido hace dos semanas y que ha aparecido muerto, con la marca de *Killer Cards* en uno de sus bolsillos. En el lugar se encuentra nuestra reportera que nos cuenta más detalles sobre el caso. Arantxa, ¿qué nos puedes contar desde el lugar de los hechos?

—Buenas noches, Alejandro. Estamos en el lugar donde ha aparecido la que parece ser la primera víctima de *Killer Cards*. El cadáver de Francisco Bejarano ha aparecido en un lugar de difícil acceso, lo que ha dificultado su localización. Los primeros datos obtenidos por esta cadena hacen sospechar que Francisco Bejarano llevaba muerto desde el día de su desaparición, lo que hace que sea la primera víctima de esta serie de asesinatos que se están cometiendo en la capital contra miembros destacados de nuestra sociedad. A la muerte de un reputado político y de nuestra afamada compañera se une ahora la muerte de un banquero. ¿Cuál será la próxima víctima de *Killer Cards*? ¿Conseguirá la policía encontrar y detener a *Killer Cards* antes de que cometa un nuevo asesinato?

»Sí... Atención, nos informan que la carta encontrada en el cuerpo de Francisco Bejarano es el as de diamantes, con lo que *Killer Cards* se encuentra a una sola carta de completar su póker de asesinatos.

»La policía no nos ha permitido entrevistar a la persona que ha encontrado el cadáver, pero estamos seguros de poder hacerlo para el próximo informativo. Eso es todo por el momento, desde el lugar de los hechos.

30

El día había amanecido despejado, pero cuando Ángela llegó a su despacho las nubes ya empezaban a ganar terreno en el firmamento. Ahora, que está mirando por la ventana esperando a que Gabriel se digne a aparecer en la comisaría y a que el forense le entregue los informes de la autopsia del cadáver del banquero, las nubes negras ya amenazan lluvia.

Algo parecido ha pasado en su cerebro durante esa mañana. Ha amanecido con la cabeza despejada después de una noche en la que, por fin, ha podido conciliar el sueño. Las copas de vino que se había tomado durante la cena le habían ayudado a dormir. Poner la tele, mientras preparaba un ligero desayuno, ha provocado que las primeras nubes llegaran a su cabeza. Ver como los medios de comunicación ya hacían carnaza e inventaban hipótesis absurdas sobre el asesino de las cartas de póker, al que han bautizado como *Killer Cards* en ese afán de llamar ahora a todo con un anglicismo, le han nublado los pensamientos y la han dejado sin ganas de desayunar. Media tostada ha terminado en la basura por culpa de esos carroñeros periodistas.

Llegar a la oficina y no tener sobre la mesa los informes del forense ha terminado por crisparle los nervios. Que Gabriel no se haya dignado a aparecer por la oficina pese a ser las diez de la mañana y que su teléfono esté desconectado o fuera de cobertura ha terminado por desatar su mal humor. Ya que no han llegado aún los informes del forense, quería revisar con él las pruebas que tienen hasta el momento. Analizar y ver qué caminos pueden seguir a la espera de que las pruebas encontradas en el cadáver del afamado banquero fijen el foco y arrojen más luz. Pero, después de despedirse en la cena, no ha podido ponerse en contacto con él.

¿Le habría pasado algo en el camino de regreso al hotel? En los días que llevan trabajando juntos, Gabriel no se ha caracterizado por su impuntualidad en el trabajo. Al contrario, como le pasa a ella, le cuesta dormir y a primera hora de la mañana ya suele estar en comisaría. Incluso había podido localizarle a primera hora de la madrugada cuando apareció el cadáver del jugador de fútbol y estaba acompañado... ¿Por qué ahora no puede dar con él?

Nerviosa, deja de mirar por la ventana y vuelve a marcar su número. Una vez más salta el mensaje de teléfono apagado o fuera de cobertura. Cuelga violentamente y maldice.

«No debería haberle dejado regresar andando a esas horas. Tenía que haber insistido en llevarle hasta el hotel en coche. Algunas de las calles de Madrid no son seguras para alguien que no las conoce».

Se asoma de nuevo y ve aparecer el coche de Gabriel por el fondo de la calle y dirigirse al aparcamiento. Al suspiro de alivio por verlo llegar, le siguen una serie de maldiciones por su retraso. Olvidada la preocupación porque pudiera haberle pasado algo, el enfado por su tardanza ocupa su lugar.

Gabriel tarda diez minutos en llegar a la oficina. Viene con un café en la mano que ha sacado en la máquina de la entrada.

—Buenos días, inspectora —dice nada más cruzar el umbral de la puerta, justo antes de dar un sorbo al café.

—¿Para mí no hay café esta mañana?

—Pensé que a estas horas ya habrías tomado —replica ante el tono de enfado de Ángela.

—Por supuesto que a estas horas ya he tomado uno. Más de uno, mejor dicho, mientras te esperaba para intentar esclarecer este caso. Te dije que mi jefe y la prensa se me están echando encima y tú no tienes nada mejor que hacer que llegar pasadas las diez de la mañana.

—Lo siento, inspectora. El camino de regreso al hotel se me alargó más de lo esperado y esta mañana me he quedado dormido.

—¿Y tu teléfono?

—Al llegar al hotel se me olvidó ponerlo a cargar y durante la noche se ha quedado sin batería.

—Genial. ¿Acaso has vuelto a encontrarte con la chica que te dejó marcas de carmín el otro día? O peor, ¿tan borracho llegaste al hotel?

—No creo que, después de cómo me marché, la chica tenga muy buen recuerdo. Si vienes conmigo una noche a tomar algo, igual te la presento. Podría ser una buena compañera para ese viaje que tienes pendiente. Con respecto a lo de llegar borracho, puede que razón no te falte.

—Genial. Cuatro asesinatos por resolver y tu llegando con resaca. ¡Ah! Y muchas gracias por la propuesta, pero no tengo tiempo para perder en citas a ciegas. Tenemos que encontrar algo que resuelva el caso.

—¿Ha llegado ya el informe forense?

—No, no ha llegado, pero tenemos otros informes que revisar y analizar para ver si avanzamos de una vez. Al menos podríamos haber intentado resolver el asesinato cometido por el imitador y quitarnos ese problema de encima. Sin embargo, tú decidiste ayer por la noche emborracharte y perder toda la mañana de hoy.

—Al menos no cometí una temeridad conduciendo después de haber bebido durante la cena. En realidad, Ángela, tú cometes temeridades al volante incluso sin haber bebido —expresa Gabriel, contrariado por la actitud de su compañera. Le duele la cabeza como para tener que aguantar sermones.

—¡Vete a la mierda!

La tensión que crece entre los dos se ve aplacada cuando uno de los oficiales llama a la puerta.

—Inspectora jefe, le traigo el informe del forense sobre la muerte de Francisco Bejarano.

—¿Algo interesante? ¿Alguna huella? ¿Muestras de ADN? ¿Algo?

—No mucho, inspectora. Con lo que ha llovido estos días atrás no quedaba mucho que analizar en el cadáver ni en el terreno. Todas las huellas que podría haber las ha borrado la lluvia.

—¡Maldita sea! —Ángela arrebata el informe de las manos del oficial y se deja caer en su silla—. ¡No va a salir nada bien en este asunto!

El informe del forense habla de que la causa de la muerte había sido por asfixia, pero no había marca de ligaduras en el cuello de la víctima. Las magulladuras que presentaba el cuerpo eran *post mortem*. La acumulación de sangre en distintas partes del cuerpo hace pensar que el cadáver había permanecido en una postura distinta a la encontrada, y eso indicaba que había sido movido y que el precipicio no era el lugar en el que se cometió el crimen. También presentaba abrasiones en las piernas por haber sido arrastrado por el asfalto y marcas de ligaduras en las muñecas.

La presencia de larvas en el cuerpo databa la fecha de su muerte próxima al día de su desaparición.

La carta encontrada en el cadáver no presentaba ninguna huella. Su análisis posterior había mostrado un mensaje en la parte delantera como en los dos casos anteriores. En este caso el mensaje que habían dejado escrito era «AS altante». Otra manera de llamarle ladrón.

No se habían encontrado huellas en la ropa del cadáver y solo habían llamado la atención unas muestras de tejido, que se habían encontrado en la cremallera del pantalón, de color negro. Ninguna prenda de la víctima, que llevara puesta en ese momento, era de ese color. Las muestras estaban siendo analizadas, en ese momento, en el laboratorio.

—¿Algo que confirme mi teoría de que el asesino es zurdo y fuerte? —pregunta Gabriel, una vez Ángela ha leído el informe.

—Solo que es fuerte. Ahogar al señor Bejarano no es tarea

fácil. Además, trasladó el cadáver hasta el precipicio. Por los moratones de sangre acumulada yo diría que lo llevaron hasta allí en el maletero de un coche.

—Pues seguimos igual. El asesino es corpulento, con casi toda seguridad, zurdo y mide más de metro setenta y cinco. Lo digo porque a Vanessa la golpeó desde arriba hacia abajo y ella medía metro setenta.

—¡Genial! Eso nos deja, aproximadamente, un diez por ciento de la población mundial de sospechosos. Dejémoslo en un siete por ciento, si añadimos lo de que sean fuertes. ¡Hasta yo cumplo esas características!

—¿Dónde estabas el pasado viernes por la noche, inspectora? —pregunta Gabriel con una sonrisa en la boca intentando aliviar la tensión que se había creado entre ellos esa mañana.

—¿Tú qué crees? —responde Ángela sin atisbo de sonrisa.

—En la oficina, eso seguro.

En ese momento, una oficial llama a la puerta. Viene con unos papeles en la mano y la cara sonrojada, sofocada, como si hubiera subido corriendo las escaleras. Ángela le hace un gesto para que pase.

—Inspectora jefe, buenas noticias. Hemos encontrado una relación entre nuestras tres víctimas y uno de los sospechosos del caso.

—¿Ah sí? ¿Con quién? —pregunta Ángela levantándose de la silla con un hilo de entusiasmo en la voz.

—Con Víctor Acosta, el activista de la PAH que interrogaron hace unos días. Ya sabíamos que estaba relacionado con Vanessa Rubio en la universidad y con Pablo García por motivos políticos. Ahora también hemos encontrado una relación con el banquero Francisco Bejarano. No se lo van a creer, la sucursal del banco del señor Bejarano es la misma que desahució al señor Acosta de su casa.

—¡Vaya! Ese es un buen motivo para enfadarse con alguien. Tenemos que volver a hablar con el señor Acosta a ver si tampoco tiene coartada para el día del asesinato del banquero —dice Gabriel mientras coge la carpeta de las manos de la oficial y revisa los papeles.

En efecto, Víctor Acosta había solicitado un crédito en la sucursal del banco Santander que dirigía el señor Bejarano. No había tenido problemas ni retrasos con el pago hasta que se había quedado en paro. Fue entonces cuando el banco inició los trámites de desahucio. Un año más tarde se ejecutaba y Víctor tenía que abandonar su casa, no sin antes recibir varias denuncias por amenazas, tanto a la policía que llevó a cabo el desalojo como a los miembros de la sucursal bancaria. También había una denuncia por agresión. Víctor Acosta había roto la nariz al banquero antes de ser desalojado.

—Vaya, parece que Víctor Acosta tiene sangre en las venas de vez en cuando y, a veces, pierde los nervios. Agredió a Francisco Bejarano en la cara antes de ser desahuciado.

—Que estén a punto de echarte de tu casa es un buen motivo para perder los nervios, ¿no crees?

—También para acabar cometiendo un asesinato. Creo que tenemos a nuestro hombre, inspectora.

—Vamos a hablar con él a ver qué nos dice.

—¿Era ella la oficial con la que tuviste una relación? —pregunta Gabriel levantando la mirada de los papeles aprovechando que el tono de voz de su compañera invita más a hablar que cuando ha llegado a la comisaría.

—¿Y a ti que te importa, cotilla? —pregunta Ángela, sin el mal humor con el que le había recibido.

—Porque es muy guapa. Si no es ella igual puedo invitarla a tomar algo antes de terminar el caso ya que tú casi nunca quieres acompañarme.

—No tienes remedio. ¿Ahora que sabes que no tienes ninguna posibilidad conmigo ya estás pensando en tontear con mi subordinada?

—Nunca me he visto con muchas posibilidades contigo, inspectora y uno es un hombre joven y soltero que no se cierra a encontrar el amor —responde Gabriel, con buen humor aliviado porque la tensión con su compañera se vaya relajando.

—A ver si eres capaz de centrarte en encontrar al asesino y dejas lo del amor para cuando resolvamos los asesinatos.

—Veamos qué tiene que decir el señor Acosta y, si todo va bien, igual me puedo pedir la tarde libre para invitar a esa oficial a tomar algo.

—Olvídate, Gabriel. Tampoco tienes nada que hacer con ella —responde Ángela, con una sonrisa pícara en los labios y dándole una palmada en el hombro.

—Al menos parece que has recuperado el humor.

—No te entusiasmes. No me he olvidado todavía de que has llegado tarde y de que me has hecho perder media mañana preocupada por si te había pasado algo. Más te vale que para cuando llegue el señor Acosta me hayas ayudado a revisar el resto de informes si no quieres que vuelva a enfadarme.

—A sus órdenes, inspectora —dice Gabriel tomando asiento y poniendo pose de estar preparado para repasar el papeleo.

31

Víctor está leyendo el periódico en el bar de al lado del local de la PAH. Está nervioso y preocupado. Pensaba que su vida no podía ir a peor desde el día que le dejaron sin trabajo, sin casa y con una deuda con el banco que no sabía cómo pagar. Las noches en vela que había pasado desde entonces supuso que serían las peores de su vida. Muchas veces pensó, en aquellas noches de insomnio, que ya no tenía nada más que perder.

Él, que siempre había sido una persona trabajadora y honrada, que no había hecho nunca daño a nadie, que siempre se había comportado dentro de la ética y la moral que le habían inculcado sus padres, se enfrentaba a lo injusta que puede llegar a ser la vida con las personas nobles.

No recordaba haber hecho nunca nada que se mereciera aquel castigo. Al menos hasta el momento en el que la policía le sacó a rastras por la puerta de su casa.

Veía como muchos cabrones, ladrones, mangantes y cerdos sin escrúpulos se paseaban por la calle con la cabeza bien erguida y la cartera llena de billetes mientras que él tenía que alegrarse de encontrar un euro que le permitiera tomar un café caliente.

Volverse un hijo de puta sin valores ni principios se le había pasado varias veces por la cabeza en aquellas noches a la intemperie. La idea de terminar con todo desde lo más alto de un edificio también se le había pasado por la cabeza.

En el ascensor del edificio más alto de Madrid, se dio cuenta de que los cabrones, corruptos y demás escoria del país le habían quitado todo menos tres cosas: la vida, la libertad y la capacidad de volver a levantarse. Cuando el ascensor llegó al piso más alto, pulsó el botón de bajada y se dirigió al local de la PAH.

Desde entonces se había esforzado en que nadie se encontrara en su misma situación y, al menos, le permitían dormir en el local.

Mientras lee las noticias en la prensa, siente de nuevo esa angustia de ir a perder algo más. Esa sensación de temor a que te arrebaten lo poco que te queda. La noticia que abre la portada del periódico le hace sospechar que, por mucho que pensara que ya no era posible, las cosas para él podían ir a peor.

No era tonto. La policía ya lo había interrogado tras las muertes de Vanessa Rubio y de Pablo García. No tenía ninguna duda de que el cadáver encontrado del banquero no era una buena noticia para él. La policía no tardaría en relacionarle también con el señor Bejarano. No en balde ya le rompió la cara una vez después de ver como este, que se había mostrado simpático y atento unos años antes cuando había ido a solicitar una hipoteca, se convertía en un avaro traidor egoísta dispuesto a chuparle hasta la última gota de su sangre a la que pudiera sacar algo de valor cuando se quedó en paro.

Tres muertes relacionadas con él y su suerte podrían terminar arrebatándole dos de las tres cosas que le habían hecho darse la vuelta aquella tarde en el ascensor. La libertad y la capacidad de volver a levantarse. Solo le queda la vida y lleva tiempo pensando que eso es, más bien, una maldición.

Rebusca en sus bolsillos y encuentra una moneda de un euro. Le da un par de vueltas entre los dedos mientras piensa durante unos pocos segundos si ha llegado el momento de llegar al último piso y no volver a dar nunca más al botón de bajada.

—Ramón, ponme uno de esos pinchos de tortilla de los que tanto presumes —dice levantando la vista de la moneda y enseñando el euro al camarero.

—¡Vaya, Víctor! ¿Celebramos algo hoy?

—Que ya no van a poder quitarme nada.

Saborea cada bocado que le da a la tortilla poco hecha con cebolla. En ese momento se siente mejor que nunca. Al menos mejor que como se ha sentido en los últimos años de su vida. Sin la preocupación de tener que pensar cómo demonios va a conseguir sobrevivir hasta el día siguiente, la tensión de sus hombros ha desaparecido. Incluso, tras dar el último bocado al pincho, se aventura a sonreír.

Se despide de Ramón, una de las pocas personas buenas con las que ha tenido el gusto de encontrarse, y sale del bar sin contradecir al buen hombre cuando este se despide de él con un «hasta mañana».

Cuando sale del bar y se dispone a caminar dirección al edificio más alto de Madrid, la sonrisa se le borra.

«¡Maldita sea! Han tardado menos en relacionarme de lo que pensaba».

Un coche patrulla se detiene delante de él y dos agentes se bajan a detenerle.

—Buenos días, agentes Márquez y Oliver. Qué hermosa casualidad.

—Señor Acosta, acompáñenos a comisaría.

—Tranquilos, esta vez no tengo ninguna intención de ofrecer resistencia.

Los agentes que han pasado a recogerle son los mismos que fueron a detenerle cuando asestó dos puñetazos en la cara de Francisco Bejarano. Casualidades de la vida.

Gabriel y Ángela miran por el cristal que da a la sala de interrogatorios y observan a Víctor antes de entrar a interrogarle. El sospechoso se muestra tranquilo. Tiene los brazos apoyados en las piernas y la cabeza agachada. No se ha levantado en ningún momento de la silla pese a que lleva cinco minutos esperando en la habitación. Prácticamente, mantiene la misma postura con la que le sentaron los agentes.

—Si ya te pareció bastante apático la anterior vez, lo de hoy roza el pasotismo, ¿no crees? —pregunta Ángela, dándose la vuelta hacia donde está Gabriel observando.

—El ser humano es muy curioso. Una mente inteligente puede ocultar a un sociópata. Un hombre en apariencia tranquilo puede ocultar una furia interior que lo lleve a matar. No olvides que ese mismo chico apático le rompió la nariz de un puñetazo a un hombre de más de cien kilos. Y tuvieron que retenerle entre dos agentes.

—Las fachadas mienten.

—Joder, inspectora, nunca me acostumbraré a tus refranes.

—¿Por? —pregunta Ángela con cara de no saber de qué habla su compañero.

—Las apariencias engañan. Ese es el refrán original. Los tuyos no pueden ser más rebuscados.

—Las apariencias engañan, las fachadas mienten... Significa lo mismo, ¿no?

—Sí, pero a veces resulta difícil llegar a entenderte. Procrastinar y retrasar algo también significan lo mismo, pero si usas el primer verbo mucha gente te mira raro. Con tus refranes pasa lo mismo, aunque a veces resulta divertido intentar descubrir a cuál te refieres —responde Gabriel en tono jocoso.

—Yo ya me entiendo, con eso tengo suficiente. ¿Vas tú o voy yo a hablar con el sospechoso?

—Voy yo. No vaya a ser que me le despistes con uno de tus refranes. —Gabriel sale por la puerta sin dejar replicar a Ángela.

Cuando entra en la sala de interrogatorios, Víctor Acosta ni siquiera levanta la cabeza para mirarle. No reacciona hasta que él empieza a hablar.

—Buenos días, señor Acosta. Imagino que ya sabe por qué le hemos traído aquí.

—Imagina bien. Soy sospechoso de los asesinatos de Pablo García, Vanessa Rubio y Francisco Bejarano, ¿no?

—Más que si es sospechoso me preocupa si es usted culpable. ¿Los mató usted?

—Sería un asesino horroroso si confesara mis crímenes ante una pregunta tan rebuscada, ¿no cree, sargento?

—No se haga el gracioso conmigo. Su situación no es muy buena en estos momentos, como para andar bromeando. ¿Los mató o no los mató?

—Mi situación lleva sin ser buena mucho tiempo, sargento primero Abengoza. Se llamaba así, ¿verdad? —Víctor continúa hablando sin esperar respuesta—. Duermo en un local que no tiene cama ni ventilación. Como de la beneficencia y eso cuando hay suerte. ¿En serio cree que mi situación puede empeorar por andar bromeando?

—Su situación es tan mala por culpa de personas como la señorita Rubio y los señores García y Bejarano. Todos pusieron de su parte para que llegara a la situación en la que se encuentra. Usted era una buena persona, pero todos tenemos un límite. Quizás usted llegó al suyo y decidió que era el momento de vengar su situación haciéndosela pagar a los culpables —matiza Gabriel acercándose al sospechoso a cada palabra que pronuncia hasta apoyar los brazos en la mesa y tenerle a unos centímetros de su cara.

—¿Y en qué mejoraría eso mi situación? ¿Matarlos me haría recuperar la casa? ¿Me haría recuperar mi trabajo? —Víctor se justifica sin inmutarse ante su cercanía.

—Le haría vengarse de esos hijos de puta que le han robado la vida. Porque los tres se merecían sufrir por sus actos, ¿verdad? Además, en nuestras cárceles dan de comer dos veces al día y tienen una cama donde dormir. Se podría decir que, ante su precaria situación personal, usted saldría ganando si lo metemos entre rejas, ¿no es así?

—¿Quiere mi sincera opinión? ¿La verdad más directa? ¿Si se lo confieso, me creerá? —pregunta Víctor, levantando por primera vez la mirada.

—Póngame a prueba. Inténtelo —responde Gabriel, seguro de que va a escuchar una confesión de los crímenes.

—Pablo García era un político sin escrúpulos más preocupado por satisfacer su ego y sus vicios que por los ciudadanos a los que decía representar. Era egoísta, embustero y más falso que un billete de cincuenta euros de color azul. Vanessa Rubio era engreída, manipuladora y vanidosa, capaz de cualquier cosa por lograr sus objetivos en la vida. Como el aceite sobre el agua, siempre quería estar por encima. Francisco Bejarano era un ladrón, falto de escrúpulos, sin ningún tipo de empatía con la gente. Capaz de estafar a su propia madre si era necesario para cobrar los incentivos que le pagaba el banco. Sinceramente, si le hubiera matado yo, le habría llevado al precipicio donde le encontraron y habría tirado un billete de veinte euros por él. Era tan estúpido que se habría tirado él solo detrás para cogerlo.

»Le seré sincero, sargento. Si Pablo García hubiera cogido una enfermedad venérea, de esas que no matan pero te putean mucho tiempo, como unas clamidias o una gonorrea, y hubiera sido víctima de un escarnio público en prensa y televisión por sus falsas promesas y mentiras constantes, yo sería más feliz.

»Si Francisco Bejarano hubiera acabado entre rejas teniendo que devolver con su patrimonio y trabajos forzados hasta el último céntimo que hubiera robado a cada uno de sus clientes, si le hubieran expropiado sus bienes y viviendas y le hubieran privado de su libertad hasta que el saldo de sus días con la muerte estuviera en números rojos, yo sería más feliz.

»Si Vanessa Rubio hubiera vivido en sus carnes las mieles de la derrota, si hubiera saboreado el fracaso, la decepción y la angustia de sentirse abandonada y sola, si se hubiera visto rechazada, marginada, si el peso de la fama la hubiera aplastado arrinconándola en la esquina de la indiferencia, yo sería más feliz. No se lo voy a negar.

»Su muerte les ha dado alcance en la cima de sus vidas. Rodeados de fama, dinero y popularidad. No voy a negarle, sargento, que quien los haya matado ha elegido bien a sus víctimas, pero ese es un mérito que no me van a poder atribuir. Yo no los maté. Lo único que esas personas no me quitaron fue la libertad y no estoy dispuesto a perderla por su culpa, aunque eso signifique una cama y dos comidas al día en una cárcel.

»Si hubiera estado en mis manos tomarme cumplida

venganza les hubiera hecho sufrir más. Pero desear su sufrimiento no es delito, ¿verdad, sargento? Disculpe la pregunta, pero es que con los cambios de la ley mordaza uno ya no sabe a qué atenerse para respetar la ley.

—No, no es delito, pero sí lo es romperle la nariz a uno de ellos. —Gabriel se queda un rato en silencio, pensando en cuál va a ser su siguiente pregunta.

En realidad, lo que ha dicho el sospechoso le parece que hasta tiene lógica. En sus investigaciones siempre intenta pensar cómo lo harían los sospechosos, pero en este caso, si él se hubiera encontrado en la misma situación que Víctor Acosta, él sí hubiera deseado la muerte de las tres víctimas. Por eso está tan seguro de su culpabilidad.

—¿Pierde usted los nervios a menudo?

—Me temo que esa ha sido la única vez que los he perdido. Y le aseguro que no me arrepiento. Quizás si los perdiera más a menudo mi situación sería distinta.

—¿Quiere decir que si pudiera volvería a pegar al señor Bejarano?

—Quiero decir que no me arrepiento de haberlo hecho en aquel momento. En la misma situación, en las mismas circunstancias, creo que volvería a arrearle el mismo puñetazo. No se puede imaginar lo a gusto que me sentí cuando la policía me llevaba a ser fichado por agresión —aclara Víctor sin cambiar de expresión.

—¿Igual de a gusto que cuando le asfixió? La situación, las circunstancias… ¿No pudo contenerse?

—Como le he dicho, yo sería más feliz viendo al señor Bejarano entre rejas que terminando yo entre ellas por su culpa.

—¿Dónde estuvo el día quince, señor Acosta? —pregunta Gabriel con un tono de voz enérgico.

—Me temo, sargento, que voy a tener que responderle lo mismo que cuando me preguntó dónde estaba el día de la muerte de Vanessa y Pablo. Seguramente estaría en el local de la PAH y, con seguridad también, estaría solo si era por la noche.

—Así que, una vez más, no tiene coartada.

—Una vez más no tengo necesidad de tenerla, sargento. No estoy muy puesto en leyes, pero creo que hasta el abogado de oficio más inútil que me puedan asignar podrá decirle que estar relacionado con las tres personas muertas y no tener coartada no son pruebas de que las haya matado.

—No, pero le colocan como principal sospechoso. Y sus antecedentes por agresión a una de las víctimas y su mala relación con las otras dos no le ayudan. A la más mínima prueba que encontremos contra usted, acabará con sus huesos en la cárcel.

Cuando Gabriel abandona la sala de interrogatorios, Ángela le está esperando con cara de disconformidad en la puerta.

—En algo tiene razón. No tenemos nada en su contra todavía. Ni una huella, ni una muestra de ADN, nada que pruebe que tuvo contacto con las víctimas —dice en cuanto Gabriel llega a su altura.

—No lo tenemos, pero podemos retenerle cuarenta y ocho horas, a ver si encontramos algo. No se me ocurre ninguna persona con más motivos que Víctor Acosta para asesinar a nuestras tres víctimas. Estar implicado y haber tenido enfrentamientos con todas ellas, y no tener coartada para ninguno de los días de los tres asesinatos, no puede ser una casualidad. Y siendo sinceros, si a mí me hubieran hecho lo que le han hecho a él, yo mismo habría deseado verlos muertos.

—No lo sé. Viendo su historial quizás solo sea mala suerte…

—Tenemos cuarenta y ocho horas para cambiar la nuestra o tendremos que dejarle libre. Vamos a ver si han conseguido descifrar la clave del ordenador de Vanessa.

32

El encargado de la sección de informática del departamento es un chico tan joven que Gabriel duda que sea mayor de edad. Al verlo sentado delante del ordenador de Vanessa, mira sorprendido a Ángela, que sonríe.

—Gabriel, te presento a Álvaro. Suele ayudarnos en los temas relacionados con la informática.

—Me obligan a ayudar. Yo estaría mucho más a gusto en mi casa jugando a la consola que aquí haciendo chapuzas de primero de *hackeo*. Estos inútiles de la policía no saben ni saltarse una contraseña del Windows 7 y eso me ofende después de llevar dos meses intentando enseñarles algo.

—A Álvaro le pillamos entrando de manera ilegal en varias webs oficiales. Viendo su habilidad con los equipos informáticos, decidimos que sería un buen aliado. Lo dejamos libre sin cargos con la condición de que ofrezca sus servicios de forma desinteresada. ¿Qué has encontrado en el ordenador de Vanessa?

—Un complejo narcisista de tres pares de narices y un calentón de cojones, inspectora. La Vanessa es aceite de oliva.

—¿Que es qué?

—Una *sexyladie*, inspectora, como usted. Que está bien buena pese a ser del siglo pasado. Su ordenador está lleno de fotos de ella con todo tipo de prendas. En alguna va tan ligera de ropa que me ha puesto malo.

—¿Y algo interesante que no tenga que ver con tus

hormonas? —pregunta Ángela reprimiendo las ganas de asestarle una colleja.

—No mucho. Basura y más basura. No entiendo cómo la gente no sabe librarse del *spam* y de las *cookies* a estas alturas. Tienen virus en su ordenador para matar a una población de *mierders*. Me he tirado horas haciendo limpieza. Lo curioso es que los profanos se piensan que con ocultar un par de carpetas ya están a salvo de miradas indiscretas.

—¿Vanessa tenía carpetas ocultas en su ordenador? —pregunta Gabriel acercándose a la pantalla en la que Álvaro había dejado una foto de Vanessa en bikini.

—Al menos ella pensaba que estaban ocultas. A mí no me ha costado nada encontrarlas. Y el contenido de una de ellas me ha cortado todo el rollo. Hay un viejales haciéndose una paja.

—Enséñanos ese vídeo —dice Ángela poniendo las manos en el respaldo del asiento de Álvaro.

—No sabía que fuera usted tan morbosa, inspectora —añade el joven.

—Hay muchas cosas de mí que no sabes —replica Ángela dándole la colleja que antes había reprimido—. Mira para adelante y muéstranos ese vídeo.

Álvaro maneja con habilidad el ratón del ordenador abriendo y cerrando ventanas en la pantalla hasta llegar a un archivo que lleva el nombre de «vídeo comprometedor». Cuando pulsa el botón del *play* Gabriel no puede disimular su asombro.

—Tenemos que ir a hablar con Alejandro Soto de inmediato. Esta vez iremos con una orden para que no se pueda negar a darnos sus huellas —dice Ángela cuando llevan visto menos de dos minutos de vídeo—. Muchas gracias por tu trabajo, Álvaro.

—Cuente con mi espada siempre que la necesite, inspectora.

Tras archivar unos informes del caso mientras esperan la llegada de la orden, se ponen en marcha camino de la casa de Alejandro Soto y Bárbara Latorre, situada en el barrio de los Jerónimos, muy próximo al parque del Retiro en el centro de

Madrid. Con la orden en la mano, no tardan en presentarse en el domicilio del televisivo presentador y la famosa actriz. Cuando llaman a la puerta Gabriel vuelve a quedarse con la boca abierta.

En lugar de Alejandro Soto, es Bárbara Latorre quien sale a recibirles con una vestimenta de andar en casa, pero no para recibir visitas. Gabriel se queda embobado sin poder dejar de mirarla.

—Buenas tardes, agentes. ¿En qué puedo ayudarles esta vez? —pregunta Bárbara apoyándose en el marco de la puerta sin inmutarse por mostrar sus encantos.

—No venimos a hablar con usted, señora Latorre. Venimos a hablar con su marido. Traemos una orden —responde Ángela, flanqueando la puerta sin esperar su consentimiento.

—Creo que está en su despacho. No se lo puedo asegurar, pero allí estaba cuando regresé a casa. Yo iba a darme un baño. Es la primera puerta del pasillo a la derecha.

—¿El baño o el despacho? —pregunta Gabriel, al que la visión le tiene algo desconcertado.

—¿A cuál de los dos quiere ir, sargento? —Bárbara juguetea con su pelo.

—Al… despacho —responde Gabriel con un titubeo en su tono de voz y mintiéndose a sí mismo de manera descarada.

—Qué lástima… —dice Bárbara, volviéndose y caminando hacia el salón—. Como les decía, primera puerta a la derecha.

—Deja de mirarle el culo, Gabriel, y vamos al despacho — Ángela agarra del brazo a su compañero.

La puerta está cerrada. Gabriel llama una vez y entra sin esperar respuesta.

—¿Cuántas veces te he dicho que esperes a que responda antes de entrar? —La voz de Alejandro se oye enfadada al fondo de la habitación.

—A mí, personalmente, ninguna —responde Gabriel, entrando en el despacho seguido por Ángela—. Y creo que a mi compañera tampoco.

—¿Qué hacen ustedes en mi casa? ¿Quién les ha dejado

pasar? —protesta Alejandro tras la mesa de su despacho.

—Su esposa ha sido tan amable de abrirnos la puerta. Aunque no necesitamos el permiso de nadie, traemos una orden.

—¿Qué es lo que quieren? —Alejandro se levanta de su asiento mientras se coloca bien la camisa.

—Iré directo al grano, señor Soto. Hemos encontrado un vídeo suyo en una situación comprometida en el ordenador personal de Vanessa Rubio. Quisiéramos saber cómo ha llegado hasta allí y si ella lo estaba usando para chantajearle y por eso la mató.

—¿Qué? ¿Qué vídeo? ¿Qué chantaje? ¿De qué me hablan? ¿Matar yo a Vanessa? ¡Están locos!

Ángela aparta a Gabriel y se acerca con paso firme y mirada intimidatoria a la mesa de Alejandro.

—Mire, señor Soto, le seré sincera. Estoy harta de que los sospechosos me tomen por tonta cuando tengo las pruebas que les delatan. En primer lugar, tenemos la relación de su mujer con Pablo García. Ahora tenemos un vídeo suyo, dejémoslo en indecoroso, en el ordenador de Vanessa Rubio. Sospechamos que ninguna de las dos cosas le hará ninguna gracia. Cuando su mujer le dijo que el señor García le iba a llevar al preestreno de la película usted decidió hacerse el enfermo y presentarse allí y matarle. Después se presentó en casa de su compañera y la asesinó también. Solo necesitamos saber su relación con Francisco Bejarano.

Ángela sabe que todo lo que ha dicho son meras suposiciones, que no tienen nada que sitúe al sospechoso en los escenarios del crimen, como tampoco la tienen para condenar a Víctor Acosta. Pero, quizás, al contrario que el señor Acosta, Alejandro pierda los nervios al ser acusado.

—Yo jamás le haría daño a Vanessa. Ella nunca intentó chantajearme. Está claro que no nos llevábamos tan bien como al principio, pero no hasta el extremo de querer matarla. ¿De qué vídeo me hablan?

—¿Por qué empeoró su relación con ella? —insiste Gabriel.

—Tras el éxito de su novela se creía la mejor. Dejó de aprender y quiso enseñar. A mí, que llevo en la televisión casi desde que a ella la amamantaban. Cuando se lo dije me plantó cara. Se puso chula conmigo.

—¿Le amenazó?

—No llegó a tanto…

—La señorita Rubio tenía un vídeo suyo en el ordenador con… «Las manos en la masa» —dice Gabriel mientras gesticula enérgicamente arriba y abajo con su mano derecha—. Creemos que Vanessa lo utilizaba para chantajearle.

—No sé a qué vídeo se refieren. ¡Se lo juro! Vanessa nunca me chantajeó.

—¿Tenía usted algo contra el señor Bejarano, señor Soto? —pregunta Ángela.

—Apenas le conocía… —responde Alejandro apartando la mirada después de demorar unos segundos su respuesta.

—¿Por qué mientes? —La voz de Bárbara llega desde la puerta—. Claro que le conocías. Era nuestro amigo.

—¡Te quieres callar la puta boca! —grita Alejandro—. Y vete a poner algo de ropa con la que no se te vean las bragas, ¡por Dios!

—¿A qué se refiere, señora Latorre? —pregunta Gabriel antes de que se marche.

—A que el señor Bejarano nos robó parte de nuestros ahorros, los del calzonazos de mi marido y los míos —responde entrando en la habitación sin preocuparse de la atenta mirada de Gabriel—. Veo que le gustó lo que vio en el camerino, sargento Abengoza.

—¿A qué dinero se refiere? —Gabriel intenta olvidarse del cuerpo casi desnudo de Bárbara.

—El señor Bejarano era amigo nuestro. Al menos eso creíamos. Siempre nos trató bien, hasta nos llegó a invitar a su casa a alguna fiesta o comida antes del divorcio de su mujer. Confiábamos en él y sus inversiones siempre nos habían reportado intereses. Hasta que decidimos confiarle nuestros ahorros. Dijo que era una inversión segura, una ganancia al alcance de pocos y que solo podía ofrecer a gente como nosotros, gente de su círculo de confianza. ¡Y una mierda! El muy cabrón se quedó con el dinero alegando que era una inversión de alto riesgo en la que nos...

—¡No sabes tener la boca cerrada! —grita Alejandro, sin dejar terminar de hablar a su mujer y acercándose a ella de manera amenazante—. Además de verte tontear con cualquiera con bragueta que se te ponga delante tengo que soportar que no dejes de meter la pata —brama, mientras el sargento le sujeta de una de las manos para detenerle.

—¿Te crees que la policía iba a tardar mucho tiempo en descubrir nuestra relación con Francisco? ¿Qué prefieres? ¿Que se lo digamos nosotros o que aparentemos ser culpables por guardarnos la información? —exclama Bárbara cuando ve que Gabriel sujeta a su marido. Con anterioridad había dado dos pasos hacia la puerta.

—Así que también tiene motivos para querer matar al señor Bejarano —dice Ángela acercándose a Alejandro, que intenta zafarse de la mano de Gabriel—. ¿Por qué quería ocultarnos esa información? ¿Acaso tiene algo que ocultar, señor Soto?

Alejandro consigue soltarse. Da un paso hacia atrás y se apoya en la mesa de su escritorio.

—No quería que sospecharan más de mí. Yo no he matado a nadie...

—Entonces no tendrá inconveniente en que le tome las huellas y unas muestras de ADN para descartarle como sospechoso, ¿verdad?

—No, claro que no —contesta Alejandro sintiéndose acorralado.

—Hay que ver que colaboradores se vuelven todos con una orden—dice Ángela mientras se acerca a la mesa para tomarle las huellas—. En su camerino no se mostró tan amable.

—También pueden tomarle las huellas a la bocazas de mi esposa. A ella también le robaron parte de su dinero.

—Ya lo hicimos, señor Soto. Y su mujer tiene coartada para la noche que mataron a Vanessa —dice Gabriel, dirigiéndose hacia la puerta.

Cuando llega a la puerta Bárbara le sonríe, le acaricia el brazo y le susurra al oído.

—Gracias por protegerme, sargento. Alejandro se pone violento a veces…

Aún con los nervios de la visita de la policía a su casa, Alejandro se dispone a presentar las noticias. No puede quitarse de la cabeza la imagen de su mujer tonteando de forma descarada y medio desnuda con el sargento de la Guardia Civil. Bastante soportaba ya con saber que su mujer se acostaba con otros a escondidas, como el político corrupto, como para tener que aguantarlo también delante de sus narices. Cuando empezaron a salir juntos sentía celos cuando la veía besarse con otros en la televisión o cuando tenía que grabar una escena de cama. Ahora lo que siente es rabia, una rabia que le hace hervir la sangre. Se había ido de casa temprano para no tener que volver a verla. En ese momento solo sentía ganas de abofetearla.

Pese a que los informativos del fin de semana los presenta otra pareja, tras la muerte de su compañera y la detención de su sustituta, la dirección ha preferido dejarle a él en pantalla para hablar del caso del asesino en serie. Con su compañera fallecida, y su mujer y él mismo interrogados, su cara es la que la dirección quiere que los espectadores vean. Eso garantiza un incremento de la audiencia.

El caso de *Killer Cards* sigue en boca de todo el mundo. Ya no son solo los medios de comunicación nacionales quienes informan. Hay cientos de medios internacionales que abren sus portadas con el caso del asesino en serie que mantiene en vilo a todo Madrid.

—Como esta cadena informó ayer en directo, ya son tres los cadáveres relacionados con el caso. O cuatro, si tenemos en cuenta el que la policía atribuye a un imitador. El cuerpo del señor Bejarano, acusado de robo y estafa, apareció ayer por la noche en la cuneta de una carretera poco transitada. La policía encontró el as de diamantes en el interior de su chaqueta.

»Con este son tres los ases de la baraja que han aparecido, si sumamos el as de tréboles encontrado en el coche de Pablo García y el as de corazones que encontraron en la casa de nuestra compañera Vanessa Rubio. Solo falta el as de picas. ¿Conseguirá *Killer Cards* completar su póker de ases?

»Por el momento hay un detenido en dependencias policiales. Su nombre es Víctor Acosta y conocía a las tres víctimas. ¿Habrá detenido la policía al culpable antes de que este pueda terminar su obra?

Alejandro se seca el sudor de la frente con un pañuelo. Le pueden los nervios y le cuesta mucho esfuerzo hablar sin que la voz le tiemble.

33

Por fin han encontrado el cadáver del banquero. Ya pensaba que se iba a descomponer sin que nadie lo encontrara. Ahora la policía podrá seguir las pistas que les dejé. Ya va siendo hora de que dirijan su investigación hacia donde tengo planeado desde un primer momento.

No quiero que esto se siga alargando, tiene que ir terminando ya. No quiero que me sigan saliendo malos imitadores que terminen por complicar el caso. ¡Lo que me faltaba! Idiotas que se quieren beneficiar de mi planificación estudiada de manera metódica. No me favorece que los esfuerzos policiales se vean despistados por chapuceros. Llevo mucho tiempo planeando a quién asesinar, cómo hacerlo... He planificado todas las posibles complicaciones para tener una solución. Me estoy jugando demasiado. Por ahora, con algún pequeño imprevisto, va todo como tenía pensado. Pero no me puedo confiar. Todo esto es demasiado importante para mí. No puede salir mal, esa no es una opción. Cuanto antes termine con sus huesos entre rejas quien tiene que terminar, antes podré descansar y disfrutar de los frutos obtenidos.

Todo el mundo tiene que estar seguro de quién es el culpable. No puede quedar ninguna duda al respecto. Para eso he dejado las pruebas necesarias.

Killer Cards, como me llama la prensa, pronto saldrá del anonimato y lucirá su nuevo nombre en las portadas de todos los

medios de comunicación.
    Y ese nombre no será el mío.

34

Tras la confesión de Ángela durante la cena del viernes, Gabriel no insistió demasiado para que le acompañase la noche del sábado. Le propuso ir a tomar una copa al bar de su amiga Gloria pero, ante su primera negativa, dejó de insistir.

Ha conseguido dormir después de su terapia nocturna de alcohol y se ha levantado convencido de que el domingo va a ser un día perfecto para la resolución del caso. Tienen dos sospechosos y está seguro de que han encarcelado a la persona correcta. Solo tienen que encontrar una prueba que le sitúe en la escena de algún crimen. Tiene ganas de terminar el caso y poder regresar a Miraflores de la Sierra. Tanto tiempo en la ciudad empieza a agobiarle y ahora no encuentra ninguna razón para querer quedarse.

Como todas las mañanas, Ángela le estaba esperando en su despacho. Y como casi todas las mañanas, tenía un humor de perros. Le ha echado en cara su coqueteo descarado con la señora Latorre y le ha reprochado su poca profesionalidad. Él ha dejado que pase la tormenta y espera un momento de calma para intentar mantener una conversación con ella sin gritos de por medio.

Está esperando ese momento de calma cuando el oficial Borbolla entra en el despacho.

—Inspectora…, sargento…, buenas noticias. Los de la científica han cotejado las huellas de Víctor Acosta con la base de datos de huellas encontradas en el coche de Pablo García.

—¡No me digas que tenemos una coincidencia! —grita Gabriel, levantándose de la silla.

—Así es, sargento. La huella de Víctor Acosta estaba en uno de los envoltorios encontrados en el suelo de los asientos traseros. El señor Acosta estuvo en el coche de la víctima.

—¡Le tenemos, inspectora! —exclama Gabriel.

—Vamos a hablar con él —dice Ángela con menos entusiasmo—. Lleven al señor Acosta a la sala de interrogatorios.

Cuando el oficial se marcha y se quedan solos en el despacho, Gabriel la mira sorprendido.

—¿No te alegras de que tengamos la prueba que necesitábamos? Con esto ya podemos situar al sospechoso en uno de los escenarios.

—Veremos qué nos tiene que decir el señor Acosta. Yo sigo sin verle capaz de matar a nadie. Esa huella le sitúa en el coche en algún momento de la semana anterior al asesinato, pero no el día del mismo. Las huellas tardan días en degradarse.

—Yo pensé que te entusiasmaría la idea de resolver el caso. Si el señor Acosta es *Killer Cards,* tu jefe estará muy orgulloso de tu trabajo y mantendrás el puesto de inspectora jefe.

—Pero si no lo es y encarcelo a un inocente, mi trabajo se irá a la mierda. Vamos a ver qué explicación nos da para que su huella esté dentro del coche. Ve tú delante. Yo tengo que hacer una llamada.

—¿A quién tienes que llamar?

—Al comisario Medrano, tengo que informarle. Seguro que está preparando una rueda de prensa desde que tenemos un detenido. Quiero que no abra demasiado la boca.

Víctor espera de pie en la sala de interrogatorios. La celda en la que ha pasado la noche, pese a tener una litera, es todavía más incómoda que el saco de dormir que tiene en las oficinas de la PAH. Necesita estirarse un poco para aliviar el dolor de espalda.

Cuando ve entrar al sargento primero le muestra las manos esposadas.

—¿Es necesario? Me duele la espalda y ni siquiera puedo estirarme. Si tan seguros están que voy a estar mejor en la cárcel que en la calle, ¿por qué iba a querer escapar?

—Esta no es mi comisaría. Pregúntele a la inspectora cuando llegue. Yo no puedo quitarle las esposas. Lo que sí le puedo decir es que está usted más cerca de pasar el resto de sus días en la cárcel.

—¿Cómo dice? —pregunta Víctor tomando asiento.

—Hemos encontrado sus huellas dentro del coche de una de las víctimas. Eso le sitúa en el escenario de uno de los crímenes y, si a eso le unimos su relación con el resto de las víctimas, no creo que ningún jurado tenga problemas en considerarle culpable. Lo mejor que puede hacer es confesar.

—Yo no tengo nada que confesar... —La puerta de la sala de interrogatorios se abre y entra la inspectora, que se queda apoyada en el cristal tintado tras cerrar la puerta—. Le decía a su compañero que yo no tengo nada que confesar. ¡Yo no he matado a nadie!

—¿Puede explicarme entonces por qué hemos encontrado sus huellas dentro del coche del señor García?

—Ya les dije que conocía al señor García, pero les juro que jamás en mi vida he estado dentro de su coche.

—No le conviene mentirnos, señor Acosta —dice Ángela con un tono de voz conciliador—. Mi compañero está seguro de que usted ha cometido tres asesinatos y le garantizo que es una persona muy insistente cuando quiere. Yo, en cambio, estoy dispuesta a creerle siempre que me diga la verdad. Las pruebas le sitúan en el coche.

—¿Van a jugar a poli bueno, poli malo conmigo? Yo no le miento, inspectora. Nunca he estado en el coche del señor García. En mi vida, ni siquiera cuando teníamos entrevistas, antes de que saliera elegido.

—¿Me puede explicar entonces cómo hemos encontrado un paquete de tabaco con sus huellas en la parte trasera del coche del señor García?

—¿Un paquete de tabaco? Inspectora, ¡yo ni siquiera fumo! Es un vicio caro que no me puedo permitir.

—Haga memoria, señor Acosta. ¿Vio usted al señor García la semana anterior a su asesinato?

Víctor guarda silencio durante unos instantes. En su mirada se le ve asustado, como si se estuviera dando cuenta de lo complicado de su situación. Niega con la cabeza mientras murmura por lo bajo. De pronto se endereza la silla.

—¡Ya me acuerdo! Hace casi dos semanas vi al señor García salir del Congreso de los Diputados. Yo estaba en la plaza de las Cortes, al lado de la estatua de Cervantes, y le vi salir. Me acerqué a él para reprocharle no haber hecho nada de lo que nos había prometido. El muy cabrón se limitó a sonreír, me lanzó una cajetilla de tabaco como quien lanza una moneda a un pobre que pide en la calle y me dijo: «A ver si con eso te relajas un poco».

»Después se montó en su coche. Yo estrujé el paquete de tabaco y se lo arrojé. Acerté por la ventanilla abierta y le di de pleno en la cabeza. Debió caer en la parte trasera del coche. Tuvo que ser eso. Le grité unos cuantos insultos y se marchó dirección a la fuente de Neptuno. Les juro que no le volví a ver.

Víctor es llevado por dos agentes de nuevo a la celda. Gabriel se tapa la cara con las manos intentando pensar y concentrarse.

—Estoy convencido de que nos está mintiendo. Estoy seguro de que él es nuestro asesino.

—¿Por qué estás tan seguro? Víctor tiene motivos para haber matado a las tres víctimas, pero también los tiene, por ejemplo, Alejandro Soto.

—¿Tú has visto a Alejandro? Es un calzonazos. Su mujer le torea todo lo que quiere y más, y lo hace delante de sus narices. No le veo capaz de matar a alguien tan seguro de sí mismo y en forma como Pablo García. Y tampoco tenemos nada que lo sitúe en los escenarios del crimen.

—Pero tenemos el vídeo en el ordenador de Vanessa, la infidelidad de su mujer con Pablo y que el señor Bejarano le robó sus ahorros. Tiene los mismos motivos, o más, que Víctor Acosta. Además, Bárbara te insinuó que, a veces, se pone violento. Tú mismo tuviste que retenerle en su casa.

—Alejandro Soto es famoso, tiene dinero, vive en una casa de lujo en uno de los barrios más caros de Madrid. Víctor Acosta duerme en una lonja. Es nuestro asesino, estoy convencido.

—¿Crees que solo puede cometer asesinatos gente pobre? No me digas que tienes prejuicios, Gabriel.

—No es eso. Creo que la gente rica tiene más que perder, solo eso. Víctor no tiene nada. El señor Soto puede perder su imagen, su credibilidad, su estatus. No le veo deseoso de cambiar su piso de trescientos metros cuadrados por una celda de dos por tres metros.

—Acuérdate de lo que me dijiste. Las apariencias engañan.

—¡No me lo puedo creer! Has dicho bien un refrán.

35

A Gabriel le sorprende no encontrar a Ángela en su despacho cuando regresa de comer. Pese a que el día de la cena se había mostrado más abierta y cercana, ha vuelto a encerrarse en sí misma tras el interrogatorio a Víctor Acosta.

Insiste en que algo no le cuadra, pero él está bastante convencido de su culpabilidad. La falta de sentimientos mostrada por el sospechoso durante el primer interrogatorio, la frialdad con la que había respondido a sus preguntas sin parecer preocupado porque le culparan de los crímenes y el hallazgo de sus huellas dentro del coche aumentaba su certeza.

Sin embargo, su compañera se había encerrado en sus pensamientos dándole vueltas a la falta de pruebas condenatorias. Se habían pasado la mañana buscando confirmar lo que había dicho Víctor sobre su discusión con el señor García, pero ninguna de las cámaras cercanas al Congreso había grabado nada ese día. La historia de Víctor no podía confirmarse.

En lugar de alegrarse por ello, Ángela se había mostrado disgustada y se había excusado con él para no acompañarle durante la comida.

Pensaba que, después de haberle confesado su tendencia sexual, Ángela se sosegaría y no se mostraría tan distante. Ahora que él sabe que en el tema de las relaciones personales ambos juegan en el mismo bando, no tiene de que preocuparse. Puede relajarse cuando esté con él. Sin embargo, Ángela sigue mostrándose igual de hermética que al principio. La cena, más que un punto de inflexión entre ellos, había sido solo una pequeña tregua.

Cuando uno de los agentes entra en el despacho de su jefa y le encuentra solo, sentado y esperando, le mira con cierto asombro.

—¿No está la inspectora jefe? —pregunta, con la misma cara de sorpresa que si se hubiera encontrado un dinosaurio paseando por la sala.

—¿A ti también te asombra? Yo estaba casi seguro de que la inspectora vivía en este despacho, pero parece que ha tenido que salir sin decir adónde —responde Gabriel.

—Hay una persona que quiere hablar con ustedes, dice llamarse Verónica y ser la coartada de Víctor Acosta para la noche del asesinato del banquero Francisco Bejarano.

—¿Su coartada? ¡No me jodas! Estoy seguro de que es nuestro asesino.

—Eso dice la mujer, sargento. Creo que deberían hablar con ella. Les está esperando en la sala de interrogatorios. Parece que *Killer Cards* sigue suelto.

Gabriel llama por teléfono a Ángela.

—¿Dónde estás, inspectora?

—Intentando averiguar qué no me cuadra en la culpabilidad de Víctor Acosta.

—Pues deja de investigar y ven a comisaría. Se nos ha presentado una testigo que asegura haber pasado la noche del asesinato del señor Bejarano con él.

—¿Qué? Estoy a diez minutos. No empieces el interrogatorio sin mí.

Ángela y Gabriel pasan primero por la sala contigua a la sala de interrogatorios. A ambos les gusta observar previamente al interrogado y, desde esa sala, pueden hacerlo a través del cristal tintado.

La mujer que les espera ronda los cuarenta años. Su pelo largo hasta los hombros muestra un tono tan negro que no deja dudas de que lo lleva teñido, aunque sus raíces delatan que hace semanas que no lo hace. Viste bien, pero sin lujos y su vestido entallado insinúa una bonita figura. No se ha sentado en la silla de la sala y da paseos cortos de un lado a otro de la estancia haciendo sonar sus zapatos de tacón. No obstante, no parece estar muy nerviosa. Tampoco mueve mucho las manos, ni se toca el pelo, gestos característicos en la gente a la que le cuesta controlar los nervios. El bolso que ha dejado sobre la mesa presenta bastante desgaste. El color rojo original casi ha desaparecido, su tonalidad ahora es rosa blanquecina.

—¿Crees que puede ser la coartada de Víctor Acosta? Si es así, nos quedaríamos sin principal sospechoso —dice Gabriel, sin dejar de observarla.

—No lo sé. No parece el tipo de mujer que se relacione con hombres sin techo. Habrá que escuchar su historia a ver qué credibilidad puede tener. Vamos a hablar con ella.

Ángela entra primero en la pequeña habitación. Gabriel entra tras ella. Cuando se cierra la puerta la inspectora invita a Verónica a tomar asiento.

—Buenas tardes. ¿Cómo le ha dicho a mi compañero que se llama? —pregunta Ángela.

—Verónica.

—¿Verónica qué más?

—Verónica Almagro —contesta la mujer sin dejar de mirar a los ojos de la inspectora.

—Muy bien, señora Almagro, cuéntenos. Somos todo oídos.

—No hay mucho que contar. Vi en las noticias de ayer por la noche que tenían retenido a Víctor, acusado de ser *Killer Cards*. Víctor Acosta no puede haber asesinado al banquero que ha salido por la tele porque la noche que le mataron estaba conmigo.

—Cuando preguntamos al señor Acosta si tenía coartada para esa noche nos dijo que había pasado la noche solo. ¿Puede explicarme eso?

—Es todo un caballero. Soy una mujer casada. Víctor jamás

pondría en peligro mi matrimonio, antes prefiere parecer sospechoso. Sabe que él no ha hecho nada y solo tiene que esperar a que ustedes lo demuestren. Yo, sin embargo, desde que me enteré que le habían detenido, no puedo quitarme de la cabeza que puedo y debo hacer algo por él, como él siempre ha intentado hacer por mi familia.

—¿A qué se refiere? ¿Cómo conoció usted al señor Acosta?

—Víctor y yo nos conocimos en el único sitio que es posible conocerle, en las oficinas de la plataforma de afectados por la hipoteca. Mi marido y yo acudimos a ellos cuando no pudimos hacer frente a los pagos de la misma. Se encargaron de asesorarnos en todo momento. Víctor siempre se mostró atento, amable y dispuesto a ayudar en todo lo que estuviera en su mano. Si no fuera por la PAH, mi situación personal sería, en estos momentos, insoportable. Les debo media vida. No puedo dejar que acusen a Víctor de algo que no ha hecho.

—¿A usted iban a desahuciarla?

—Iban no... A mí, a mi marido y a mi hijo pequeño nos desahuciaron. Hace un mes varias patrullas de policía nos sacaron de casa y nos dejaron con una mano delante y otra detrás.

—Es decir, que la PAH no pudo hacer nada por evitar su desahucio —comenta Gabriel, apoyado en la pared de la habitación.

—La PAH, y Víctor especialmente, lo hicieron todo. De no haber sido por ellos, mi familia habría tenido que abandonar la casa seis meses antes. Ellos nos asesoraron para alargar los trámites todo el tiempo que fue posible. Se plantaron con nosotros frente a nuestra casa evitando, en dos ocasiones, que la policía nos desalojara. Eso nos permitió quedarnos en casa un poco más. Nos acompañaron al banco donde teníamos la hipoteca y negociaron con ellos la deuda. —Los ojos de Verónica parecen llenarse de lágrimas y el labio inferior comienza a temblarle—. Si no fuera por Víctor y la PAH ahora estaríamos en la calle y endeudados con el banco. Gracias a su labor conseguimos que nos otorgaran la dación en pago y, aunque nos quedamos sin nuestro hogar, al menos no tenemos que seguir pagando una deuda. Podemos intentar rehacernos desde cero. En la PAH fueron los únicos que hicieron algo por nosotros.

—Y usted está tan agradecida que está dispuesta a mentir para proteger a su salvador —replica Gabriel.

—¿Cómo dice? ¿Mentir? Viniendo aquí pongo en peligro lo único que me queda, mi familia. ¿En serio cree que lo haría por una mentira?

—No lo sé. Si tan importante es su familia para usted, ¿por qué pasó la noche con el señor Acosta?

—Cuando el desahucio de mi casa terminó y tuvimos que irnos a vivir a casa de mis suegros, al contrario de lo que pueda imaginar, me sentí por primera vez en mucho tiempo tranquila, agradecida. Llevaba tanto tiempo con el peso de la angustia sobre los hombros que cuando terminó aquella pesadilla me sentí liberada. Me había quedado sin casa, pero no había arrastrado conmigo a nadie más. Mis padres y mis suegros eran avalistas de nuestro crédito y, si no llegan a habernos concedido la dación en pago, sus casas también habrían sido embargadas. Me sentía tan agradecida que esa tarde fui a la PAH a dar las gracias a Víctor.

—¿Y qué ocurrió entonces? —pregunta Ángela.

—Que me enteré de su situación personal. Aquel que tanto había hecho por mí y mi familia no tenía dónde vivir. Dormía en las oficinas de la PAH. A él se lo habían quitado todo. Yo, sin embargo, podía seguir adelante con mi vida gracias a él.

»Me contó su situación y sentí que algo en mi pecho volvía a encogerse. Era tan injusto que alguien tan bueno como él tuviera que vivir de aquella manera…

—¿Y decidió acostarse con él? —pregunta Ángela con cierta incredulidad.

—No decidí nada, pasó. No sé ni cómo pasó, pero así fue. Estaba tan agradecida y me daba tanta lástima su situación personal que le abracé. Un abrazo inocente, sin mala intención, con el único propósito de hacerle ver que lo sentía, que le daba las gracias por todo. Él me correspondió al abrazo. Me sentí protegida. Sentí que pasara lo que pasara, nunca me iba a quedar sola, que siempre habría alguien como él dispuesto a ayudar.

»Cuando dejamos de abrazarnos nos quedamos tan cerca el uno del otro que pude ver en la tristeza de sus ojos reflejado mi agradecimiento. Fue un impulso, un instinto, no sé. Sentí la necesidad de hacerle ver que él tampoco se quedaría nunca solo, que podía contar conmigo. Sentí el impulso de besarle.

—Y no se quedó solo en un beso, ¿no?

—Ya se lo he dicho, pasamos esa noche juntos. El beso despertó reacciones en mí que, tras los meses vividos de angustia, creía olvidadas. Yo amo a mi marido, pero los meses de noches sin dormir y tensión que hemos vivido hasta el desahucio nos han mantenido distantes. Esa noche en la que me sentí liberada de los problemas del desahucio, los labios y el cuerpo que tenía frente a mí eran los de Víctor. Me dejé llevar. Sólo fue esa noche. Ni siquiera hemos vuelto a vernos desde entonces. Esta mañana iba a la sede de la PAH para hablar con él y aclarar las cosas. Fue un desahogo, una liberación, un momento de locura que no se volverá a repetir entre nosotros. Pero les juro, por mi familia, que Víctor Acosta no pudo matar a nadie esa noche.

Cuando la señora Almagro sale de la sala de interrogatorios Ángela y Gabriel se quedan mirando el uno al otro.

—¿La crees? —pregunta Gabriel, dando vueltas por la habitación.

—Su historia suena verosímil. A mí al menos me lo ha parecido.

—Lo cierto es que no hay nada en su historia que desentone. Su ropa, su peinado, su bolso, hablan de una señora que ha vivido tiempos mejores que ahora no se puede permitir. Encaja con su historia de haber sido desahuciada de su casa. Que Víctor nos ocultara que había pasado la noche con ella también puede tener su lógica, sabiendo que la señora Almagro está casada. Pero sigo pensando que no puede ser casualidad que todas las muertes tengan relación con nuestro sospechoso. Si la coartada es buena me quedo sin teoría. ¿Qué te parece si llamamos al señor Acosta a la sala de interrogatorios y le preguntamos por la señora Almagro? A ver si sus relatos, ahora que ya sabe que ha sido ella quien ha venido de forma voluntaria a declarar, coinciden.

Un agente trae a Víctor esposado a la sala de interrogatorios. En su cara sigue la misma expresión de desgana que el día anterior, cuando le detuvieron. Junto a él se sienta el abogado de oficio que le han asignado. Hace un gesto mostrando sus esposas, pero ante la negativa de la inspectora, toma asiento y agacha la cabeza.

—Alegre esa cara, señor Acosta —dice Ángela en cuanto se quedan los tres solos en la habitación—. Tenemos una buena noticia para usted.

—¿Han comprobado lo que les dije esta mañana de mi discusión con García?

—No, no es eso. No hay ninguna imagen de su discusión con García que nos confirme su historia del paquete de tabaco. Pero si hemos hablado con su coartada para la noche del asesinato de Francisco Bejarano.

Víctor levanta la cabeza y mira a la inspectora como si estuviera loca. Su rostro pasa de una expresión de desgana a una de extrañeza e incredulidad.

—¿Cómo dice?

—Hemos hablado con la señora Almagro. Nos ha contado la historia de cómo usted y la PAH le han ayudado con su desahucio y de lo agradecida que ella le está por esa ayuda. Ella nos ha contado que ustedes pasaron esa noche juntos, lo que hace imposible que usted matara al señor Bejarano.

—No tengo idea de lo que me está hablando, inspectora. ¿Qué señora Almagro?, ¿de qué noche juntos me habla? —responde Víctor, lanzando miradas confundidas a la inspectora y a su abogado.

Gabriel, al otro lado del cristal tintado, abre los ojos sorprendido. No se esperaba la respuesta del sospechoso. Sale de la sala de observación y entra sin llamar a la puerta de la sala de interrogatorios.

—Espere… ¿No recuerda a la señora Almagro? —pregunta.

—Ni a la señora Almagro ni a ninguna señora o señorita con la que ustedes digan que haya podido pasar ninguna noche en los últimos meses. Ya les dije que esa noche, como las otras noches desde que me desahuciaron de mi casa y empecé a colaborar con la PAH, la pasé solo en la oficina. Todas y cada una de las noches. No sé qué pretenden inventándose un encuentro con una señora de la que no me suena ni el nombre.

—Deberías alegrarte por la coartada… —El abogado le mira sorprendido y le da golpes por debajo de la mesa.

—¿Dice usted que la señora Almagro miente? —pregunta Gabriel.

—Pongo en duda hasta la existencia de esa señora. Creo que ustedes se la están inventando. Quieren ponerme un caramelo en la boca con una coartada falsa para que yo me agarre a ella como un clavo ardiendo y, después, cuando ustedes prueben que esa coartada es falsa, hacerme parecer un mentiroso y culpable. Pero yo ya les dije que no he matado a nadie, que no pueden encontrar pruebas que me relacionen con ninguno de los tres asesinatos, porque no las hay. Ya les he explicado cómo llegó el paquete de tabaco con mis huellas al coche. Su única manera de acusarme sin pruebas es hacerme parecer culpable. Lo siento, soy pobre pero no tonto. Tengo una carrera de periodismo y me conozco todas y cada una de las maneras de tergiversar una historia. Yo no estuve con nadie esa noche —puntualiza Víctor, haciendo caso omiso a los consejos de su abogado.

Tras dejar a Víctor discutiendo con su letrado antes de devolverle a su celda, Gabriel y Ángela vuelven al despacho.

—Sigo pensando que Víctor es un hombre muy listo —dice Ángela.

—O muy tonto. Es el principal sospechoso y ha rechazado una coartada que lo exoneraba del primer crimen.

—Porque sabe que no es culpable.

—De eso no estoy tan seguro. A mí me sigue pareciendo un hombre frío, capaz de llevar a cabo una venganza contra todos aquellos que le han arruinado la vida. Está tan convencido de que no vamos a poder acusarle que no se sobresalta. Él mismo lo ha dicho, es periodista y conoce todas las formas de tergiversar una historia. De lo que sí estoy seguro es de que tenemos que localizar a Verónica Almagro e interrogarla de nuevo. Si Víctor Acosta dice la verdad, ella nos ha mentido de manera descarada. Tenemos que descubrir el porqué.

El cabreo de Gabriel es monumental al descubrir que nadie ha tomado los datos de Verónica Almagro. El oficial Borbolla se excusa diciendo que se había presentado de manera voluntaria y que no suele fichar a los que vienen por su cuenta a comisaría. El número de teléfono que dejó para ser localizada resulta pertenecer a una señora de Sevilla, que ni se llama Verónica, y que, en sus ochenta años, no ha estado nunca en Madrid.

—¡Nos ha mentido en todo! —exclama Gabriel, golpeando con rabia la mesa de la recepción.

—Sí, pero no tiene sentido. ¿Por qué va a presentarse como coartada falsa de alguien que después rechaza su testimonio?

—Quizás tú tienes razón y Víctor es muy listo. Nos hace creer que le estamos intentando engañar cuando, en realidad, es él quien nos engaña a nosotros. Rechazar una coartada falsa le da credibilidad en su afán de declararse inocente. Pero si borramos la historia de Verónica Almagro seguimos teniendo sus huellas en el coche de Pablo García y sabemos que agredió a Francisco Bejarano. Para mí, sigue siendo nuestro asesino.

—Todavía tenemos veinticuatro horas para tenerlo retenido. Veremos que ocurre en este tiempo.

—Te aseguro que voy a encontrar a esa Verónica Almagro, aunque tenga que revisar uno a uno sus pasos desde su llegada a esta comisaría.

El oficial Borbolla se acerca a ambos y, viendo que la tensión se puede mascar, decide interrumpir colocándose entre los dos con una sonrisa en los labios.

—Traigo buenas noticias. Hemos encontrado el arma homicida en el caso del jugador de fútbol asesinado.

—¡Estupendo! Déjeme los informes —dice Gabriel, recuperando el ánimo—. No te importa, ¿verdad?

Ángela le hace un gesto de aprobación para que sea él quien lea primero el informe. Gabriel revisa cada página con detenimiento. Si resuelven el caso del imitador y consiguen alguna prueba irrefutable para condenar a Víctor Acosta podrán dar por terminado el caso y él podrá regresar a su casa en la sierra. En un principio, había decidido coger la habitación de hotel para no tener que desplazarse continuamente. Después, había permanecido en ella con la intención de dejarse acompañar alguna vez por la inspectora. Pero visto lo visto, ahora tiene ganas de regresar a su casa y olvidarse del caso.

—¿Qué tenemos? —pregunta Ángela impaciente.

—Se ha encontrado el arma homicida y, además de la sangre de la víctima, se ha encontrado sangre de otra persona. Seguramente, el asesino se hizo un corte a sí mismo al agarrar mal el arma. El laboratorio la ha cotejado y tenemos coincidencia. Es Leandro Soler, tiene antecedentes por agresión y tráfico de drogas. Un mal bicho.

36

Leandro termina de recoger los platos de la comida. Los deja caer en el fregadero donde todavía se apilan los platos de la cena de la noche anterior. Una joven le espera impaciente en el salón contando billetes de cincuenta euros y separándolos en montones cuando alcanza los mil.

—¡El fin de semana no ha podido empezar mejor! —grita la chica desde el salón cuando completa el quinto fajo de billetes sobre la mesa de cristal.

—Y con los resultados de hoy vamos a triplicar esa cantidad, preciosa. Esperemos que a ningún inútil se le ocurra cagarla esta tarde —exclama Leandro, regresando al salón con una cerveza en la mano y dándole un beso en la boca. Ella le sonríe desde el sillón medio desnuda—. Y algunos piensan que para ganar dinero en el fútbol hay que ser buen deportista y jugar en Primera. Yo me estoy forrando con estos paquetes de Tercera y soy incapaz de darle una patada a un balón.

La chica lanza al aire los billetes de cincuenta euros que le quedan por contar y le rodea con sus brazos para sentarse sobre sus rodillas.

—¿Me vas a llevar a cenar fuera esta noche? —dice mientras contonea sus caderas sobre sus piernas.

—¡Por supuesto! Tenemos que celebrarlo. Hemos ganado más dinero en estos cinco meses de temporada que en dos años con el trapicheo de drogas. Hoy te llevaré a cenar a un sitio caro.

Tendrás que ponerte el vestido negro y ajustado que te regalé.

—Lo haré, pero me queda tan sexi que no sé cuánto vas a poder aguantar las ganas de quitármelo. —Ahora es ella quien le besa en la boca e intenta acariciarle la entrepierna con perversas intenciones.

—Estate quieta, preciosa. Ve a darte una ducha y a vestirte mientras termino de contar el dinero. Tengo que hacer unas llamadas. Están a punto de empezar algunos partidos de Tercera y todavía no he hecho las apuestas. Tengo un par de «pelotazos» asegurados.

—¿No prefieres ducharte conmigo? —pregunta la joven mientras contonea sus caderas dirigiéndose al cuarto de baño.

Leandro duda, durante unos instantes, entre encender el ordenador para realizar las apuestas o mandarlo todo al carajo y meterse en la ducha con la morena que no deja de provocarle. Finalmente, enciende el ordenador mientras ella se pierde por el pasillo. Al fin y al cabo, es el nivel de vida que le permiten las apuestas deportivas lo que hace que morenas como ella se contoneen delante de él en su modesta casa.

Abre las cuentas que tiene en las páginas de apuestas asiáticas. Siete en total, todas ellas con IP falsa generada con programas gratuitos que circulan por la red. Mira en el móvil la lista de amaños que sus fuentes le han pasado esa semana y comienza a apostar. En ese momento alguien golpea la puerta.

Ángela y Gabriel llaman con insistencia. Un par de patrullas de policía, que los acompañan para la detención, esperan en la calle.

—¡Leandro Soler, abra la puerta! ¡Abra la puerta inmediatamente o la abriremos nosotros! —grita Gabriel mientras golpea con el puño.

La joven sale de la ducha con una toalla cubriendo su cuerpo y el pelo mojado.

—¿Quién es cariño?, ¿por qué no abres?

Cuando llega al salón solo se encuentra el ordenador encendido sobre la mesa. Los fajos de billetes han desaparecido y no hay rastro de Leandro. Los golpes en la puerta amenazan con derribarla. Desconcertada se dispone a abrir.

—¡Van a tirar la puerta! —grita mientras descorre el cerrojo.

—¿Está Leandro Soler en casa? —pregunta Ángela al ver la cara de sorpresa de la joven al encontrarse frente a frente con la Policía y la Guardia Civil.

—No… No está… Ha salido. ¿Qué desean?

Gabriel entra en la casa apartando a la joven, a la que casi se le cae la toalla.

—¡La ventana trasera está abierta! —vocifera mientras se dirige a la ventana a través de la cual ve como un hombre corre por la parte de atrás de la casa que lleva a una zona arbolada—. ¡Ángela, se escapa! ¡Se dirige hacia la avenida de los Caprichos!

Desde el primer piso no hay más de un par de metros hasta la calle. Decidido, salta por la ventana y sale corriendo tras Leandro, que se pierde ya entre los árboles.

Ángela baja las escaleras dando el aviso a sus compañeros que esperan en la calle y se pone al volante de su coche. Conduce por el tramo de la calle Fuentedetodos que lleva hasta la avenida de los Caprichos y gira a la derecha a gran velocidad. Al fondo ve a su compañero corriendo, cruzando bajo un túnel en el que le pierde de vista.

Gabriel persigue a Leandro que, al otro lado del túnel, se ha montado en un coche de color negro. Cuando llega a su altura y se dispone a sacar el arma para disparar, el coche ya se aleja por la avenida. Maldice antes de guardar el arma ante el riesgo de herir a alguno de los viandantes. En ese momento Ángela llega a su altura.

—¡Síguele! ¡Que no escape! —grita, haciendo señales para que su compañera no se detenga. El coche negro gira por el fondo de la calle.

En una reacción instintiva, se queda esperando a que llegue el siguiente coche patrulla y se monta en el asiento del copiloto. Ir en el coche con Ángela siempre le pone tenso, enfrentarse a una persecución con ella al volante es demasiado para sus nervios.

Al final de la avenida de los Caprichos la carretera gira a la izquierda. Cuando su coche llega a la curva, su compañera ya no está a la vista.

—¿Hacia dónde vas? —grita a la radio del coche.

—Ha girado a la derecha en la calle Sepúlveda. ¡Este tío está más loco que yo! ¡Va esquivando coches saltándose la mediana!

Gabriel duda que pueda haber alguien más loco al volante que su compañera.

—¡No le pierdas!

Desde su coche puede ver cómo un vehículo de color negro cruza de un lado a otro la mediana haciendo saltar chispas a los bajos del coche cuando otro vehículo se interpone en su camino. No le sorprende ver al coche de su compañera hacer lo mismo.

—¿Adónde va esta carretera? —pregunta Gabriel a su conductor.

—Nos dirigimos hacia el paseo de la Ermita del Santo —responde cuando el coche al que persiguen gira a la derecha en el cruce.

—Al resto de vehículos, el sospechoso se dirige hacia el cementerio de San Isidro por el paseo de la Ermita. Repito, hacia el cementerio de San Isidro —grita por radio Gabriel cuando su coche gira a la derecha.

Un vehículo está a punto de chocar contra el del sospechoso cuando se salta el semáforo. Gabriel suspira en el momento en que, por fortuna, Ángela consigue esquivarlo.

A Gabriel le suena el teléfono móvil en el bolsillo. Mira la pantalla y no reconoce el número. Decide colgar sin atender la llamada mientras no deja de indicarle al piloto adónde tiene que ir. El teléfono vuelve a sonar con insistencia.

—¿Quién es? —pregunta cuando se decide a descolgar.

—Sargento primero Abengoza, soy Ricardo Robles. Me dijo que le llamara si recordaba algo más.

—Este no es un buen momento, señor Robles. Estoy en

medio de una persecución. Si no le importa…

—Es que ya sé de qué me suena la cara de la inspectora Casado…

—Si no le importa, le llamó más tarde —dice Gabriel antes de colgar cuando un giro brusco del coche le hace chocar contra la ventanilla.

El vehículo al que persiguen se mete en dirección contraria para esquivar a los coches que esperan en el semáforo, y vuelve a la dirección correcta cuando los deja atrás, para continuar hacia el Puente de San Isidro.

Dos vehículos de la policía, que bajan por el otro lado del paseo, le cierran el paso y le obligan a meterse por dirección contraria dentro del puente. Ángela se mete detrás. Los tres vehículos persiguen al sospechoso mientras que el coche de Gabriel llega, segundos más tarde, a la altura del cruce. Cuando el piloto gira a la izquierda se lleva las manos a la cabeza.

El coche negro esquiva el tráfico que le viene de frente por la carretera de tres carriles que cruza el puente en ese sentido. Ángela conduce detrás a gran velocidad. El auto negro golpea contra uno de los coches y lo cruza en medio de la carretera. Ángela intenta esquivarlo y choca contra la mediana, da un volantazo y pierde el control golpeando contra la valla. Su coche cae al río Manzanares.

La apertura de las presas que regula el caudal del río y las lluvias intensas de los últimos días hacen que, por fortuna, el caudal del Manzanares sea alto. Si la caída se hubiera producido en verano, el coche de su compañera se habría estrellado contra el cauce seco del fondo. Gabriel ve como el coche de Ángela empieza a hundirse.

Su coche se detiene por donde ha caído el de su compañera mientras los otros dos coches continúan la persecución. Las imágenes de sus pesadillas golpean de nuevo su cerebro cuando ve hundirse el coche en las frías aguas.

—No pienso dejar que tu imagen se una a ellas —murmura antes de quitarse la chaqueta y saltar al río desde una altura de más de cinco metros.

El río baja turbio, con las aguas revueltas, y apenas puede ver bajo el agua, pero ha saltado antes de que el coche se haya terminado de hundir. La ventanilla del piloto está abierta. No va a tener que romperla y le será más fácil entrar, pero el agua también entra más fácil y hunde el coche a mayor velocidad.

Ángela parece inconsciente en el asiento. Gabriel, con medio cuerpo a través de la ventanilla busca la manera de desabrocharle el cinturón de seguridad sin tener que abrir la puerta. El agua entra rápido en el coche y sus manos tienen que moverse con agilidad a tientas bajo el agua sucia.

Consigue quitarle el cinturón cuando el agua ha hundido por completo el vehículo. Da una última bocanada de aire antes de abrir la puerta del coche, agarra el cuerpo de Ángela y lo saca hasta la superficie.

La inspectora es un peso muerto que tiene que arrastrar hasta la orilla. La forma física de su compañera y su habilidad nadando, pese a que ya no se acerque al agua, le permiten llegar a la orilla y ponerla a salvo. El coche patrulla en el que él viajaba les está esperando para ayudarles.

Gabriel le realiza los primeros auxilios. Ángela ha recuperado la consciencia cuando llega la ambulancia.

—Buen trabajo, sargento —le dice el agente cuando el vehículo se aleja hacia el Hospital Doce de Octubre.

—¿Qué hay del coche que perseguíamos? —pregunta Gabriel mientras se seca con la manta que le han dado los enfermeros y se pone la chaqueta para no congelarse de frío.

—Han informado por radio que cuando la inspectora ha caído al agua ha continuado la huida por el paseo de los Pontones. Allí se le ha acabado la suerte y ha sufrido un accidente. Ha dejado el coche y ha intentado huir a pie. Aprovechando que hoy hay partido de los «colchoneros» ha intentado mezclarse con la gente que se dirigía a la despedida del Vicente Calderón.

—¿Le han detenido?

—Así es. Como le digo, se le acabó la suerte en el paseo de

los Pontones. Un par de agentes le han detenido entre la gente. Le están llevando a comisaría.

Gabriel decide pasar primero por el hospital. En un primer momento había pensado en viajar con ella en la ambulancia, pero al ver que había recuperado la consciencia se quedó en el lugar hasta asegurarse de que habían atrapado al sospechoso. Quería poder darle una buena noticia cuando ella se recuperara. Ahora quiere ver cómo se encuentra antes de meter al sospechoso entre rejas.

La encuentra discutiendo con una enfermera y un médico.

—¡Que estoy bien! Me dan el alta o me marcho de forma voluntaria —grita su compañera.

—Me temo que van a tener que hacerle caso —dice Gabriel cuando entra en la habitación—. Es muy cabezota.

—Gabriel, diles que tengo que salir de aquí. ¿Han detenido al sospechoso?

—Sí, tranquila, le han detenido. Está en comisaría y no se va a mover de allí. Deberías hacer caso a los médicos y descansar esta noche. Te acabo de sacar inconsciente del río Manzanares.

—A ti lo que te pasa es que no sabías cómo hacer para besarme después de nuestra charla en la cena —dice Ángela antes de sufrir un ataque de tos.

—Procura que no tenga que volver a hacerlo, inspectora. No me gustan las chicas que pueden robarme las conquistas. Y mucho menos el agua —responde con una sonrisa.

—Anda calla y llévame a comisaría. Te aseguro que estoy bien.

—Abrimos el telediario de hoy con una buena noticia. La policía ha detenido al imitador de *Killer Cards*. Tras una persecución de película, los agentes de la policía han detenido a Leandro Soler como autor del asesinato de Ignacio Lagos, jugador de fútbol del Parla. Parece ser que el señor Lagos estaba implicado en una trama de apuestas ilegales y que el asesino aprovechó la popularidad de los casos de *Killer Cards* para intentar ocultar su crimen. Gracias a la buena labor policial ha dado con sus huesos en la cárcel.

»Nos llegan informaciones de que la inspectora jefe Casado, que se encuentra al frente de la investigación de los asesinatos, ha tenido que ser rescatada del río Manzanares durante la persecución. Ella y su compañero de la Guardia Civil, Gabriel Abengoza, que ha sido la persona que se ha tirado de forma valerosa al río para rescatar a su compañera, no se toman ni un respiro desde que se conoció el caso. Nos han informado en el hospital Doce de Octubre que la inspectora se ha negado a pasar la noche en observación, deseosa de volver al caso cuanto antes. Estamos seguros de que, con gente como ella al frente de la investigación, el caso no tardará en resolverse.

37

En el despacho de Ángela, Gabriel está de muy buen humor y se mueve por la habitación casi como si estuviera bailando sobre una nube.

—Vamos, inspectora, alegra esa cara. Hemos dado con el imitador y ya hemos metido entre rejas a un culpable. La prensa digital y la televisión han anunciado a bombo y platillo la buena labor policial y mañana llenaremos las portadas de la prensa escrita. Tu jefe te dejará tranquila un tiempo. ¡Ha sido un día magnífico!

—Lo sería si no fuera porque en el otro caso seguimos sin pruebas para acusar a nadie. Nos quedan menos de veinticuatro horas para tener que soltar a Víctor Acosta y solo tenemos unas huellas que bien pudieron llegar al coche como él nos ha dicho. Arrestar al imitador no supone ningún avance en nuestra principal investigación. Los medios no tardarán en volver a centrar el foco en que hay tres asesinatos sin resolver. Nada menos que un político, un banquero y una compañera de profesión —apunta Ángela sin cambiar su rictus serio y sin mirar a su compañero.

—Bueno, de eso ya nos encargaremos mañana. Hoy es el momento de celebrar que hay un asesino entre rejas y que has sobrevivido a una caída al Manzanares. No mucha gente puede decir lo mismo, ¿no te parece?

»Te invito a tomar una copa antes de llevarte a casa. Vamos, inspectora, que salir no le hace mal a nadie y hay que celebrar que seguimos vivos. —El humor de Gabriel, sin embargo, es excelente. La detención del imitador le ha subido la adrenalina y se siente eufórico tras enfrentarse a su mayor miedo.

—Gracias, pero debería irme a dormir cuanto antes. Estoy algo mareada, puede que los médicos tuvieran razón, necesito descansar. Espero que tú hagas lo mismo y mañana no vengas tarde a comisaría. Tenemos que ponernos con las pruebas a primera hora si no quieres que tengamos que soltar al señor Acosta.

—¿No te das ninguna tregua a ti misma, inspectora? Prometo no llegar tarde mañana y hacer todo lo que esté en mi mano para encontrar a Verónica Almagro y que nos explique su visita antes de tener que soltar a Víctor. Pero hoy deberías acompañarme a celebrarlo.

—Quizás otro día, Gabriel. Hoy no estoy de humor y me duele la cabeza.

—No sabía yo que las lesbianas utilizaban la misma excusa —ironiza Gabriel, girando sobre sus talones y encaminándose hacia la puerta.

—Si no fuera porque me has salvado la vida esta tarde… —replica Ángela mientras recoge su bolso de encima de la mesa.

Antes de las once de la noche Gabriel entra por la puerta de su local favorito. La camarera no tarda en recibirle con una amplia sonrisa teñida de rojo.

—¡Gabriel! Qué gusto verte por aquí. Acabo de verte en las noticias, ¡sales de guapo por la tele!

—Gracias, Gloria. Tú, que siempre me miras con buenos ojos —responde, devolviéndole una amplia sonrisa y un guiño.

—Has sido muy valiente saltando al agua para salvar a tu compañera. ¿Se encuentra bien?

—Sí, está bien. No ha querido ni quedarse a pasar la noche en observación. Ya hemos estado en comisaría. Es incansable.

—Hasta para investigar asesinatos te haces acompañar de mujeres guapas.

—Ya te dije que la inspectora es una mujer muy guapa, pero

inaccesible para alguien como yo.

—No hay ninguna mujer inaccesible para un hombre como tú —replica Gloria apoyándose en la barra y mostrando su generoso escote.

—Sí que las hay, querida Gloria. Las mujeres con poco sentido del humor y que solo piensan en el trabajo y, sobre todo, aquellas que comparten los mismos gustos que un servidor. Tienes tú más posibilidades de seducir a la inspectora que yo, y más si no dejas de mostrar tus encantos tras la barra.

—Vaya, ¡qué lástima! Se os veía buena pareja por la televisión. Pero bueno, la buena noticia es que así sigues disponible para una servidora.

—¿Quieres hacer el favor de servirme una copa y dejar de tirarme los tejos? Por muy tentadoras y halagadoras que sean tus ofertas, bastantes problemas tengo ya como para buscarme uno con una mujer casada. —Gabriel se ríe mientras toma asiento en la barra. Gloria siempre le hace mejor el humor. No como la rancia de su compañera.

El coqueteo descarado de la camarera siempre le ha hecho mucha gracia. Ambos saben que entre ellos nunca va a pasar nada, pero a él no le molesta que le halaguen de la manera directa que lo hace Gloria y a ella le gusta mostrarse como una mujer alocada.

—Sabes que mi marido jamás se enteraría de lo nuestro —dice Gloria, devolviéndole el guiño que él le ha dedicado al entrar—. Lo mismo de siempre, ¿verdad, Gabriel?

—Y tú sabes que si algún día te digo que sí, tú serás la primera en echarte atrás. Quieres demasiado a tu marido.

—Cómo me conoces, granuja.

Gabriel toma su vaso y se gira en su taburete hacia el local. Da un trago largo y deja escapar un suspiro.

El ambiente del local es tranquilo y la música suena a un volumen que permite hablar a los clientes sin tener que gritar. No es uno de esos sitios en los que al salir te zumban los oídos y la música retumba en tu cabeza. Aunque hay una pequeña pista de baile nadie suele utilizarla, al menos hasta pasada la media noche, cuando los clientes están más desinhibidos. El resto del tiempo la pista permanece vacía y la gente charla y bebe a su alrededor sentada en los cómodos sillones.

En el local, además de él y su amiga Gloria, pueden contarse otras nueve personas que ocupan tres de las mesas. En una de ellas, una pareja con las manos enlazadas y la mirada fija el uno en el otro, charla de manera distendida mientras sus pensamientos, con seguridad, planean donde terminar la noche. En otra de las mesas, dos mujeres y un hombre beben. Ellas dos hablan sin cesar y el chico mira su teléfono móvil. Gabriel piensa que uno de los tres sobra, pero no está seguro de quien.

—Ponme otra, Gloria —dice volviéndose a girar hacia la barra y dejando el vaso vacío.

En cuanto Gloria le sirve la segunda copa vuelve a observar el local. En la tercera mesa cuatro chicas ríen, beben y murmuran. Gabriel no tarda en reconocer a la chica que dejó sola en el hotel cuando tuvo que atender la llamada de Ángela. Ahora que el caso del imitador ha sido resuelto, decide acercarse a ella y disculparse por su forma apresurada de salir.

—Hola chicas, buenas noches —dice al acercarse a la mesa.

—Buenas noches, sargento —responde la que había sido su acompañante.

—Veo que has visto las noticias.

—Mis amigas y yo pedimos a la camarera que subiera el volumen cuando te vimos en la tele. Hasta ese momento llevábamos dos días destripándote entre nosotras.

—¿Destripándome? Ya te dije que sentía tener que marcharme.

—Claro, pero entiéndeme. Acabábamos de conocernos, estábamos en la habitación de un hotel, te llama una mujer, porque oí que era una mujer y, entonces, te excusas y dices tener que irte con prisas dejándome sola y a medias en la habitación. ¿Qué quieres que piense? Estuve una hora esperándote a ver si volvías antes de recoger mi ropa y marcharme.

—Y tus amigas y tú dedujisteis que la mujer de la llamada era mi novia o mi mujer, claro.

—¿Qué otra cosa podía pensar? No tenía ni idea de a qué te dedicas. Ahora ya lo sé y todo tiene su lógica. ¿La mujer que te llamó es la misma que has rescatado hoy del Manzanares?

—La misma. Es la inspectora jefe de la policía.

—¿Hay algo entre vosotros?

—No, nada. Solo somos compañeros en el caso —contesta Gabriel, preguntándose por qué todo el mundo piensa que son pareja.

—Enhorabuena por haber atrapado al asesino.

—Al imitador. El caso del asesino en serie sigue por resolver, pero muchas gracias… Quizás hoy podríamos retomar nuestro primer encuentro en el punto donde lo dejamos ¿qué te parece? —propone Gabriel mientras apura de un trago su segunda copa.

—Hay momentos en la vida, sargento, que sólo ocurren una vez. Días en los que las circunstancias confluyen de una manera única e irrepetible. Esas circunstancias irrepetibles se dieron hace un par de días. Hoy, las circunstancias nos llevan por otro camino distinto y no terminan con los dos desnudos en la cama de un hotel. Lo siento.

Gabriel regresa a la barra mientras las amigas siguen riendo y murmurando a su espalda.

—Gloria, sírveme otra copa más. Hoy he venido de celebración.

—¿No ha habido suerte con esa chica? —pregunta la camarera mientras le llena de nuevo el vaso.

—La vida no es cuestión de suerte, querida Gloria. Es cuestión de acertar con los momentos —contesta dando un trago largo y dejando el vaso vacío de nuevo sobre la barra esperando a que la camarera vuelva a llenarlo—. Ver un bonito atardecer no es cuestión de suerte, sino de estar en el sitio correcto a la hora exacta. Yo no acierto con los momentos.

Quince minutos y dos copas más tarde, las cuatro amigas se

levantan y salen del local. La primera en pasar por su lado es la chica con la que ha estado hablando. Le sonríe y se despide con un gesto con la mano. Las dos siguientes murmuran un adiós cuando pasan por delante de él. La última amiga le guiña un ojo, le lanza un beso y le entrega una nota. Gabriel se sonríe cuando abre el papel y lee un nombre y un número de teléfono.

Le resulta curiosa la forma en la que, a veces, la suerte se convierte en una dama traviesa que se dedica a jugar con el mundo. Él, que nunca ha sido muy afortunado en las relaciones, termina sintiéndose atraído por una mujer que nunca podrá corresponderle. Intenta desahogar su mala suerte con la primera mujer que le presenta la oportunidad y es esa mujer imposible quien se lo estropea. Y resulta que ese suceso, en apariencia contraproducente, es el que le permite que una nueva oportunidad llamé a su puerta. La cita con Aurora solo habría sido un encuentro de una noche. Quizás con su amiga sea diferente.

Dando vueltas a sus pensamientos se toma otras dos copas. Las ideas empiezan a sentirse adormiladas y se relaja. Cuando el reloj marca la una de la madrugada, su teléfono empieza a sonar.

—¿Quién es? —responde entre balbuceos cuando consigue descolgar.

—Sargento Abengoza, soy Ricardo. Le he visto en las noticias. Me dijo que me iba a llamar, pero no lo ha hecho.

—¿Qué Ricardo? —pregunta aturdido.

—Ricardo Robles, el exnovio de Vanessa. Le llamé esta tarde porque he recordado de qué conozco a la inspectora Casado.

—Que le den a la inspectora Casado —dice Gabriel, dando un golpe en la mesa con la copa esperando que Gloria se la vuelva a llenar.

—¿Está usted bien, sargento?

—Estoy de puuuta madre —responde entre balbuceos Gabriel—. Estoy celebrando que hemos pillado a un asesino. Y lo estoy celebrando solo porque no acierto nunca con las personas ni con el momento.

—¿Está borracho?

—Bastante. Y más que voy a estarlo antes de volver a mi habitación del hotel.

—Quizás debería llamarle mañana...

—Ya me ha molestado hoy. ¿Qué quería? —pregunta mientras recoge el vaso lleno que le ha vuelto a servir Gloria.

—Decirle que cuando vinieron a mi casa me pareció conocer de algo a la inspectora. En ese momento no lo relacioné. Me pillaron medio dormido y en pelotas, pero había algo en ella que se me hacía conocido. Hoy, cuando he vuelto a ver su cara en el periódico me he acordado. Está más mayor, pero esos ojos y esa cara ya sé dónde los he visto antes.

—¿En dónde? —pregunta Gabriel, apoyando los dos brazos en la barra esforzándose por mantenerse erguido.

—En casa de Vanessa, hace unos cuantos años, cuando empezamos a salir. Entre las fotos que tenía por la casa había unas cuantas de ella con otra chica. Parecían buenas amigas por la manera de posar juntas. Esa chica adolescente que salía en las fotos con Vanessa era la inspectora Casado. Estoy seguro.

—Serían pareja. La inspectora tiene buen gusto para las mujeres.

—¿Pareja? Vanessa fue mi novia y nunca me dijo nada de que le gustaran las mujeres.

—A Vanessa no sé, a la inspectora Casado seguro —añade Gabriel—. La llamaré ahora a ver qué me cuenta. No ha querido venir a celebrar...—Gabriel tiene que contener una arcada mientras habla.

Tras colgar la llamada de Ricardo intenta marcar el número de su compañera, pero se equivoca dos veces. La persona que contesta al otro lado no lo hace de buenas maneras en ninguna de las dos ocasiones. A la tercera acierta con el número de la inspectora.

—¿Qué quieres, Gabriel? —pregunta Ángela.

—¿Dónde estás, inspectora? Se oye ruido en el teléfono. ¿No te ibas a descansar?

—Y tú suenas como un borracho. Te he dicho que te quería

despejado mañana a primera hora en comisaría.

—Y allí estaré. Y no estoy borracho, bueno… un poco. Pero estoy trabajando. Acabo de hablar con el exnovio de Vanessa —replica Gabriel, intentando aparentar serenidad en la voz.

—¿Con el señor Robles? ¿Y qué quería?

—Decirme que te conocía, que te recuerda de unas fotos tuyas de joven junto a Vanessa.

—Eso no puede ser. Tiene que estar equivocado. Yo no conocía a la señorita Rubio más que de verla en televisión.

—Pues él está seguro de que eras tú, Más joven, pero tú. ¿Era Vanessa la chica por la que te fuiste de casa, inspectora?

—Gabriel, estás borracho y no piensas con claridad. Es mejor que te vayas a dormir y hablemos por la mañana.

—¿Y por qué no quisiste entrar a interrogar a su hermano? ¿Porque también iba a reconocerte?

—No digas tonterías, Gabriel. Sabes que tenía que investigar el caso y que Rubén y su novia Jessica no estaban relacionados directamente con los asesinatos. Rubén me ha visto por la tele varias veces esta semana. Si me conociera de algo te lo habría dicho. ¿Dónde estás?

—En el bar de mi amiga Gloria. Ese al que llevo días intentando invitarte. Ella siempre me trata bien y quiere hablar conmigo. No como otras.

—Creo que deberías irte ya al hotel. Es más de la una.

—A sus órdenes, inspectora jefe, «prrrff» —responde Gabriel despidiéndose con una pedorreta.

Apura la última de sus copas de *whisky*, se pone la chaqueta, no sin dificultad y se despide de su amiga, que sigue mostrando la misma sonrisa escarlata que cuando llegó.

—¡Ten cuidado! —le grita Gloria cuando lo ve tropezarse en los escalones de la entrada al local.

El viento frío de la noche madrileña le sienta como un golpe directo a la mandíbula. No quiere despejarse, quiere llegar con la misma sensación de mareo con la que ha salido del bar y caer rendido en la cama para dormir hasta que el despertador le recuerde que tiene que volver a comisaría. Quizás, esa noche sus fantasmas le dejen descansar.

Levanta la cabeza algo desorientado, intentando cerciorarse de que la calle por la que transita es la correcta. No es la primera vez que vuelve desde el bar a la habitación, pero el exceso de alcohol le nubla su buen juicio.

—Ahora… a la derecha —dice en voz más alta de lo que en realidad pretende.

Sabe que si acorta por el callejón se dará de bruces con su habitación de hotel. El camino por la calle principal le obligaría a tener que recorrer otras dos manzanas y el viento frío le está despejando demasiado.

—No te olvides de poner a cargar el móvil, no vayas a ganarte otra bronca de tu amable compañera. —Vuelve a decir en voz alta como si sus pensamientos necesitaran ser verbalizados para que su cerebro los escuche.

Saca el móvil de la chaqueta y se apoya en la pared del callejón para intentar enfocar con la mirada la pantalla de su teléfono y buscar la aplicación de alarma. No quiere olvidarse de colocarla a las siete en punto. Su compañera es muy puntual.

Mientras activa la alarma le parece oír en su cabeza las manecillas de un reloj marcando los segundos. Como si el móvil le estuviera recordando el poco tiempo que le queda para dormir.

«Tic», «Tac», «Tic», «Tac». Agita la cabeza confuso.

—El reloj del móvil no marca los segundos —piensa, mirando la pantalla como si quisiera descubrir por donde suena.

Pero los «tic» y «tac» suenan cada vez más altos. Incluso parece que el tiempo se acelera y que le roba segundos a la noche. «Tic», «Tac».

Gabriel se acerca el móvil al oído para asegurarse de que está sonando. El ruido es cada vez más nítido.

—No es «tic», «tac» es «tap», «tap» —deduce antes de levantar la cabeza asustado.

No es el móvil lo que suena, sino pasos que se acercan rápido hacia él. Intenta girarse, pero no le da tiempo. El siguiente ruido que escucha, antes de caer de bruces al suelo, es el «crack» del golpe de una barra de metal contra su cabeza.

Cae al suelo y escucha acercarse a alguien. El instinto de supervivencia le hace recuperar parte de la lucidez pese a la borrachera. Se queda inmóvil en el suelo hasta que siente a alguien arrodillado a su lado.

—Lo siento, Gabriel, no podía permitir que lo estropearas todo. —Una voz femenina y muy reconocible murmura a su lado mientras intenta tomarle el pulso.

Con las fuerzas que le quedan agarra la mano de su agresora y la lanza contra el suelo poniéndose encima de ella.

—Ángela… ¿Por qué? —pregunta al ver a su compañera forcejeando.

—No tenía que acabar así, esto no estaba dentro del plan. Teníamos que haber resuelto el caso y terminar como amigos… pero no puedes estropearlo, Gabriel. No puedo dejar que investigues a Verónica Almagro ni que me relaciones con Vanessa Rubio.

—¡Quedas detenida, Ángela Casado! —exclama con menos voz de la que espera.

—Te estás desangrando, Gabriel… Quieras o no, esto termina aquí para ti.

Ángela no necesita hacer mucho esfuerzo para quitarse a Gabriel de encima. Las fuerzas le van abandonando y apenas puede oponer resistencia. El golpe, aunque menos efectivo que el que asestó a Vanessa, también es mortal.

—De veras que lo siento, Gabriel. Te juro que esto no tendría que haber terminado así.

38

El móvil de la inspectora suena sobre la mesilla. Son las tres de la mañana, pero no tarda ni dos tonos en atender. Se sienta en el borde de la cama para hablar mientras termina de secarse las manos y de recogerse el pelo húmedo.

—Inspectora jefe, soy la oficial Garrido, siento llamarla a estas horas, pero es muy importante.

—Siempre es importante.

—En este caso aún más. Hemos encontrado la cuarta víctima del asesino de la baraja. *Killer Cards* ha vuelto a actuar. Lo siento, inspectora... —La agente que llama pierde la voz por un instante. Le cuesta pronunciar las siguientes palabras que tiene que decir—. La persona que hemos encontrado, en un callejón, con una carta de la baraja americana escondida en la ropa, es... El sargento primero de la Guardia Civil Gabriel Abengoza.

—¿Gabriel? —pregunta, de manera estúpida, como si la noticia fuera una sorpresa para ella. Hace un gesto de desaprobación por el exceso de asombro fingido en su tono de voz. Llevaba esperando la llamada desde que se sentó en la cama después de quemar la ropa manchada de la sangre de su compañero y de darse una ducha para eliminar rastros.

—Sí, inspectora, es Gabriel. Lo han asesinado sobre la una de esta madrugada. La camarera de un bar cercano ha encontrado el cadáver al cerrar el local, a eso de las dos y media de la mañana. La he llamado en cuanto los agentes que han acudido al lugar de los hechos han identificado el cadáver de su compañero.

—Que nadie toque nada hasta que yo llegue. No quiero que nadie se acerque a menos de cinco metros del cadáver hasta que esté yo allí y evite, por todos los medios que la prensa se entere de lo sucedido, ¿entendido?

—A sus órdenes, inspectora.

Se apresura a ponerse el uniforme y sale a la carrera como haría en cualquier otro caso del que no conociera al culpable.

Al llegar a la escena del crimen, Ángela se cubre los ojos con la palma de la mano cuando sale del coche. Las luces de los coches patrulla, que cerraban la entrada al callejón, y los *flashes* de las cámaras de los periodistas la ciegan. La oficial Garrido no ha cumplido bien sus órdenes, cosa que ella ya esperaba.

Los periodistas se arremolinan a su alrededor y empiezan a asediarla con preguntas cuando la ven llegar.

—Inspectora, ¿estamos ante un nuevo asesinato de *Killer Cards*? Si el asesino sigue suelto, ¿a quién tiene encerrado en comisaría?, ¿se sabe la identidad de la última víctima?, ¿es otra personalidad famosa?, ¿dónde está su compañero de la Guardia Civil, inspectora?

Las preguntas le llegan de todos lados y chocan dentro de su cabeza como dos trenes que hubieran entrado por el mismo raíl a través del túnel de sus oídos. Su escasa paciencia es la víctima de ese accidente.

—¡Me quieren dejar en paz de una vez! —responde, sin levantar la cabeza y sin dejar de taparse los ojos con la palma de la mano. No la aparta hasta haber cruzado la cinta.

—Inspectora… —Saluda con un gesto solemne el oficial de policía que custodia el cadáver de Gabriel. Con mucha empatía por su parte, elimina el cordial buenas noches del saludo.

—¿Qué tenemos? —se limita a preguntar Ángela al llegar a la altura donde se encuentra el cuerpo ensangrentado.

—Parece que el sargento Abengoza volvía a la habitación de su hotel pasada la una de la mañana. La camarera que lo encontró, a eso de las dos y media, dice que fue a esa hora cuando salió de su bar. La mujer lloraba desconsolada cuando llamó por teléfono. Dice que conocía a Gabriel desde hace tiempo y que eran buenos amigos. Parece que al sargento le atacaron por la espalda y le dieron un fuerte golpe en la cabeza. Creemos que no oyó a nadie acercarse.

Gabriel sigue tendido en el suelo con un charco de sangre rodeando su cabeza. Su móvil está roto unos metros más adelante. Ángela se arrodilla cerca del cadáver y se enfunda unos guantes antes de rebuscar entre la ropa. La cartera de Gabriel y una nota con un nombre y un número de teléfono apuntados están en el bolsillo derecho de su chaqueta. El as que faltaba para completar los cuatro ases de la baraja está en el bolsillo izquierdo.

—Lo siento, Gabriel —susurra mientras revisa las manos de su compañero para asegurarse de que no hay ningún resto entre sus dedos, o en sus uñas, que pueda implicarla. También echa una ojeada a la ropa de su compañero para asegurarse de que no hay ninguna fibra que se haya quedado enganchada durante el forcejeo—. Ya pueden dejar pasar al forense y que realicen el levantamiento del cadáver cuanto antes. Que lleven todos los informes del caso a mi despacho, estaré en mi oficina. Traten con el mayor respeto el cuerpo de la víctima. Yo tengo que soltar a un sospechoso. Y por favor, ¡echen de aquí a los putos periodistas!

Tras golpearle en la cabeza, no tuvo tiempo de ver si Gabriel se había quedado con algo entre sus manos cuando forcejearon. Había decidido huir a toda prisa del callejón para evitar ser vista antes de que descubrieran el cuerpo. Por suerte, antes de la llegada del forense, siempre la avisaban de los asesinatos y había tenido tiempo, una vez encontrado el cuerpo, de revisar el cadáver para asegurarse. Si, pese al cuidado puesto en no dejar huellas, aparecía después alguna fibra en el cadáver que la relacionaba, siempre podía alegar que había sido un descuido en el momento de revisar el cadáver motivado por el estado anímico en el que se encontraba después de ver a su compañero asesinado o alguna transferencia que se había producido esa misma tarde cuando él la había rescatado del Manzanares.

Ángela entra en su oficina cuando el reloj aún no marca las cuatro de la mañana. Le duele la cabeza y las ojeras de su rostro reflejan que lleva días sin dormir más de tres horas. Se deja caer en la silla de su despacho y cierra los ojos. Siempre piensa mejor cuando a su cabeza no llegan imágenes de fuera y puede centrarse en sus pensamientos. Lo primero que tiene que hacer es soltar a Víctor Acosta. Si en los tres asesinatos anteriores no tenía coartada, en este caso no podía tener una mejor. Lleva casi dos días encerrado en la celda de comisaría.

«Mira que tienes mala suerte, chaval. Un caso que no te atañe para nada y casi terminas en la cárcel de por vida».

Ha llegado el momento de resolver el caso. Centrada en exculpar al principal sospechoso para su compañero, el caso ha estado a punto de írsele de las manos. Ahora que Gabriel no está, ya puede seguir adelante. Solo tiene que terminar de atar los cabos sueltos para detener a ese asesino que tenga motivos para matar a esas cuatro personas en particular. Alguien a quien Vanessa Rubio estuviera amargando la vida. Alguien para quien Pablo García fuera una amenaza. Alguien a quien Francisco Bejarano hubiera estafado. Alguien que deseara tanto ver muerto a Gabriel que le ha matado pese a que la policía tenía encerrado a otro sospechoso.

En la cabeza de Ángela se suceden imágenes de posibles sospechosos a los que ha interrogado junto a su compañero. Como si sus pensamientos fueran una pared, va colgando las imágenes de todos aquellos que han pasado por la sala de interrogatorios durante el caso. Y después, uno a uno, arranca mentalmente sus fotos según los va descartando mientras pronuncia en voz baja: «coartada», «coartada», «coartada».

Una mueca triunfal se dibuja en su cara cuando al final solo queda una foto colgada en su pared imaginaria. Solo una persona a la que volver a interrogar.

«Parece que al final todo va a salir bien».

Después va a la celda donde tienen retenido a Víctor. No le sorprende encontrárselo dormido sobre el camastro.

«Las personas que no tienen cargos de conciencia duermen mucho mejor».

—Señor Acosta —dice con un tono de voz fuerte para despertarlo. Víctor se despereza en la litera y se gira hacia la verja—. Levántese, puede usted marcharse.

—¿No han podido demostrar que yo lo hice? —pregunta, sentándose en el borde de la litera con cara somnolienta.

—El verdadero asesino se ha encargado de demostrar que usted no lo hizo.

—¿Ha matado a alguien más?, ¿dónde está su compañero?

—Mi compañero es la víctima. Vístase y márchese, es usted libre.

—Lo lamento —dice Víctor, mientras se pone la camisa y se ata los zapatos.

39

Alejandro se frota con la yema de los dedos las sienes delante de la pantalla del ordenador de su camerino. El dolor de cabeza le ha perseguido desde que sonó el despertador a las ocho de la mañana para hacer sus ejercicios. Una de las consecuencias de salir en televisión es la de tener que conservar una buena imagen, aunque esté ya cercano a los cincuenta.

Se había levantado con la sensación de no haber descansado, como si una noche de sueño no hubiera surtido en su cuerpo el efecto reparador que de ella se espera. Sigue sintiéndose tan cansado como el día anterior, con la cabeza tan atontada como antes de irse a dormir. En realidad, no recuerda ni cuándo se fue a acostar.

Lo último que recuerda es estar en casa bebiendo una copa de vino durante la cena. Después había sonado el despertador y eran las ocho de la mañana. Ni rastro en su cabeza de cómo se había cambiado de ropa y de cómo había llegado a la cama. Tenía que ir al médico para hacerse mirar esas pérdidas momentáneas de memoria. Ya era la tercera vez que le pasaba y las dos primeras no habían acabado nada bien. Y las noticias de la mañana no eran nada halagüeñas.

La reunión previa a presentar las noticias ha sido intensa. Todos están alterados ante las noticias de las que han hablado en el telediario de la mañana y que van a ser el tema principal de las noticias de esa noche: *Killer Cards* ha vuelto a actuar la noche anterior y ha completado su póker de asesinatos.

Todo el país habla ya del caso. Todos quieren saber quién es el asesino. Los índices de audiencia de los telediarios han subido hasta niveles no alcanzados desde la llegada de las televisiones privadas. Vuelven a ser los programas más vistos de la televisión, como una serie americana de máxima audiencia. Y el de su cadena, siendo una de las víctimas su presentadora, es el más visto del país. Sus niveles de popularidad están por las nubes. Y eso le hace estar más estresado que nunca. Las imágenes de su cabeza tras las dos primeras pérdidas de memoria le golpean las sienes.

Tiene que aliviar el dolor de cabeza antes de salir a plató. Queda menos de una hora y no puede presentarse ante media España con esa cara. Hoy todo el mundo va a estar delante de la televisión para ver qué tiene que decir Alejandro Soto sobre el caso.

Nunca ha sido partidario de medicarse. Las aspirinas hace años que dejaron de hacerle efecto. En su experiencia, ha descubierto que la mejor manera de aliviar el dolor de cabeza y de conciliar el sueño es masturbarse. El aumento del ritmo sanguíneo y las endorfinas que se liberan al alcanzar el orgasmo son «mano de santo» contra sus dolores de cabeza y el estrés. Y, ahora, necesita con urgencia desestresarse.

Pero tiene la cabeza tan atontada que la imaginación no acude en su ayuda. Necesita un estímulo visual. Por suerte para él, Internet está lleno de esos estímulos.

Busca en uno de los enlaces que tiene guardados en la carpeta de favoritos y activa uno de los vídeos que aparece en la primera página, a los que puede acceder gracias a su pase V.I.P por el que paga una tarifa plana mensual desde hace más de un año.

La escena de sexo de su pantalla y los gemidos que llegan a sus oídos a través de los altavoces del portátil incentivan su libido y le provocan las primeras reacciones. En muchas de sus visitas a ese tipo de páginas suele deleitarse con varios vídeos antes de empezar a masturbarse. Le gusta ponerse a prueba y dejar que los estímulos hagan reaccionar a su cuerpo incluso contra su propia voluntad. Muchas veces ha jugado a resistir la tentación de masturbarse el máximo tiempo posible. Pero, en esta ocasión, la premura de tener que salir a plató no le deja practicar su fantasía favorita. A las primeras reacciones de placer se abre la cremallera del pantalón, rebusca en su ropa interior y empieza a acariciarse.

Siente como el corazón se le acelera y el dolor de cabeza empieza a remitir. La cercanía del orgasmo le hace encontrarse mejor.

—Alejandro Soto, queda usted detenido —dice una voz femenina que abre la puerta de su camerino de golpe—. ¡Joder, que asco! Haga el favor de guardarse eso inmediatamente.

Sorprendido *in fraganti*, Alejandro cierra de golpe la pantalla de su ordenador e intenta vestirse de forma apresurada. No le resulta fácil ocultar su miembro erecto dentro del pantalón ajustado.

—Este es mi camerino privado. No pueden entrar así en él —exclama, intentando disimular su vergüenza.

—Me he pasado el día pidiendo permisos y órdenes para hacer lo que me dé la gana, señor Soto. Me temo que sus horas de jugar delante del ordenador se le han acabado para mucho tiempo. Si no fuera porque ha asesinado a cuatro personas, casi sentiría lástima por haberle jodido su última vez.

—¿Asesinar? ¿A quién? No pensará que yo soy *Killer Cards* ¿verdad?

—No sólo lo pienso, sino que tengo pruebas para demostrarlo. Me he pasado la mañana pidiendo órdenes y recopilando esas pruebas. Yo, en su lugar, confesaría cuanto antes. Quizás si nos libra de un mayor trabajo, un juez comprensivo le quite algún año de condena.

—Yo no he matado a nadie. ¿Por qué iba a matar yo a mi compañera? No entiendo nada, inspectora. —Su cara refleja temor e incomodidad. Al dolor de cabeza se le añade ahora el dolor de entrepierna por quedarse a medias.

—Hablaremos de eso en comisaría —dice Ángela mientras dos agentes terminan de colocarle las esposas.

La directora del informativo aparece corriendo por el pasillo cuando Ángela se lleva a Alejandro.

—¡Inspectora! ¿Adónde se llevan a mi presentador? —grita con un tono de voz desesperado.

—A la cárcel. Creo que deberían ir buscándole un sustituto de larga duración.

—¿Y quién va a presentar las noticias esta noche?

—¡Hágalo usted, señora! Yo solo hago mi trabajo, detener a los asesinos.

40

Alejandro Soto es trasladado a la sala de interrogatorios con las manos esposadas a la espalda y la mirada perdida, como si alguien hubiera pulsado un interruptor dentro de su cabeza y hubiera apagado sus emociones. Se deja llevar por los pasillos de comisaría como un muñeco de trapo.

Mientras le arrastraban por los pasillos de su trabajo no había dejado de protestar y forcejear, asegurando su inocencia, hasta quedarse sin aire en los pulmones y hacerse sangre en las muñecas por el roce con las esposas. Había dejado de gritar, y de intentar resistirse a la detención, cuando los agentes le subieron en el coche patrulla, resignándose a su suerte.

Ángela entra tras él, con paso firme, y le observa antes de iniciar el interrogatorio. En realidad, no tiene nada que preguntar. Todas las peticiones de órdenes que ha hecho por la mañana han dado sus frutos ya que, tenía bien organizado el plan llegados a este momento crucial.

La imagen del detenido es patética. Con el gesto abatido, el pelo alborotado por el forcejeo con los agentes, la camisa mal abrochada por las prisas al vestirse cuando le sorprendieron frente a su ordenador y una pequeña mancha viscosa en sus pantalones, el señor Soto pierde toda la credibilidad que le da su imagen de presentador de las noticias. Ha pasado, en unos minutos, de ser un hombre respetado a convertirse en un simple mamarracho adicto al sexo por Internet con una vida de mierda como la de muchos.

—Solo tengo una pregunta para usted, señor Soto. ¿Por qué? —Alejandro no responde en el intervalo de cinco segundos que deja la inspectora antes de volver a hablar—. ¿Por qué ha asesinado usted a cuatro personas?

—Yo no he asesinado a nadie —murmura entre dientes Alejandro, al que le sigue doliendo, casi hasta el desmayo, la cabeza.

—No me haga perder la paciencia, señor Soto. Las cosas puede que le vayan mejor si no me hace perder el tiempo ni los nervios. Las personas mienten a cada instante, pero las pruebas no. Que usted es el asesino ya ha quedado demostrado durante las investigaciones que hemos realizado durante esta mañana. Ahora solo quiero saber el porqué.

—¡Le repito que yo no he matado a nadie! —responde de nuevo Alejandro levantando el tono, pero no la mirada. Pese a que intenta mostrar firmeza en sus palabras, la voz le tiembla.

—Muy bien. Le diré lo que yo sé y usted me irá diciendo si me equivoco en algo, ¿de acuerdo? —Alejandro vuelve a quedarse callado como respuesta—. Tomaré su silencio como un sí. Empecemos por el principio, el señor Francisco Bejarano... Le conocía, ¿verdad?

—Ya sabe que sí. Bárbara se encargó de explicarle los detalles. Es el director de la sucursal de mi banco.

—El mismo director que le aconsejó invertir todos sus ahorros en un magnífico negocio, ¿verdad, señor Soto?

—Sí, insisto en que ya se lo dije en mi casa —responde de nuevo entre murmullos y con la cabeza gacha, con un tono de voz tan bajo que casi muere antes de salir de la garganta.

—El mismo que, cuando usted intentó recuperar su dinero para realizar una inversión, le dijo que no podía, que el dinero se había perdido para siempre. Eso tuvo que dolerle, el señor Bejarano decía ser su amigo y, sin embargo, le estafó. ¿Qué pasó, señor Soto?

—Ya se lo expliqué en mi casa. Nos habló de unos nuevos fondos de inversión que había sacado a la venta su banco. Me dijo que mis ahorros no podían estar mejor invertidos, pero no me habló de que no iba a poder recuperarlos hasta pasados veinte años. De eso no dijo nada. Tampoco me habló del dinero que le iba a pagar el banco en comisiones por estafar a la gente. Se compró un deportivo a costa de clientes confiados como mi mujer y yo.

—Así que se enteró de que lo habían estafado delante de sus narices y encima el director de la sucursal en el que usted confiaba. Eso tiene que doler mucho. Tanto como para hacerle desear vengarse. ¿No, señor Soto?

—Claro que me enfadé. Puse una demanda contra él.

—Pero los trámites judiciales son lentos y usted veía al señor Bejarano derrochando lujo por los cuatro costados, paseando con su nuevo flamante coche por las calles, mientras que a usted le había dejado casi con una mano delante y otra detrás. ¿Cómo le hacía sentir eso?

—Mal, muy mal. ¿Qué quiere que le diga? ¿Que odiaba a ese hijo de puta? Pues sí, lo odiaba. Era un cabrón. —Ahora el tono de voz de Alejandro es firme, seguro, como cuando presenta las noticias.

—Tanto que hace unos días perdió definitivamente los nervios y, viendo que la justicia iba muy lenta y que no le daba ninguna garantía, decidió tomarse la justicia por su mano y le mató. ¿Es correcto?

—No, yo no le maté… —La voz vuelve a adquirir un tono inseguro, como si estuviera eligiendo las palabras entre los pensamientos inconexos que le vienen a la mente.

—¿Me puede explicar entonces por qué las fibras que encontramos en la hebilla del pantalón del señor Bejarano coinciden con las fibras del maletero de su coche? Lo he mandado analizar esta mañana.

Cuando la inspectora termina de formular la pregunta, el rostro de Alejandro se deforma como el de un boxeador que acaba de recibir un golpe directo en el mentón. Con lentitud, levanta ligeramente la cabeza con los ojos cerrados y respira profundo.

Después los va abriendo, poco a poco, como si los párpados le pesaran más que su conciencia.

—Porque me lo encontré muerto en mi maletero esa noche. Yo le arrojé al precipicio en el que lo encontraron, pero le juro que no recuerdo haberle matado. Se lo juro. Ya estaba muerto.

—Así que usted abre el maletero de su coche, encuentra un cadáver en él, que no sabe cómo ha llegado allí, y decide tirarlo por un precipicio con la esperanza de que no lo encuentren.

—Eso es.

—Cuénteme qué pasó, señor Soto.

—Me desperté en mi coche. Me dolían los huesos y el corazón parecía latirme dentro de la cabeza. Estaba en una carretera que no reconocía en medio de la nada. Aturdido, salí a que me diera el aire para poder despejarme. Cuando me encontré algo mejor fui al maletero del coche a coger una linterna para ver si podía descubrir dónde me encontraba exactamente. No había ni una sola farola que iluminara el lugar. Cuando abrí el maletero me llevé un susto de muerte. Había un cadáver en mi coche. No tardé en reconocer a Francisco. Me puse nervioso.

—¿Por qué se puso nervioso, señor Soto?

—¡Joder! ¡Porque había un cadáver en mi maletero! ¡Y porque reconocía al muerto!

—Y porque usted tenía motivos para haberle matado…

—Sí, claro que los tenía, pero le juro que yo no lo hice. ¡Solo me lo encontré muerto!

—Pero, en lugar de llamar a la policía, decidió que era mejor deshacerse del cadáver.

—Me asusté. No recuerdo qué pasó esa tarde. Me desperté dentro de mi coche en medio de una carretera sin saber cómo había llegado allí, abrí el maletero y vi el cuerpo de Francisco. No sabía qué hacer. Lo único que se me ocurrió fue deshacerme del cadáver. No sabía dónde estaba, era una carretera poco transitada y un terreno prácticamente inaccesible. Era de noche, apenas había tráfico y, viendo el precipicio tan cerca, saqué el cadáver del maletero, lo arrastré hasta el borde de la carretera y lo empujé.

Pero le juro que no sé cómo llegó el cadáver a mi maletero. ¡Se lo juro, inspectora!

—Muy bien, dejemos el caso del señor Bejarano y sigamos. ¿Le ha pasado eso alguna vez más, señor Soto?

Recibe la pregunta como otro golpe directo que le hace tambalearse. El púgil está cerca de caer a la lona. Alejandro se queda de nuevo unos segundos en silencio antes de responder.

—Sí —musita finalmente.

—¿Puede responder más alto, señor Soto?

—¡Sí! —responde, levantando la mirada hacia la inspectora con los ojos inyectados en sangre—. Sí, me ha pasado más veces.

—¿Cuándo le volvió a ocurrir?

—El viernes que se cometieron los crímenes de Pablo García y mi compañera Vanessa Rubio.

—Qué casualidad, ¿no cree? ¿Qué le pasó esa noche?

—Que me volví a despertar en medio de una carretera sin tener idea de cómo había llegado hasta allí. Recuerdo que me desperté con el temor de que hubiera vuelto a pasar lo mismo.

—Despertó en el coche y su primer miedo fue volver a encontrarse un cadáver en su maletero. Pero se debió de sentir aliviado al ver que esta vez no había cadáver, ¿qué pasó ese día, señor Soto?

—La luz de los focos de un coche a gran velocidad hizo que me despertara al reflejarse en el retrovisor. Con una sensación fuerte de mareo y la cabeza desorientada, intenté abrir los ojos. Los parpados se negaban a obedecer las órdenes del cerebro. Conseguí parpadear un par de veces antes de dejar de luchar. De nuevo el silencio y la negrura lo envolvieron todo. «Una carretera, he visto una carretera». Pensé todavía con los ojos cerrados. «¡Qué demonios hago en una carretera!».

»Lo último que conseguía recordar era que había terminado de almorzar con mi mujer y que me había sentado en el sofá de casa a leer el periódico. Había tomado un café con leche y después, había salido de casa dirección a mi trabajo, me había montado en el coche y… Nada más. No era capaz de recordar nada más. Pero cuando salí de casa era de día y al abrir los ojos era noche cerrada.

»Las aturdidas ideas llegaban a mi cabeza como *flashes* de una cámara de fotos. Imágenes desordenadas que no conseguían tomar forma y dar sentido a mi extraña situación. «¡No! ¡Otra vez no, por favor!». Me asustaba la idea de que me hubiera vuelto a pasar lo mismo. Los parpados me pesaban tanto que necesité ayudarme de las manos para mantenerlos abiertos. Tenía problemas hasta para tragar la saliva, la boca seca y los reflujos del estómago casi me hacen vomitar. A mi alrededor solo se veían árboles y sombras. Ni casas, ni coches, ni farolas que arrojaran algo de luz a mis pensamientos. Mi coche volvía a estar aparcado en la cuneta de una carretera por la que solo había pasado un coche.

»Con el temor de estar volviendo a pasar por lo mismo, intenté ponerme en pie. Sujetándome al marco de la puerta, conseguí levantarme. El aire frío de la noche me ayudó a despejar la cabeza. Con pasos nerviosos y descoordinados, me acerqué a la parte trasera del vehículo. Con las manos temblorosas, abrí el maletero. En un primer instante, una sensación de alivio. La poca claridad que daba la luna me dejó ver un maletero medio vacío. Hasta que me di cuenta de que dentro había algo que no estaba antes.

»Saqué de dentro una alfombra. Una moqueta con estampados de colores azul y rojo. Mi mano derecha tocó algo húmedo y viscoso. Uno de los estampados rojos no correspondía a la alfombra. ¡Era sangre! Con el cadáver había tenido más cuidado. Me había puesto los guantes que tengo en el coche por si tengo que cambiar una rueda o revisar el motor, para no dejar huellas. Con el alivio de no ver un cadáver en el coche, no tuve el mismo cuidado a la hora de sacar la alfombra. Ahora la alfombra manchada de sangre tenía mis huellas. Decidí quemarla.

—Hemos encontrado restos de la alfombra quemada en la cuneta de la carretera. El tiempo que hemos tenido estos días en Madrid casi le libra de esta prueba, pero no ha tenido suerte. Las fibras de la alfombra coinciden con las que se encontraron en el sujetador de Vanessa Rubio. Era la misma alfombra con la que la trasladaron del salón al cuarto de baño.

—Yo no estuve en la casa de Vanessa esa noche. Yo, yo… ¡Yo no recuerdo dónde estuve!

—Yo se lo diré. En realidad, el G.P.S de su móvil nos lo ha dicho. Le voy a contar una historia a ver qué le parece. No me interrumpa. Solo al final dígame si me equivoco. Después de asesinar al señor Bejarano…

—¡Yo no he asesinado a nadie! ¡Le he dicho que ya estaba muerto!

—¿Qué le he dicho de no interrumpirme, señor Soto? Después de arrojar el cadáver del señor Bejarano, ¿mejor así? —Alejandro se queda en silencio—. Volvió a su casa y siguió con su vida. Viendo que los días pasaban, que nadie encontraba el cadáver, que daban al señor Bejarano como desaparecido y que hablaban de que había huido con el dinero de varios clientes, pensó que se iba a librar y decidió seguir adelante con su plan de quitarse de en medio a todas aquellas personas que le estaban jodiendo la vida. Una vez cometido el primer asesinato, los demás siempre son más fáciles y se pueden planificar mejor. Quiso que los siguientes asesinatos fueran considerados accidentes, así que planificó matar a Pablo García y a Vanessa Rubio de manera que parecieran un infarto y un accidente doméstico. Usted sabía que el señor García y su mujer mantenían relaciones y, aunque nos ha dicho varias veces que su relación está terminada, usted nunca ha dejado de estar enamorado de ella. ¿Voy bien?

—Sí, sabía que mi mujer y ese político corrupto de mierda se acostaban. Sí, pese a que nuestra relación hace tiempo que no funciona, la sigo queriendo. Pero no recuerdo haber visto a Pablo García esa noche. ¿Y por qué iba a matar yo a mi compañera? ¿Qué motivos podía tener?

—Chantaje. Vanessa Rubio le chantajeaba. Ella conocía ese asqueroso vicio suyo del sexo por Internet. Con seguridad, le había pillado alguna vez en su camerino como he hecho yo, por desgracia, esta tarde. Buscó la manera de aprovecharse de esa debilidad suya. Ya le dije que encontramos un vídeo suyo en su ordenador en el que se le ve en una situación tan embarazosa como la que hemos vivido esta tarde en su camerino. Está claro que es un vicio que no ha perdido.

—¡Vanessa nunca intentó chantajearme! Ya le dije que jamás me habló de tener ningún vídeo mío y menos llevando a cabo una de mis fantasías. Ni siquiera me han enseñado ese vídeo.

—Vanessa tenía problemas con su nuevo libro. —Ángela enciende un portátil encima de la mesa y lo coloca para que Alejandro pueda mirar la pantalla. Después pone en marcha el vídeo—. Vanessa tenía este vídeo suyo masturbándose delante de un ordenador con el que podía hundir su imagen. Vanessa abrió la puerta a su asesino porque le conocía. Ha confesado haber quemado la alfombra manchada de sangre con la que trasladaron su cadáver desde el salón hasta el cuarto de baño. Su teléfono móvil le sitúa frente a la casa de Vanessa esa noche. ¿En serio piensa que me voy a creer que no la ha matado, señor Soto?

—No lo recuerdo... —Alejandro empieza a llorar y a agitar la cabeza de un lado a otro en señal de negación abochornado por las imágenes del vídeo—. Le juro que no lo recuerdo.

—Hasta el momento, tenemos tres víctimas a las que usted tenía motivos para matar; el banquero que le había robado su dinero, el político que se follaba a su mujer y la compañera de trabajo que le chantajeaba. Todo iba como tenía planeado. El caso llena los telediarios y usted es el rostro más popular en televisión. El caso de *Killer Cards* se ha vuelto noticia a nivel internacional. Su informativo es el más visto de España y todo el mundo espera nuevas noticias tal y como usted había planificado para recuperar sus índices de audiencia. La detención de Víctor Acosta parece que va a dar por terminado el caso, pero a usted aún le queda una carta para completar el macabro juego del asesino. Cuatro ases de la baraja, tiene que haber cuatro muertes para que el caso sea elevado al nivel de leyenda. Incluso le han surgido imitadores para aumentar su popularidad. ¿Qué le hizo elegir a mi compañero Gabriel como víctima? ¿Quizás no le gustó cómo le miraba Bárbara? ¿Le enfadó ver cómo ella se le insinuaba medio desnuda en su casa? ¿Quizás fue algo que dijo durante el interrogatorio que le hizo sospechar que acabaría atrapándole? ¿Qué fue?

—¡No lo sé! ¿Cuántas veces tengo que decirle que no lo sé?

—¡Hasta que deje de mentirme! —exclama Ángela golpeando la mesa con furia con ambas manos—. En realidad, me da igual que me mienta o no. Como le dije, son las pruebas las que no mienten. ¿Dónde estuvo ayer por la noche, señor Soto? —pregunta volviendo a calmar sus nervios.

—Durmiendo.

—¿A qué hora se fue a la cama?

—No lo recuerdo.

—¿Ni siquiera recuerda cuando se fue ayer a la cama?

—¡No! No me acuerdo. Recuerdo estar tomando una copa de vino en la cena y recuerdo haberme despertado en mi cama esta mañana con dolor de cabeza. ¡No recuerdo nada más!

—Déjeme que le refresque la memoria. Usted salió ayer después de cenar de casa. Nos ha dicho su mujer que cuando llegó por la noche usted no estaba. ¿Y a qué no sabe dónde le sitúa su móvil esa noche? ¡En el callejón en el que han matado a mi compañero! Le tenemos, maldito hijo de puta. ¡Confiese!

—No lo sé, puede, quizás… Le juro que no me acuerdo de haber matado a nadie. Arrojé el cadáver del banquero al precipicio por miedo. Quemé la alfombra con sangre porque tenía mis huellas, pero ni siquiera recuerdo haber estado en la casa de Vanessa. Quizás yo los matara y no me acuerdo… —solloza Alejandro sin poder evitar que las lágrimas resbalen por su cara.

—¿A qué no sabe que más hemos encontrado con sus huellas, señor Soto? Una jeringuilla con dos agujas con restos de sangre de Pablo García. Seguro que tampoco recuerda que hizo con ella después de inyectarle el aire que le provocó el infarto, pero el G.P.S de su móvil también le sitúa en el aparcamiento donde Pablo García aparcó el coche antes de follarse a su mujer la noche de la inauguración. El forense Velázquez y yo nos preguntábamos cómo se podía clavar dos veces una aguja con tanta precisión, y resulta que solo era una jeringuilla con dos agujas las que provocaron dos burbujas de aire en la sangre de la víctima. Muy inteligente por su parte. Con eso nos tuvo muy despistados, pero ya le tenemos.

41

La sala del juzgado no ha estado nunca tan llena. Al juez, a los abogados y a los testigos, se unen decenas de periodistas acreditados que quieren informar en directo del desenlace del caso. Nadie recordaba ningún caso de asesinato que hubiera adquirido tanta popularidad. Cualquier noticia sobre el asunto ha sido devorada por la masa social. Las tertulias en los bares han dejado de ser deportivas y todo el mundo charla sobre el caso de *Killer Cards*. Son tantos los seguidores del caso que no faltan los que admiran al asesino.

Ángela entra en la sala con la paciencia a punto de agotársele. Lleva días concediendo ruedas de prensa, entrevistas. Su jefe, incluso, la ha obligado a acudir a un par de programas de televisión para explicar cómo han atrapado al asesino. Eso sí, siempre a su lado, como convidada de piedra mientras él centraba la atención de los focos.

Está harta de los *flashes* de las cámaras, de que vaya donde vaya la fotografíen o intenten arrancarle una respuesta a una pregunta que ya le han formulado decenas de veces. Solo quiere que el juicio termine y que todo se vaya olvidando. Solo lo soporta porque sabe que el final está cerca y que va a conseguir aquello por lo que tanto ha arriesgado.

Desde el primer momento contaba con que iba a tener que soportar a los periodistas. En cierta manera, los necesitaba para que todo saliera bien. No iban a tener ningún reparo en aceptar un culpable tan mediático. Los medios están cavando más profunda la tumba de Alejandro Soto sin que ella tenga que hacer nada. Sacan sus trapos sucios y los airean sin ningún reparo.

Sin embargo, el abogado de la acusación la ha llamado a declarar. Su exposición de las pruebas puede ser determinante para que el jurado popular termine por declararle culpable.

El abogado defensor está presentando a Alejandro Soto como una víctima, como alguien al que la vida le ha puesto ante una dura prueba. Presenta su ausencia de recuerdos de los asesinatos como una prueba de su arrepentimiento. Alega que su defendido no recuerda los hechos porque para él son tan traumáticos como para los demás. Sus víctimas son las que han traicionado su confianza. Le han robado, le han chantajeado, se han acostado con su esposa. El abogado defensor se está ganando la comprensión de parte del jurado. Hay una corriente, cada vez más popular, de apoyo al asesino. Que las víctimas sean un banquero ladrón, un político corrupto y una periodista manipuladora y mentirosa genera cierta empatía en una parte de la sociedad.

Con su declaración, Ángela tiene que demostrar el lado frío y calculador de Alejandro Soto. Tiene que hacer ver al jurado que él no es la víctima, sino el asesino de cuatro personas.

—Inspectora jefe Casado, buenos días. A usted no hace falta que le recuerde que está bajo juramento. Usted es la persona que ha detenido a Alejandro Soto, ¿verdad?

—El mérito no es solo mío. Sin mi compañero, el sargento primero de la Guardia Civil, Gabriel Abengoza, no hubiera podido atraparle.

—Recuerde a los presentes y al jurado qué le ocurrió a su compañero durante la investigación.

—Le asesinaron. Alejandro Soto le asesinó y le dejó morir en el suelo sucio de un callejón. Le golpeó por la espalda, como un cobarde. A sangre fría y con el único motivo de que él podría descubrir lo que estaba haciendo.

—¿Quiere decir que el único motivo de Alejandro Soto para

matar a Gabriel Abengoza fue que estaba investigando el caso?

—Quiero decir que mató a mi compañero como podría haberme matado a mí. Estoy segura de que cuando le detuvimos al día siguiente de asesinar a Gabriel, en su retorcida mente ya estaba planeado cómo asesinarme. Si esa noche yo hubiera acompañado a Gabriel a celebrar que habíamos detenido al imitador, con seguridad el sospechoso no habría tenido agallas de intentarlo con los dos. Por culpa de Alejandro Soto me siento culpable de la muerte de mi compañero.

—¿Cree usted que el señor Soto miente con lo de su pérdida de memoria?

—Creo que planificó los tres primeros asesinatos. El de mi compañero fue una huida hacia delante para completar su obra. Tenía que colocar los cuatro ases de la baraja para que el caso ganara en notoriedad. En las últimas pruebas realizadas hemos descubierto algo que se nos había pasado desapercibido hasta ahora.

—¿Qué es eso que han descubierto, inspectora?

—En las cartas encontradas en los escenarios del crimen hay una palabra escrita en la parte delantera que solo es visible calentando las cartas. Como esto se mantuvo en secreto por la policía, nos sirvió para descubrir que el asesinato del jugador de fútbol había sido cometido por un imitador, dado que en la carta que dejaron no había ningún mensaje. Pues bien. Hemos descubierto por qué el señor Soto utilizaba los ases de la baraja para marcar sus asesinatos. Todas las palabras escritas empiezan por las letras «A» y «S». Asaltante , Asqueroso, Astuta… Pero nos hemos dado cuenta de que en todas ellas había un pequeño punto entre esas dos letras, entre la «A» y la «S». El asesino no sólo dejaba una palabra que definía, según él, a su víctima. También nos dejaba sus iniciales: A.S son las iniciales de Alejandro Soto.

El jurado del caso no tarda mucho en deliberar. Para disgusto de los medios de comunicación, que esperaban un juicio largo y lleno de giros insospechados a los que poder seguir sacando beneficios, Alejandro Soto es declarado culpable de los cuatro asesinatos y condenado a prisión.

—Enhorabuena, inspectora. Buen trabajo con el caso.

—Gracias, comisario Medrano. Espero que todo este asunto termine ya. Estoy agotada.

—Lo entiendo. Es duro perder a un compañero. Tómese unas vacaciones. Yo me encargo de atender a los medios que haga falta. Seguro que le viene bien descansar.

—Creo que le voy a hacer caso, señor. Unos días de tranquilidad me vendrían muy bien, si no le importa.

—Por supuesto que no. Cójase unos días y vuelva al trabajo con la misma dedicación que le ha prestado a este caso. Recupérese. Está usted haciendo un gran trabajo en la comisaría. Me hace sentir muy orgulloso de la decisión tomada cuando la ascendimos.

—Lo haré, comisario, muchas gracias.

Como ella pensaba, una vez resuelto el caso, el comisario quiere ser la cara visible en televisión y apuntarse el tanto. Pero no le importa, también contaba con ello.

42

Ángela se termina de arreglar delante del espejo. Se aplica champú en seco para dar volumen a su pelo y se maquilla como hace tiempo que no hace. Quiere verse espectacular, quiere sentirse atractiva, quiere que ella no pueda resistirse al verla.

Hace mucho tiempo que sueña con este momento en el que las dos puedan estar solas y dejarse llevar. Han pasado semanas desde su último encuentro furtivo en el que idearon el plan y, desde entonces, han tenido que mantenerse alejadas para no estropearlo. Aunque no hayan podido evitar verse en una ocasión. En realidad, fue ella la que no pudo aguantar más las ganas de verla y tuvo que organizar un encuentro en su gimnasio.

Ahora, con las maletas ya preparadas y nerviosa ante el cercano reencuentro, cuida cada detalle para que ella caiga rendida a sus encantos nada más verla. Los días de vacaciones que le ha dado el comisario los va a pasar a solas con ella. Tiene ganas de que apenas puedan ver la luz del día y pasar todo el tiempo juntas. Bastante tiempo han tenido que estar ya separadas mientras llevaban a cabo su plan para poder verse. La vida, a veces, te hace recorrer largas sendas hasta que tu camino se vuelve a cruzar con el de la persona amada.

Han quedado en una casita con jardín fuera de la ciudad. Aún le queda una hora de camino en coche hasta verla, pero los mensajes que ella le ha mandado por *WhatsApp* ya le han despertado las ganas de besarla.

Conduce sin atender a las prohibiciones y limitaciones de las señales de tráfico. Seguramente, si no hubiera sido necesario matarle, su compañero Gabriel habría muerto de un infarto al verla conducir así. Pero son más fuertes las ganas de verla que el miedo a sufrir un accidente. Ya se lo dijo a Gabriel cuando fueron a cenar juntos: por amor es capaz de hacer cualquier cosa.

El plan no solo le ha servido para poder estar con la persona que ahora ama, sino también para vengarse de la persona que más daño le hizo en la vida. Aquella que la abandonó después de que lo dejara todo por ella. El destino es caprichoso y una puede terminar enamorándose de la esposa del compañero de trabajo de la persona que años atrás te rompió el corazón. El mundo, tan grande y lleno de gente, te hace pensar que, una vez tus caminos se separan, es difícil que se vuelvan a encontrar y, sin embargo, el destino vuelve a poner a ciertas personas en tu vida cuando menos te lo esperas.

Vanessa Rubio había sido su amor adolescente. Ese amor que le había hecho abrir sus sentimientos al mundo. Aquel que le había enseñado a sentirse libre de amar a quien ella quisiera y no a quien una sociedad retrograda, como sus padres, aceptara. Ella había sido su primer gran amor, la que le había dado fuerzas para enfrentarse a su familia y reconocer abiertamente su homosexualidad.

Le sorprendió enterarse por Gabriel de que Vanessa conservaba todavía las cartas de amor que le escribía en aquella época. Después había comprendido que guardaba todo aquello que le regalara los oídos y sus cartas de amor, siempre firmadas como «tu ángel», se los regalaban constantemente. Era una adolescente enamorada cuando las escribía y Vanessa siempre la llamaba así cuando se acostaban juntas.

Una noche, al regresar de su trabajo como camarera en un bar de copas, la descubrió con un hombre en la cama. Ella le había hecho abrir su corazón y una vez abierto lo había destrozado. De un golpe seco, sin darle tiempo a asimilarlo, como había hecho ella con su cabeza.

Vanessa había sido la persona más difícil de matar de las tres que había tenido que eliminar para acusar a Alejandro Soto. La más sencilla había sido Francisco Bejarano. El banquero no solo se había apropiado del dinero de Alejandro Soto, sino que también se había quedado con los ahorros de su amada. Además, el muy impresentable tuvo el descaro de enorgullecerse de ello y de intentar sobornarla cuando se presentó en su casa. El infeliz se pensaba que ella solo estaba allí para detenerle y se mostró altanero sabedor de que por sus delitos no iba a pasar mucho tiempo entre rejas. Cuando comprendió que su intención era matarle, lloró como un cobarde, suplicando perdón y clemencia.

Matar a Gabriel no entraba en sus planes. La idea era dejar a la opinión pública y a los medios de comunicación con la sensación de que la policía había detenido al asesino antes de que este llevara a cabo su plan, deteniéndole aún con un as de la baraja por entregar. Pero el caso se había complicado con la aparición de Víctor Acosta. El pobre tiene tan mala suerte en la vida que hasta las pruebas de unos asesinatos que no ha cometido le señalaban como el culpable.

Cuando entre su amada y ella planearon presentar a una actriz como coartada de Víctor, él se había negado a aceptarla. Ángela pensaba que no quedaba en el mundo gente buena que antepusiera la verdad a su posible salvación, pero Víctor era de ese tipo de gente que, aunque la vida le trate mal, mantiene sus principios. Cuando Gabriel quiso investigar más sobre esa mujer que había mentido dando coartada a Víctor había empezado a pensar que podía convertirse en un problema. No podía permitir que descubriera que era una actriz contratada por ella misma para poder probar la inocencia de Víctor y centrar sus pesquisas en su objetivo de encarcelar para siempre a Alejandro Soto. Cuando Gabriel la llamó borracho para decirle que el exnovio de Vanessa la había reconocido en las fotos, tuvo que matarle, aunque él acabara de salvarle la vida. Le costó más de lo que pensaba. Con los días le había cogido cariño, pero ya no había vuelta atrás. ¿Qué hacía Vanessa conservando aquellas fotografías en su casa años después de su marcha? Con eso no había contado.

Ricardo Robles tampoco era ya un problema. Lo habían encontrado muerto en su casa con una sobredosis de droga. El caso ni siquiera había tenido que llegar a su mesa. Todo su círculo de amistades sabía que era adicto a las drogas desde que Vanessa le abandonó. Su aspecto deplorable y su delgadez extrema eran claros síntomas de su adicción. Cuando lo encontraron muerto, a nadie le había extrañado. Ella solo había tenido que suministrar una dosis de droga mayor de la que el propio Ricardo ya consumía. Drogado como estaba cuando fue a visitarle por última vez tampoco había sido difícil.

Por si fuera poco, sus compañeros de Antidroga habían descubierto que la droga incautada en la casa se la había suministrado Rubén Rubio, a quien ya tenían encerrado por el intento de asesinato de su hermana.

La muerte de Pablo García había sido elegida por su cómplice. Si las cosas se complicaban, Ángela necesitaba una coartada para, al menos, uno de los asesinatos. Y Bárbara eligió al político corrupto para sus planes, conocedora de su debilidad por las mujeres guapas. Lo único que no entraba en el plan es que ella hubiera mantenido relaciones con él antes de matarle. No lo veía necesario, pero ella había insistido en que era la única manera de poder clavarle la jeringuilla con doble aguja sin que él ofreciera resistencia. Con las hormonas nublando sus pensamientos había confundido el pinchazo con un mordisco apasionado. Sólo había tenido que coger la jeringuilla del bolso que había dejado en el asiento trasero y clavársela suavemente cuando el político estaba al borde del orgasmo.

Lo de ir dejando cartas en los escenarios del crimen también era idea de Bárbara. Como buena actriz, era aficionada a los momentos dramáticos y a las series policíacas. Las cartas eran una buena manera de relacionar los casos y de implicar a la Guardia Civil en la investigación. Cuando dio la primera rueda de prensa, solo tuvo que mencionar la carta a los medios para que relacionaran el caso y no tardaran en ponerse en contacto con ella.

La idea era que otro cuerpo policial confirmara la teoría que habían planeado y acusar a Alejandro de urdir el caso para ganar popularidad.

Poner el vídeo comprometedor de Alejandro Soto en el ordenador de Vanessa también había sido fácil. Su amada había grabado a su esposo en una de las múltiples ocasiones que le había sorprendido delante del ordenador malgastando su dinero en webs pornográficas. Después, solo había tenido que quedarse a solas frente al ordenador, mientras Gabriel recogía las cartas de la habitación, para copiar el archivo oculto. Había tardado menos de lo esperado. Iba con la idea de *hackear* la contraseña del ordenador, tal y como había aprendido en las clases con el joven informático que tenían en la comisaría, pero la muy tonta aún conservaba la misma contraseña que cuando vivían juntas. Había sido «pan comido».

Ángela aparca el coche en el camino de piedras que lleva a la puerta principal de la casa con jardín donde espera pasar los próximos diez días. La cortina de una de las estancias se abre cuando apaga el motor y la bonita sonrisa de Bárbara aparece al otro lado.

Cuando baja del coche y saca las maletas ya está esperándola con la puerta abierta. Bárbara también se ha arreglado para la ocasión. Su fresco olor nubla los deseos de Ángela incluso antes de llegar a su lado. Su melena rubia brilla con intensidad bajo la luz del sol del atardecer y sus labios, pintados del mismo tono rojo que el vestido entallado que lleva, invitan a ser besados. Ángela no desaprovecha la invitación y, dejando caer la maleta junto a la puerta, se funde con ella en un intenso beso.

Son tantas las ganas que tiene de sentir cada poro de la piel de Bárbara que, nerviosa, intenta soltar la cremallera que cierra el vestido en la espalda de su amada.

—No seas impaciente, cariño. Tenemos muchos días por delante —dice ella, sujetando sus manos mientras intenta calmar sus ansias con suaves besos.

—Hace tantos días que espero este momento que vengo

ansiosa por desnudarte. Nuestro encuentro en el gimnasio no calmó mis ganas de ti, al contrario... —responde Ángela, atacando de nuevo la espalda de Bárbara y abrazándola con fuerza contra su cuerpo—. No sabes el esfuerzo que tuve que hacer para contenerme cuando te desnudaste en la furgoneta mientras te interrogábamos y cuando nos recibiste medio desnuda en tu casa.

—Hice como que tonteaba con tu compañero, pero tú sabes que en realidad yo quería seducirte a ti —dice Bárbara.

—Lo que querías era ponerme celosa —matiza Ángela besándola.

—También, ¿vas a dejar que la cena que te he preparado con todo mi amor se enfríe? — replica Bárbara con una sonrisa tan irresistible que hace que Ángela deje de besarla solo para poder mirarla.

—Mientras no dejes que me enfríe yo... —A Ángela se le escapa un suspiro de deseo al final de la frase.

—Prometido.

Bárbara la acompaña de la mano a recoger la maleta que ha quedado tirada en la puerta. Juntas la llevan a la habitación donde ya están las cosas de Bárbara. Al ver la cama Ángela vuelve a sentir la necesidad de prescindir de la cena y devorar lo que se muere de ganas por llevarse a la boca.

Cuando Bárbara consigue liberar sus labios de los de suyos y decide contraatacar en su cuello, sabe que está perdida. Hará justo lo que ella quiera. Bárbara lo sabe y besa su cuello con dulzura y lame con la punta de la lengua el lóbulo de su oreja antes de susurrarle:

—Se nos va a enfriar la cena... Te prometo darte lo que quieres mientras cenamos.

Con las manos de Bárbara acariciándola y sus palabras al oído, Ángela aceptaría el mayor de los suplicios.

—Vale, cenemos... Pero tú serás mi postre. —Consigue decir en medio de un jadeo.

La cena transcurre entre miradas cómplices y vasos de vino. Ángela calma el ardor que siente en la piel, y su deseo, sirviéndose una copa tras otra sin dejar de hacerle el amor a Bárbara con la mirada, quien se lleva la comida a la boca con un sugerente juego de miradas y gestos mientras sonríe y juguetea con su lengua en los labios.

Sus piernas se acarician por debajo la mesa. Cuando uno de los pies desnudos de Bárbara sube por sus muslos, Ángela abre las piernas. La suave caricia de los dedos sobre su ropa interior le hace cerrar los ojos y temblar. Siente el mareo que le produce el deseo acumulado. Es tal el placer que la cabeza empieza a darle vueltas.

Sin poder resistirse más, con el corazón desbocado en el pecho y el deseo inundando su cuerpo, intenta levantarse de la silla para recibir la recompensa tanto tiempo deseada. No puede esperar más para comerse el postre.

Pero al hacerlo, la sensación de mareo aumenta y toda la habitación empieza a dar vueltas. Se apoya en la mesa para no caer al suelo.

—Creo que he bebido demasiado —dice, sonriendo, antes de rodear la mesa.

—Lo suficiente —responde Bárbara, levantándose y alejándose un paso de Ángela.

—¿Qué haces? —pregunta sorprendida al ver que Bárbara se aleja de ella—. Deja de jugar conmigo. Me prometiste ser mi postre. —Ángela da otro traspié al soltarse de la mesa y cae de rodillas al suelo.

Del rostro de Bárbara se ha borrado su cautivadora sonrisa. Su gesto denota cierta impaciencia y sus ojos un brillo de maldad que Ángela sólo había visto en otra ocasión. Cuando prepararon el plan para deshacerse de su marido.

—¿Qué has hecho, Bárbara? —pregunta asustada sin apenas poder levantarse del suelo.

—Se me olvidó comentarte la última parte de nuestro plan —responde Bárbara con un tono de voz sin atisbo de cariño.

—¿Qué me has hecho? —Ángela gatea por el suelo sin rumbo fijo intentando levantarse, pero sin encontrar las fuerzas para hacerlo.

—Lo mismo que le hice a Alejandro en repetidas ocasiones. Te he puesto escopolamina en el vino. En poco tiempo no recordarás nada.

—¿Por qué? Pensé que me querías... —La droga hace efecto en Ángela, pese a que su fuerza de voluntad alarga lo inevitable. Ha bebido demasiado vino.

—Porque eres la única prueba que queda que me relaciona con los asesinatos. Eres el cabo suelto. La que puede denunciarme dentro de un tiempo cuando te abandone. Porque... no pensarás que una actriz famosa, como yo, va a permitir que una relación lésbica termine por arruinarle su carrera, ¿verdad?

Ángela ya no es capaz de responder a la pregunta. Bárbara se pone los guantes que utilizó en la escena del asesinato de su última película y arrastra su cuerpo hasta el coche. La sienta en el asiento de copiloto y conduce en dirección a la ciudad. Al llegar a la altura de un puente da un volantazo y frena cerca del borde. Después se baja del vehículo y coloca el cuerpo desmayado de la inspectora en el asiento del conductor. Cierra la puerta, quita el freno de mano y empuja el vehículo que se despeña por el puente.

Da un paseo por un viejo camino que baja hasta la otra carretera y se cerciora de que el golpe la ha matado.

«Tal y como conduces a nadie le extrañará que hayas sufrido un accidente».

AGRADECIMIENTOS

La primera novela me llevó muchos años terminarla y decidirme a publicarla. Gracias a las personas que me leyeron, y que me animaron a seguir escribiendo, esta novela ha podido ver la luz en un corto plazo de tiempo.

Durante estos dos años que han pasado desde mi primer trabajo he tenido la suerte de conocer a muchos escritores noveles y autopublicados, como yo, con los que ahora comparto confidencias y bromas por las redes sociales y que me sirven de estimulo para superar cada semana esa pereza natural que me caracteriza. Gracias en especial a Gemma Herrero Virto y a Marta Abelló que se han convertido en amigas incluso en la distancia.

Gracias a Sol Taylor por su gran trabajo con la portada.

Gracias a mi hermana Goizalde por ser mi coautora, correctora y lectora cero de este trabajo y de todos los anteriores, sin la que mis textos serían imposibles de leer, y por aguantarme con todas mis locuras, y gracias a mis padres y resto de familiares por ayudarme a vaciar las cajas de libros que encargué. Gracias por elegir la opción de ayudarme con las ventas en lugar de echarme de casa a mí para dejar sitio a los ejemplares.

Gracias a Eneritz Bilbao por ser fiel lectora, y mejor amiga, que me ayuda con mis historias.

Y, por supuesto, muchas gracias a ti que acabas de terminar esta novela, espero que te haya gustado y que sigas ayudando a este escritor a cumplir su sueño.

OTRAS NOVELAS PUBLICADAS POR EL AUTOR.

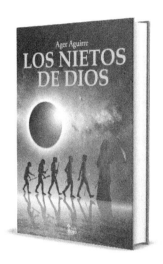

Tras vivir el terremoto de San Francisco de abril de 1906, el empresario José Calderón encuentra una misteriosa piedra y descubre que su hallazgo puede cambiar el destino de la humanidad y todas las creencias sobre su origen. La difícil situación de España y un revés personal le obligan a posponer su investigación.

Cien años más tarde el escritor Gaizka Juaresti y la bróker ıra Salazar retoman una búsqueda que cambiará sus vidas y puede que las nuestras.

Made in United States
Orlando, FL
16 May 2025

61317208R00198